연쇄살인마

잭 더 리퍼 연대기

아라한 호러 서클 030

연쇄살인마 잭 더 리퍼 연대기

사건파일 + 단편집

에드먼드 피어슨, 토머스 버크 외 지음

정진영 엮고 옮김

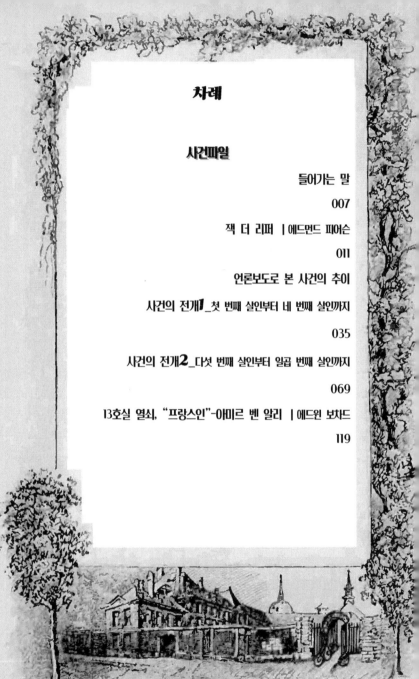

차례

사건파일

단편

들어가는 말

1888년 런던 이스트엔드의 화이트채플에서 세상을 떠들썩하게 만든 연쇄살인이 벌어졌다. 이후 연쇄살인범의 시조로 일컬어지며 130년이 지난 현재까지 잡히지 않은 장기 미제 아니 영구 미제 사건의 범죄자, 잭 더 리퍼(Jack the Ripper)......

지금까지 수많은 모방 범죄와 용의자들을 양산해왔고, 그에 따라서 혼란과 논란도 증폭됐다. 이 희대의 살인마는 빈민가의 매춘 여성이라는 사회적 약자들을 범행 대상으로 삼은 비열함 뿐 아니라 희생자의 시신을 훼손하고 장기를 적출하는 등의 엽기적이고 잔혹한 범행수법을 보였다. 더구나 신출귀몰한 행적으로 말미암아 당대 공권력은 조롱거리가 되었고 여론몰이식 무차별적 용의자 검거는 또 다른 사회 문제를 야기했다. 이 책은 잭 더 리퍼로 대변되는, 이 사회의 깊고 어두운 그림자 속에 기생하는 살인자들에 관한 것이다.

이 책 『연쇄살인마 잭 더 리퍼 연대기』는 두 가지 접근 방식으로 잭 더 리퍼를 다룬다.

1권 "사건파일" 편은 당대 범죄학자, 법학자, 언론들의 시선을 따라 잭 더 리퍼의 객관적인 사실에 집중함으로써 기본 자료와 정보를 제공하려고 한다. 20세기로 접어드는 세기말, 미국에서도 영국의 잭 더 리퍼처럼 충격적인 살인 사건이 벌어졌는데 이름하여 리지 보든 사건이다. 아버지와 의붓어머니를 도끼로 무참히 살해한 혐의로 리지라는 젊은 여성이 재판을 받았고, 이는 미국 전역에 거센 파장을 일으켰다. 리지 보든 사건을 조명하여 범죄 분야에서 두각을 나타낸 에드먼드 피어슨이 쓴 「잭 더 리퍼」가 이 책의 출발점이다. 이어서 《더 타임스》, 《런던 타임스》 등의 당대 언론을 통해 보도된 잭 더 리퍼 사건의 추이를 다룬다. 마지막으로 뛰어난 국제법학자였던 에드윈 보차드의 「31호실 열쇠, "프랑스인" 아미르 벤 알리」는 잭 더 리퍼의 검거가 답보 상태에 빠지고 여론에 쫓기던 사법 기관이 무고한 사람들을 어떻게 범인으로 몰고 누명을 씌우는지를 보여줌으로써 이 연쇄살인범이 일으킨 또 다른 사회문제의 단면을 접하게 한다.

2권 "단편집" 편은 1권의 팩트를 바탕으로 잭 더 리퍼가 어떤 문화적 변주를 거쳐 영화, 뮤지컬, 문학 등으로 수용됐는지 그 일례를 문학에서 찾는다. 즉 잭 더 리퍼에게 받은 영감을 문학적 상상력으로 재생산한 단편 8편을 수록한다.

잭 더 리퍼
Jack the Ripper

에드먼드 피어슨
Edmund Pearson

세상에서 제일 유명한 살인자의 이름을 아무도 모른다니, 참 이상한 일이다. 그는 누구인가? 얼마나 많은 사람을 죽였는가? 왜 죽였는가? 그는 어떻게 되었나? 이런 질문에 줄 수 있는 답은 딱 하나다.

모른다.

기괴한 소리로 들릴지 모르나, 살인자의 성별에 대해서도 확실한 증거가 없다. 남성 아니면 여성, 우리는 확신할 수 없다.^(당대 유명한 추리작가였던 아서 코난 도일은 잭 더 리퍼를 남장여자로 추리하기도 했음─옮긴이) 기자로 보이는 누군가가 이 살인자의 악명 높은 닉네임을 만들어냈다. 그것이 바로 '잭 더 리퍼'다. 새벽이 오기 전의 칠흑 같은 어둠의 시간, 그는 오갈 데 없는 다섯 명의 여성^(다섯 명은 이후 벌어진 모방범죄와 유사범죄의 혼란 때문에 공식 집계라는 고육지책으로 잡은 최소한의 수치다─옮긴이)을 무참히 살해했다. 사람들은 여전히 안개 낀 런던의 어느 가을날과 신문팔이 소년의 외침을 기억하면서 몸서리치고 있다.

"또 다시 무시무시한 살인 사건! 살인! 토막살인! 살인!"

잭 더 리퍼는 변함없이 사람들의 관심을 끌며 끝없이 신문 지면을 수놓고 있다. 찰리 로스^{(1874년 미국 역사상 최초로 범인이 돈을 요구한 유괴} 사건의 희생자. 미국 역사상 가장 유명한 납치 사건 중에 하나인데, 당시 4세였던 찰리의 행방 은 끝내 밝혀지지 않았다—옮긴이)의 납치 사건은 언제나 미국 신문의 기삿감이었으나, 리퍼의 명성은 미국을 넘어 국제적인 것이다. 베데킨트 (독일의 극작가)는 그를 연극 무대에 올렸다. 소설을 좋아하는 독자들이라면 마리 벨록 론디스의 음울한 작품 『하숙인』을 알 것이다. 홀데인 경(1860-1936, 영국의 생리학자)은 『하숙인』을 해마다 되풀이해 읽었다는데, 그 이유는 아마도 소설가가 살인자를 사소한 퍼즐이 아니라 엄숙한 주제로 다루면서 작품 전반에 공포 분위기를 조성해 놓았기 때문일 것이다. (히치콕 감독의 영화 원작으로 유명한 론디스의 『하 숙인』은 원래 1911년 단편으로 발표됐다가 나중에 장편화하여 출간되었다. 《맥클루어 매거진》에 발표된 단편을 『연쇄살인마 잭 더 리퍼 연대기2: 단편집』에 수록한다—옮긴이)

리퍼에 관한 글이 서로 완전히 일치하지는 않는다. 살인자를 체포하지 못한 런던 경찰은 부당하리만큼 거센 비난을 받았다. 영국은 그런 괴물이 자국에 존재한다는 사실 자체만으로도 큰 충격을 받았고, 런던의 기자들은 애국적인 충동에서 잭 더 리퍼를 외국인으로 몰아가려고 혈안이 되었다.

많은 살인이 자행되었고, 살인자는 오랫동안 범행을 저질렀다. 그리고 그때마다 별의별 설명이 쏟아져 나왔다. 보수적인 작가들은 8월 31일 밤에 메리 앤 니콜스의 살인으로 시작된 다섯 차례의 범죄가 그로부터 9주 후, 메리 지넷 켈리^{(메리 제인 켈리로 더 많이 알}

려짐-옮긴이)에 대한 섬뜩한 살육으로 끝났다고 말한다.

희생자들은 매춘부였고, 비천한 사람들이었다. 처음에는 야외에서 살인이 자행되었다. 당시 런던에는 막다른 골목이 많았는데, 남자가 마음만 먹으면 가난한 여자를 그런 곳으로 유인하기는 어렵지 않았다. 그 어둠 속에서 그는 칼로 여자의 목을 자르고 신체를 토막 내는 광기에 빠져들었다. 그런 광기는 살인이 되풀이되면서 도를 넘어섰다.

니콜스의 시체는 도랑 너머에서 발견되었다. 시신은 긴 주머니칼로 난도질당한 상태였는데, 급소만 골라서 공격한 것으로 봐서 "해부학에 상당한 지식을 지닌" 자의 소행으로 보였다. 하지만 신체의 일부가 사라지거나 한 상태는 아니었다.

일주일 후, 니콜스의 시체가 발견된 지역 인근에서 애니 채프먼이 머리가 거의 잘린 채 발견되었다. 현장에서 가까운 곳에 열 명 이상이 있었지만, 그들은 아무 소리도 듣지 못했다. 잭 더 리퍼가 자행한 난도질은 처음에 비해 정도가 심했다. 신문 기사에 따르면, "특정한 장기" 하나가 신체에서 떨어져 나왔다. 살인자는 애니 채프먼의 손가락에 끼워진 두 개의 구리반지, 주머니 속의 동전과 시시한 장신구를 빼내서 시신의 발치에 가지런히 놓아두었다.

다음 희생자는 "키다리 리즈"라고 지역에 잘 알려져 있던 여자였다. 그녀의 본명은 엘리자베스 스트라이드였다. 리퍼는 범행 당시에 빈 뜰로 다가오는 작은 짐마차 때문에 원했던 일을 다 끝내지 못했다. 조랑말이 뜰로 들어서다가 어두운 구석에 있던 잭 더 리퍼를 보았는지 겁을 내면서 뒷걸음질 쳤다. 짐마차에서 뛰어내린 마부가 여자의 잘려진 머리를 집어 들었을 때, 목 부위에서 여전히 피가 쏟아지고 있었다.

방해를 받은 리퍼는 불쾌해졌다. 그래서 한 시간도 채 지나지 않아서 캐서린 에도우스를 한적한 골목으로 유인했다. 이곳에서 그는 느긋하게 범행을 저질렀다. 목을 자른 후, 왼쪽 콩팥과 "또 다른 (난소로 추정되는) 장기"를 시체에서 적출했다. 그러고는 시체의 아래 눈꺼풀을 뽑아낸 뒤, 앞치마를 찢어 거기에 자신의 손과 칼을 닦았다.

마리 지넷 켈리는 유일하게 실내에서 살해당했다. 그녀 또한 젊음과 미모의 소유자였다. 그녀는 밀러스 코트라는 지저분한 곳에서 바넷이라는 남자와 함께 살고 있었다. 바넷 씨는 그녀가 "정직하고 얌전한" 매춘부였다고 시인했다. 그녀는 정직과 정숙함을 버림으로써 그의 인내심을 시험했고, 결국은 그도 "부도덕한 여자"와 그저 잠자리나 하러 집에 들어오는 상황이 되었다. 그래서 청빈한 바넷은 그녀의 죄악을 방관해왔다는 것이다.

켈리가 죽던 날 밤, 그녀는 자기 방에서 "스위트 바이올렛(향기 제비꽃)"이라는 노래를 불렀다. 그녀가 정확히 몇 시에 살인자에게 잠자리를 허락했는지는 밝혀지지 않았지만, 범죄 현장이 목격된 것은 다음 날 아침 사람들이 창문으로 그녀의 방안을 들여다보았을 때였다. 런던 경찰국 소속의 멜빌 맥나튼 경은 이튼스쿨을 졸업한 경륜 있는 인물이기에 그가 한 다음과 같은 말이 허튼 소리일리는 없다.

"살인자는 최소 두 시간에 걸쳐 그 끔찍한 범행을 저지른 것으로 보인다. 방안에 난방이 부족했으나 초도 가스도 없었다. 그 미치광이는 철지난 신문과 희생자의 옷가지로 불을 피웠다. 그 희미

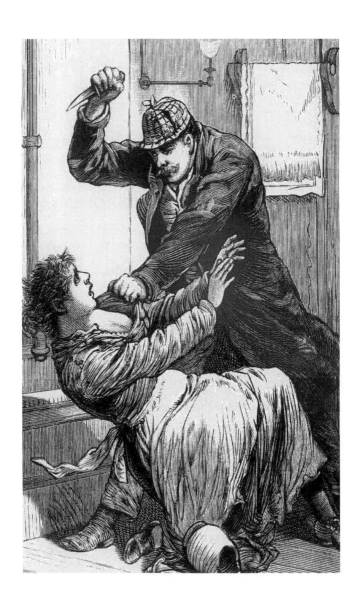

하고 불규칙한 불빛 속에서 지옥을 방문한 단테마저도 보지 못했을 광경이 벌어졌다."

켈리의 발가벗긴 시신 다시 말해 남겨진 사체의 일부는 침대에 놓여 있었다. 살인자는 그녀의 목을 자른 후 신체를 열어서 적출한 장기들을 방안 여기저기에 흩뿌려 놓았다. 그는 그녀의 코와 귀도 잘라냈다. 하지만 이 사건에서는 범인이 가져간 희생자의 신체 일부는 없었다. 그래서 해부학의 견본으로서 신체의 일부를 수집하기 위해 살인을 저지른다는 지금까지의 추론이 난관에 부딪쳤다.

리퍼는 언제나 운이 좋게도 경찰의 수사망을 빠져나갔다. 많은 용의자들이 체포되었다. 신문들은 유태계 폴란드인, 미국 선원, 러시아 의사를 비롯해 "영국인이 아닌" 조건에만 맞으면 무차별로 연행된 사람들에 관해 기사를 전했다. "외과적인 지식"이 있거나 "큰 칼을 다수 보유한" 사람들도 예외는 아니었다.

레오너드 매터스 씨는 기자로서 대단한 인내심과 지력으로 사건을 추적하다가 나중에는 "악마 스탠리 박사"를 등장시킨, 소설에 가까운 『잭 더 리퍼의 미스터리』를 썼다. 이 글에 따르면, 악마적인 외과 의사가 부에노스아이레스에서 숨을 거두면서 자신이 잭 더 리퍼라고 고백했다는 것이다.

이 "임종의 고백"은 피터 래빗과 사향쥐 제리(손튼 W. 버제스의 동화에 등장하는 캐릭터-옮긴이)가 동물학에서 큰 성과를 거둔 것처럼 범죄학에 관한 의미 있는 진술들을 담고 있다.

멜빌 맥나튼 경, 1900년경

멜빌 맥나튼 경, 출처: 《배너티 페어》의 만화, 레슬리 워드 그림

멜빌 맥나튼의 1894년 비망록의 한 페이지, 여기서 그는 잭 더 리퍼의 용의자로 몬터규 드루이트, 애런 코즈민스키, 미하일 오스트로그 이렇게 3명의 이름을 거론하고 있다.

리퍼의 살인 사건이 벌어진 지 4년 후, 토머스 닐 크림 박사가 4명의 여성을 독살했다는 혐의로 런던에서 교수형 당한다. 귀가 솔깃할만한 소문들에 따르면, 그가 교수대에 섰을 때 말을 하기 시작했다. 그때 집행인의 손은 교수대의 작동 레버에 놓여 있었다. 박사가 했다는 말은 이렇다.

"내가 잭 더—"

하지만 이 순간 레버가 당겨졌고 박사의 몸은 교수대 발판 밑으로 떨어졌다.

애석하게도, 헌신적으로 사건의 진실을 좇아온 사람 중에서 한 명이 크림 박사의 이력을 조사하다가 리퍼의 살인 행각이 벌어지는 시기에 박사가 일리노이 주 교도소에 수감 중이었다는 사실을 밝혀냈다. 크림의 종신형을 감형해준, 현명하고도 인간적인 일리노이 주지사가 아직 그 자비로운 조치를 취하기도 전에 리퍼 사건이 일어난 셈이다. 물론, 주지사의 결정으로 나중에 4명의 희생자가 더 생기고 말았지만 말이다. 결과적으로 크림은 졸리엣 소재 교도소에 수감 중이었으니 그가 아무리 "불길한" 인물이었다고 해도 여자들의 목을 자를 수는 없었다.

그리고 지금 이 시점에서 걸출한 범죄 수사관인 H. L. 애덤 씨가 추측과 가십 이상의 성과를 냈다. 그가 잭 더 리퍼와 그리고 알려진 사람들 사이의 흥미로운 유사점을 공론화 한 것이다.

에드워드 왕이 즉위한 직후의 어느 날, 런던 경찰국의 고들리 경감은 런던의 한 여인숙 주인을 체포했다. 자칭 조지 채프먼이라고 하는 이 여인숙 주인은 검고 거친 콧수염을 길렀는데, 그 콧수염에 걸맞은 이력의 소유자였다. 즉, 독살 혐의로 수배를 받아왔던 것이다.

잭 더 리퍼로 추정된 용의자 중에 한 명이었던 토머스 닐 크림 박사

고들리 경감과 애벌린 경감은 오랫동안 잭 더 리퍼를 추적해왔다. 표면적으로는 리퍼 사건이 종결된 것으로 보였다. 애벌린은 크게 기뻐하면서 고들리에게 이렇게 말했다.

"자네가 드디어 잭 더 리퍼를 잡았어!"

그들은 곧바로 채프먼이 저지른 여죄들을 밝혀내는데 초점을 모았다. 그런데 채프먼의 본명은 시버린 크로소스키였고, 폴란드 태생이었다. 그는 스물세 살 때 런던으로 들어와 이발사로 일했다. 그리고 같은 폴란드인 여자와 결혼하여 미국으로 건너갔다. 그는 저지 시에서 이발사로 일하려고 했지만, 일 년 만에 런던으로 돌아왔다.

George Chapman,

잭 더 리퍼로 지목된 또 다른 용의자 조지 채프먼

그는 이후 10년 동안 이발사로 또 상인으로 생활하다가 여인숙을 운영하게 되었다. 경찰의 관심을 끄는 부분은 그와 애니 채프먼의 "결혼"이었다.(그래서 이름을 채프먼이라고 한 것으로 보인다.) 뿐만 아니라 그가 결혼한 여자는 샤드라크 스핑크, 베시 테일러, 모드 마쉬가 또 있었다. 리퍼에게 당한 희생자 중에도 애니 채프먼이라는 이름의 여자가 있다. 이들 여성과의 결혼은 그에게 이득을 주었다. 그들이 저축한 돈을 가질 수 있었고, 그들을 여종 업원으로 이용할 수 있어서 일거양득이었다. 그들 중에서 적어도 세 명이 독살에 의해 고통스럽게 또 기이하게 죽었다. 결국에는 의사들이 수상한 점을 들추기 시작하면서 채프먼은 마쉬를 살해한 혐의로 재판을 받았다.

그는 "부당하게 고발을 당한 채 오해를 받고 있다"며 불평했다. 그리고 자신은 "훌륭한 가문에서 태어난 미국인 고아"라고 덧붙였 지만, 이는 사실이 아니었다. 그렇다면 채프먼과 잭 더 리퍼 사이 의 공통점은 무엇일까?

---

1. 잘 알려진 대로 잭 더 리퍼는 해부학 지식뿐 아니라 상당 수 준의 외과적 기술을 겸비하고 있다. 채프먼은 폴란드 병원에서 간 호사로 일한 적이 있다.

2. 리퍼 살인 사건은 1888년, 화이트채플 지역에서 시작되었다. 같은 해에 채프먼이 런던에 도착하여 화이트채플에서 거주를 시작 했다. 나중에 독살 혐의로 채프먼이 체포될 때까지 당시의 아내는 아직 살아 있었다. 그녀는 리퍼 사건을 기억하면서 당시에 남편이 새벽 3시나 4시까지 집에 돌아오지 않을 때가 잦았지만, 그 이유 는 몰랐다고 말했다.

3. 경찰이 입수한 리퍼의 편지로 보이는 글에 섬뜩한 유머와 함 께 친미주의 성향이 담겨있다. 채프먼은 친미주의와 섬뜩한 유머 둘 다에 심취해 있었다. 이 편지에 대한 논평이 있는데, 친미주의

(런던 기자들의 의견에 따른)는 "보스boss"라는 말을 사용했다는 것을 근거로 삼고 있다. 리퍼는 "보스 귀하Dear Boss"라는 말로 편지를 시작했다. 그밖에 "다음에는 여자의 귀를 잘라서 재미 삼아 경찰에 보내겠다."는 문장에서 "재미삼아" 같은 표현도 근거가 되었다. 리퍼는 한 경찰에게 콩팥의 일부를 보내면서 나머지는 튀겨서 먹었다고 썼다.

4. 리퍼의 살인 행각은 런던에서 1891년과 1892년 사이에 중단되었다. 같은 시기에 채프먼은 미국에 있었는데, 저지 시 인근에서 그와 유사한 범죄가 벌어졌다.

5. 리퍼의 인상착의에 관해 믿을만한 묘사는 켈리와 함께 있는 용의자를 봤다는 한 목격자의 증언이 유일하다. 그 목격자에 따르면, 용의자는 서른 넷 혹은 서른다섯 살 가량의 나이, 168센티미터 정도의 키에 피부가 검고 검은 콧수염을 길렀다. 이것은 실제 나이보다 많아 보였던 채프먼의 평소 모습과 상당히 일치한다.

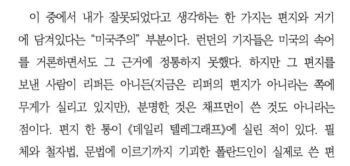

이 중에서 내가 잘못되었다고 생각하는 한 가지는 편지와 거기에 담겨있다는 "미국주의" 부분이다. 런던의 기자들은 미국의 속어를 거론하면서도 그 근거에 정통하지 못했다. 하지만 그 편지를 보낸 사람이 리퍼든 아니든(지금은 리퍼의 편지가 아니라는 쪽에 무게가 실리고 있지만), 분명한 것은 채프먼이 쓴 것도 아니라는 점이다. 편지 한 통이 《데일리 텔레그래프》에 실린 적이 있다. 필체와 철자법, 문법에 이르기까지 기괴한 폴란드인이 실제로 쓴 편지와 비교해 볼 때 그의 수준을 훨씬 뛰어넘는 문장이다.

미국에서 벌어졌다는 리퍼의 살인 사건은 영국 작가에게는 독무대를 제공한 것이나 다름없었다. 나는 무수한 검토 작업 끝에 화이트채플 살인 사건과 유사한 미국 내 사건을 딱 하나 밖에는 찾아내지 못했다.

그것은 한 여성이 살해된 일명 "늙은 셰익스피어" 사건인데, 이는 뉴욕의 해안가 한 호텔에서 1891년 4월에 발생했다. 뉴욕의 신문들은 일제히 이 사건을 기사화하면서 다음과 같은 의문을 달았다. "리퍼가 미국에 도착한 것인가?" 이 사건의 범인으로 "프렌치(프랑스인)"라고 불리던 알제리 인이 유죄 판결을 받았다. 그는 정신 이상 상태로 체포되었으나 10년 후에 석방되어 유럽이나 아프리카 쪽으로 보내졌다. 채프먼은 당시에 저지 시에 살고 있었다.

(일명 "늙은 셰익스피어" 살해 사건은 이 책의 「"프랑스인"-아미르 벤 알리」에 자세히 수록되어 있다-옮긴이)

그밖에 채프먼과 리퍼 사이의 유사점에는 이견이 없어 보인다. 두 인물 사이에서 가장 큰 유사점은 둘 다 은밀하고도 무자비하게 무고한 여성들을 살해하는데 탐닉했다는 것이다. 반면에 가장 큰 차이점은 범행의 방식이다. 미쳐 날뛰는 말레이시아 사람처럼 큰 칼을 들고 화이트채플을 누비던 괴물이 나중에는 은밀한 독살에 만족했다니, 과연 그럴까? 대답은 아마 '아니다'일 것이다. 그리고 리퍼와 채프먼의 이런 차이 때문에 나는 두 인물을 동일인으로 보는 이론에 공감하지 않는다.

리퍼와 채프먼의 관계를 어떻게 생각하든, 그것은 학구적인 문제다. 마쉬의 살인으로 충분했고, 채프먼은 법정 최고형에 처해졌다.

수신인이 "보스 귀하"로 적혀서 런던의 《센트럴 뉴스 에이전시Central News Agency)로 전해진 잭 더 리퍼의 일명 "디어 보스" 편지.(1888년 9월 27일)

From hell

Mr Lusk

Sor

I send you half the Kidne I took from one women prasarved it for you tother piece I fried and ate it was very nise I may send you the bloody knif that took it out if you only wate a whil longer

Signed

Catch me when you Can

Mishter Lusk.

지옥에서 보낸다는 일명 "프롬헬From Hell" 편지. 이 또한 자칭 잭 더 리퍼라는 인물이 보냈다고 알려졌고, 이 편지를 받은 사람은 1888년 당시 화이트채플 자경단의 단장을 맡고 있던 조지 러스크였다. 러스크에게 우편으로 전달된 작은 상자에는 편지와 함께 사람

의 콩팥으로 보이는 장기가 들어 있었다. 편지는 자신이 한 여성의 콩팥을 먹고서 나머지
는 러스크를 위해 보내니(콩팥을 잘라낸 칼은 나중에 또 보낼 터이니) 자신을 잡아보라고
조소하고 있다.

프롬헬 편지를 받은 자경단의 조지 러스크

해부학 조교수를 거쳐 병리학 박물관의 큐레이터로 있던 토머스 호록스 오픈쇼Thomas Horrocks Openshaw 박사(1902년).

오픈쇼는 이 콩팥을 조사한 뒤 사람의 장기 즉 왼쪽 신장이라는 견해를 밝혔다. 사람의 적출된 장기 일부가 편지와 함께 전달됐다는 이 소식은 물론 엄청난 반향을 일으켰다. 게다가 해당 장기에서 브라이트 병(신장염)이 발견됐다는 보도는 피살자 중에 한 명인 캐서린 에도우스의 신장이 적출됐고 그녀가 폭음 습관이 있었다는 사실과 맞물리면서 거센 논란에 불을 지폈다. 이것이 조작극인가 사실인가를 놓고 증폭된 논란과 파장은 한동안 세간을 뜨겁게 달구었다. 한편 콩팥이 사람의 장기라고 주장한 오픈쇼 박사는 자칭 잭 더 리퍼의 또 다른 편지를 받는 장본인이 되기도 했다. 일명 "오픈쇼 편지"에는 박사가 사람의 콩팥인 걸 제대로 알아냈으니 또 다른 장기를 조만간 보내겠다는 내용을 담고 있다. 물론 잭 더 리퍼라고 보내는 편지들은 무수히 많았고 그중에서 언론에 의해 신빙성이 있다고 판단되어 거론된 편지는 위에서 소개한 몇몇 사례에 불과하다.

오픈쇼 편지가 들어있던 봉투

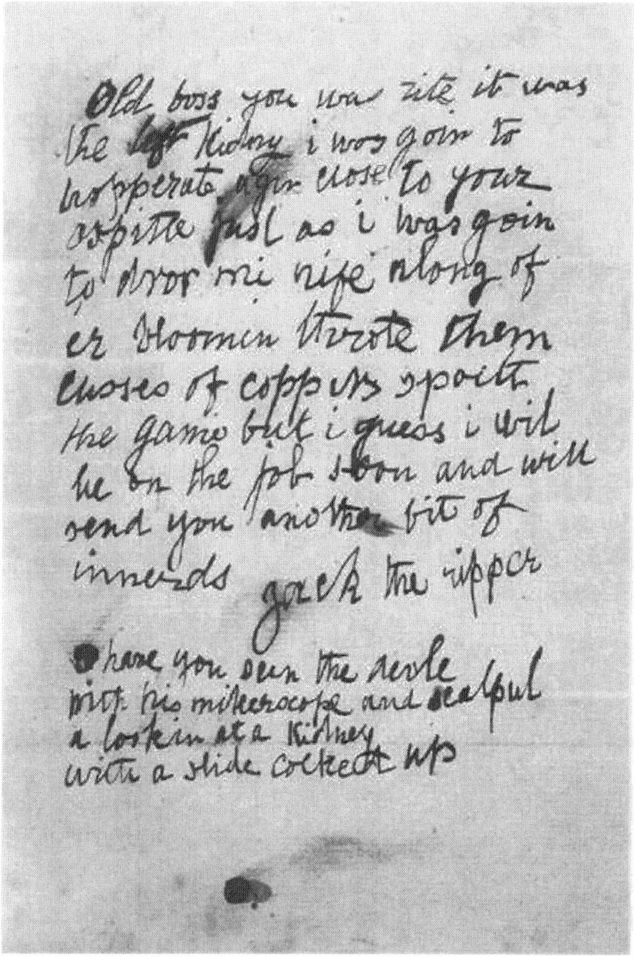
Old boss you was rite it was
the left kidny i was goin to
hopperate agin close to your
ospitle just as i was goin
to dror mi nife along of
er bloomin throte them
cusses of coppers spoilt
the game but i guess i wil
be on the job soon and will
send you another bit of
innerds
Jack the ripper

O have you seen the devle
with his mikerscope and scalpul
a lookin at a kidney
with a slide cockeed up

오픈쇼 편지

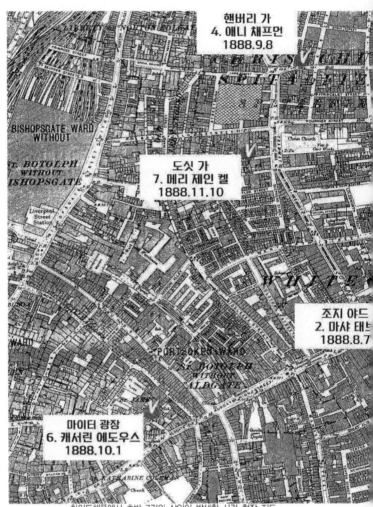

핸버리 가
4. 애니 채프먼
1888.9.8

도싯 가
7. 메리 제인 켈
1888.11.10

조지 야드
2. 마샤 태트
1888.8.7

마이터 광장
6. 캐서린 에도우스
1888.10.1

화이트채플에서 초반 7건의 살인이 발생한 사건 현장 지도

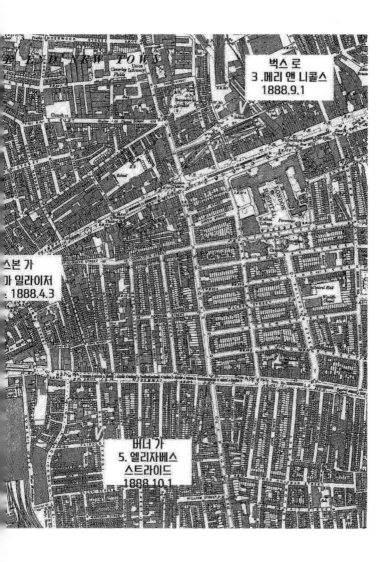

벅스 로
3 .메리 앤 니콜스
1888.9.1

스본 가
가 일라이저
1888.4.3

버너 가
5. 엘리자베스
스트라이드
1888.10.1

언론 보도로 본 사건의 추이

사건의 전개I:

첫 번째 살인부터 네 번째 살인

    토요일 아침 런던 병원, 윈 백스터 씨는 화이트채플 오스본 가 인근에서 화요일 이른 시간에 잔인무도하게 살해된 엠마 일라이저 스미스의 불행한 죽음에 관해 탐문 수사를 벌였다.

    스피탈필즈(런던 이스트 엔드 지역)의 조지 가에 자리한 간이 숙박소의 관리인 메리 러셀은 피해 여성이 지난 18개월 동안 해당 업소에서 지내왔는데 월요일 저녁에 평소의 건강한 모습으로 그곳을 나갔다가 이튿날 오전 4시에서 5시 사이에 참혹한 중상을 입은 채 돌아왔다고 진술했다.

스피탈필즈 마켓의 모습 1890년

피해 여성이 이 목격자에게 한 말에 다르면, 그녀는 어떤 남성들에게 무서울 정도로 학대를 당한 후 돈을 강탈당했다는 것이다. 그녀의 얼굴은 피투성이였고 귀는 찢어진 상태였다. 목격자가 곧장 그녀를 런던 병원으로 데려가는 과정에서 오스본 가의 코코아

공장 근처를 지났는데, 그녀가 범죄 현장을 가리켜 보였다고 한다.

자세한 말을 꺼리는 것 같았던 스미스는 목격자에게 그 남자들의 인상착의는 물론 사건의 자세한 얘기는 하지 않았다.

화요일 오전 피해여성을 담당한 G. H. 힐리어는 실려 온 그녀의 부상 정도가 매우 심각했다고 말했다. 오른쪽 귀의 일부가 찢어졌고, 복막을 비롯한 내부 장기들이 파열된 상태였는데, 둔기 류에 의한 폭행이 원인으로 보인다고 했다.

피해 여성이 담당의에게 한 진술에 따르면, 화요일 오전 1시 30분경에 그녀는 화이트채플 교회 근처에서 수 명의 남자들을 피해 길을 건넜다고 한다. 그녀를 계속 따라오던 남자들은 결국 그녀를 공격하여 수중의 돈을 모두 빼앗고 폭력을 가했다. 두세 명으로 추정되는 범인 중에 19세가량의 앳된 남자도 있었다.

피해 여성은 수요일 오전 9시경에 복막염으로 사망했다.

검시 배심에서 검시관과 배심원의 질문에 답하던 담당의는 피해 여성이 입은 상처들이 죽음을 가져왔다는 것은 의심의 여지가 없다고 말했다. 그의 진술에 따르면, 다른 장기들은 대체적으로 정상적인 상태였다.

피해 여성은 사망하기에 앞서 자신이 영국 출신인 건 맞지만 친구나 지인을 만나지 않은지 10년이 됐다고 진술한 것으로 알려졌다.

목격자인 또 다른 여성은 화요일 오전 12시 15분경에 버데트 로드 근처에서 스미스가 한 남자 그러니까 검은 색 계통의 옷을 입고 흰색 목도리를 한 남자와 얘기하는 모습을 봤다고 진술했다. 그녀 또한 스미스를 보기 이삼 분 전부터 폭행을 당한 상황이라 그날 밤 폭력의 현장이 되어버린 그 일대에서 도망치고 있었다. 두 남자가 그녀에게 다가왔는데, 그 중 한명이 몇 시냐고 물었고 다른 한 명은 그녀의 입을 후려갈겼다. 그러고는 둘 다 도망쳤다. 그녀는 자신을 폭행한 남자 중에 스미스와 얘기를 나누던 남자는 없었던 것 같다고 진술했다.

화이트채플 첫 번째 피해자, 엠마 엘리자베스 스미스

H 지구대의 존 웨스트 경감은 이 사건에 대해 공식 정보를 가지고 있지 않다고 말했다. 그는 당시 화이트채플 일대에서 근무 중이던 경관들을 상대로 알아본 결과, 어떤 경관도 목격자들이 진술한 소란을 보거나 듣지 못했으며 누군가의 부축을 받아서 병원으로 가는 사람도 보지 못했다고 말했다. 그는 검시 배심에 출석하여 오스본 거리에서 무슨 일이 벌어졌는지 조사할 예정이다.

검시관은 배심원을 상대로 사건 요지를 진술하는 과정에서 의학적인 증거로 볼 때 그 불운한 여성이 살해된 것이 분명하지만 그 범인이 누구인지 알려주는 증거는 없다고 말했다.

배심원들은 간단한 평의를 거친 후 신원미상의 사람 또는 사람들에 의한 "계획 살인"이라는 평결을 내렸다.

두 번째 살인

희생자: 마사 태브램

장소: 조지 야드 건물

사건발생일: 1888. 8. 7

출처: 《더 타임스》 1888. 8. 10

8월 10일. 어제 오후 미들섹스 남동부 지구대 소속의 조지 콜리어 부검시관은 지난 화요일 화이트채플 조지 야드 빌딩에서 39군데 자상을 입고 숨진 채 발견된 한 여성 피살자의 검시 배심을 진행했다.

티모시 로버트 킬린 박사가 사건 현장에 도착했을 때 피해자는 이미 사망한 상태였다. 피해자는 온몸에 39군데 자상을 입었다. 발견 시점에서 3시간 전에 사망한 것으로 보였다. 왼쪽 폐에 5군데, 오른쪽 폐에 2군데 관통상이 있었다. 지방이 다소 많았던 심장은 1군데 관통상의 흔적이 남아 있었다. 간은 건강한 상태였으나 5군데 찔렸고, 비장은 2군데 위는—더없이 건강했으나—6군데 찔린 상태였다. 증인으로 출석한 킬린 박사는 그 자상이 전부 동일한 흉기에 의해 생긴 것으로 보진 않는다고 진술했다.

이는 상상을 초월하는 가장 끔찍한 살인 사건에 속했다. 무방비 상태의 여성에게 이처럼 여러 차례에 걸쳐 중상을 입힌 것을 보면 범인은 극히 잔인무도한 자가 틀림없다.

1888년 8월 7일 마사 태브램의 시신이 발견된 조지 야드

마사 태브램의 시신 발견을 묘사한 당대 삽화 중 하나

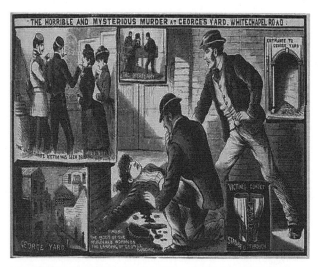

조지 야드에서 마사 태브램의 시신 발견 과정을 스케치한 신문 《일러스트레이티드 폴리스 뉴스》 1888년 8월 18일자

세 번째 살인

생자: 메리 앤 니콜스

사건발생일: 1888. 8. 31

사건발생장소: 벅스 로

출처: 《더 타임스》 1888. 9. 1

어제 새벽 화이트채플 인근에서 또 다시 무참한 살인 사건이 벌어졌다 그러나 누가 어떤 동기로 범행을 저질렀는지는 오리무중이다. 닐 경관이 벅스 로의 보도에 누워 있는 한 여성을 발견한 것은 오전 3시 45분, 그는 여성을 취객으로 판단하고 일으켜 세우고

자 몸을 굽혔다. 그런데 여성의 목이 거의 귀에서 귀까지 잘려져 있었다. 여성은 사망했으나 아직 시신에 온기가 남아 있었다.

닐 경관은 곧 도와줄 사람을 발견하여 의사를 불러 달라고 부탁했다. 사건현장에서 채 100미터도 떨어지지 않은 거리에서 외과의원을 개원 중이던 르웰린 박사가 다급한 호출에 잠자리에서 일어나 곧바로 현장으로 달려왔다. 그가 재빨리 시신을 검안한 결과, 목의 자상 외에도 복부에 심각한 자상들이 나 있었다.

경찰은 "불운한" 매춘 여성들을 상대로 금품을 갈취하는 인근 폭력배들이 돈을 구해오지 못한 피해자들에게 보복을 일삼는 과정에서 생긴 사건이라고만 추정할 뿐 다른 가능성은 고려하지 않고 있다. 경찰은 폭력배 소행으로 보는 근거로 지난 12개월 동안 인근 지역에서 거의 동일한 방식으로 이른 새벽 시간대에 살해된 여성이 두 명 더 있다는-최근 사건은 지난 8월 6일에 발생한-사실을 들고 있다.

메리 앤 니콜스가 살해된 현장, 벅스 로

메리 앤 니콜스의 시신이 발견된 벅스 로의 출입구 쪽 모습

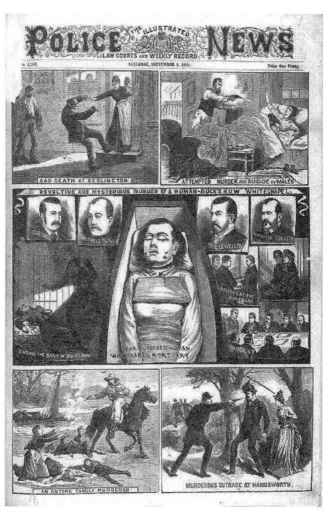

메리 앤 니콜스 사건을 다루고 있는 《일러스트레이티드 폴리스 뉴스 》(1888년 9월 8일자)

메리 앤 니콜스의 사망 증명서

네 번째 살인

희생자: 애니 채프먼

사건발생일: 1888. 9. 8

사건장소: 핸버리 가

출처: 《더 타임스》 1888. 9. 10희생자: 마사 태브램

토요일 새벽, 지난 금요일에 벅스 로에서 있었던 메리 앤 니콜스 사건과 유사한 방식으로 살해된 여성의 시신 한구가 발견됨으로써 화이트채플은 물론 런던의 이스트 엔드 전역이 다시 들끓고 있다. 사실 이 두 사건의 유사성은 놀라울 정도인데, 이번 희생자의 머리는 몸통에서 거의 잘려나가고 내장이 완전히 적출된 상태다. 그럼에도 이번 범죄는 그 잔인함에서 지금까지의 다른 범죄를

능가한다.

이 네 번째 범죄 현장 또한 지난 몇 주 동안 벌어진 살인 사건과 같은 지역에 있다. 즉 스피탈필즈, 핸버리 가 29번지 공동주택 뒤쪽이다. 핸버리 가는 커머셜 가에서 베이커스 로까지 뻗어있고, 벅스 로에서 가까운 곳에서 끝난다. 이 공동주택의 소유주인 에밀리아 리처드슨 부인은 각양각색의-반면에 모두가 빈곤층인-세입자에게 건물을 임대하고 있다. 그 결과 건물 입구는 밤낮으로 24시간 열려 있어서 누구든 건물 뒤쪽으로 가는데 어려움이 없다.

잭 더 리퍼의 희생자 애니 채프먼(1869년도 사진)

애니 채프먼과 조 채프먼의 결혼사진(1869년 5월 1일)

29번지 공동주택 꼭대기 층에서 아내와 함께 살고 있는 존 데이비스는 토요일 오전 6시 직전에 건물 뒷마당으로 내려갔다가 그곳에서 섬뜩한 장면을 목격했다 벽 가까이에 한 여성이 머리를 벽에 댄 채 누워 있었다. 데이비스는 여성의 목이 처참하게 잘려 있는 것과 입에 담기 힘들 정도로 충격적인 여러 상처들을 보았다.

피살자는 땅에 등을 대고 똑바로 누워 있는 상태였고, 옷가지는 헝클어져 있었다.

핸버리 가 29번지 뒷마당과 출입구 사이의 통로

핸버리 가 29번지 건물. 애니 채프먼과 살인자가 들어간 건물 **출입문이** 보인다.

핸버리 가 29번지 마당으로 들어가는 입구. 채프먼의 시신은 몸은 울타리와 나란히 머리는 뒤 계단 닿을 듯한 자세로 발견되었다.

데이비스는 시체에 더 가까이 가지 않고 일단 자신의 아내에게 알린 뒤에 커머셜 가 경찰서로 달려갔다. 그의 신고를 받은 사람은 당시 경찰서 책임자였던 챈들러 경감이었다. 챈들러 경감은 경관 한 명에게 필립스 박사를 데려오라고 지시한 뒤 5~6명의 다른 경찰들과 함께 사건 현장으로 향했다.

시신은 똑같은 자세로 있었고, 주변에는 커다란 핏덩어리들이 널려 있었다. 살인자는 자신이 피해자의 머리를 완전히 잘라냈다고 생각하고 손수건으로 목을 싸매서 머리와 몸통이 분리되지 않게 유지하려고 한 것이 분명했다. 벽에도 핏방울과 피 얼룩이 남아 있었다. 피살자의 왼손 중지에서 한 개 또는 그 이상의 반지를 빼낸 것 같았다. 마당을 샅샅이 수색한 결과 피 묻은 편지봉투의 일부분이 발견되었다. 편지봉투에는 서식스 부대의 봉인 인장과

"런던, 8월 20일"이라는 날짜가 찍혀 있었으나, 주소는 "엠(M)"이라는 한 글자 외에는 모두 찢겨 나가 있었다. 그밖에 알약 2개가 발견되었다.

경찰은 이 지역에서 이미 세 여성을 살해한 동일 범죄자가 이번 네 번째 살인까지 저질렀고, 단독범행 즉 범인은 1명으로 추정하고 있다. 각 사건에서 보이는 극도의 잔인성으로 미루어 범인은 중증 정신이상자일 확률이 크다. 게다가 범인을 조속히 검거하지 않는다면 유사 범죄의 또 다른 희생자가 나올 우려도 크다.

메리 앤 니콜스의 검시 배심(1888년 9월 4일~24일)

윌리엄 니콜스의 증언

기계공인 니콜스는 피살자의 남편이었다고 진술했다. 두 사람은 헤어진 지 8년이 넘었다고 했다. 그가 피살자를 마지막으로 본 것은 3년여 전이고, 그 이후로는 그녀가 어떻게 지내왔는지 또 누구와 살았는지 모른다고 진술했다. 두 사람은 만나고 헤어지기를 몇 차례 반복했는데, 매번 그녀가 술에 의존하는 결과를 가져왔고 그것이 니콜스로 하여금 그녀와 완전히 결별하게 만든 결정적인 이유였다.

검시관의 진술

검시관은 자신이 담당한 사건의 사실 진술 과정에서 피해자의 신원이 그녀의 아버지와 남편에 의해 밝혀졌다고 말했다. 성명은 메리 앤 니콜스, 다섯 자녀를 둔 42세가량의 기혼여성이다. 피해자는 대체로 인근의 간이숙박소에 거주하면서 폭음에 의지하는 등 불규칙하고 문란한 생활을 해온 것이 확실시 된다.

8월 31일 금요일 밤, 피해자를 잘 알고 있는 홀랜드 부인이 교회의 거의 반대편인 오스본 가와 화이트채플 로드의 모퉁이에서 그녀를 목격했다. 피해자는 당시 인사불성으로 취해서 벽에 기대 비틀거렸다. 친분이 있는 홀랜드 부인이 그녀를 집까지 데려다주겠다고 달랬으나 그녀는 거절하더니 계속 비틀거리면서 화이트채플 동쪽으로 가려고 했다. 그것이 홀랜드 부인이 그녀를 마지막으로 본 모습이었다.

그녀는 홀랜드 부인에게 그날 숙박비의 세 배에 해당하는 돈을 가지고 있다가 그만 다 써버렸다고 말한 것으로 알려졌다. 그러고는 숙박비 낼 돈을 벌어서 곧 돌아오겠다고 했다. 그로부터 1시간 15분이 채 지나지 않아서 그녀는 1.2킬로미터 정도 떨어진 지점에서 숨진 채 발견되었다.

피해자의 상태는 범행 장소와 시신 발견 장소가 동일하다는 것을 증명하는 것으로 보인다. 시신의 목이 놓여있는 지점을 제외하면 어디서도 혈흔이 발견되지 않았다. 이것은 검시관이 볼 때 피해여성이 땅바닥에 쓰러져 있는 동안 목에 공격을 받았다고 추정하기에 충분한 근거였다. 한편 피해자의 옷가지가 헝클어져 있고 다리 주변에 혈흔이 없는 것으로 봐서 복부의 자상도 피해자가 같은 자세로 쓰러져 있는 동안 생긴 것으로 추정된다.

피해자의 시신이 발견된 곳에서 살해당했다면, 피해자는 비명이나 큰 소리를 지르지 않고 죽음을 맞은 셈이다. 그곳은 잠귀가 밝다는 그린 부인의 집 창문 바로 아래쪽이다. 또한 당시에 깨어 있었던 퍼키스 부인의 침실 바로 맞은편이기도 하다. 다시 말해 아주 가까운 거리, 여러 지점에서 지켜보는 눈들이 있었다. 그런데 아무런 소리도 들려오지 않았다.

잭 더 리퍼에게 두 여성이 살해당한 현장과 가까운 화이트채플의 한 간이숙박소 앞에 여자와 아이들이 모여 있다. 1890년경 촬영된 사진으로 보임.

어떤 저항흔도 없었다. 피해자가 만취한 상태였거나 아니면 폭행에 의해 기절한 상태였을 것이다. 처음에는 자신의 몸에도 혈흔이 묻었을 범인이 용케 사람들의 눈을 피해 도주했다는 것이 퍽 놀라웠다. 그런데 피가 주로 손에만 묻었다면, 인근 지역에 도살장이 많아서 옷과 손에 피를 묻힌 사람들의 모습이 심심찮게 보이는 특성상 범인은 어스름을 틈타 벅스 로에서 화이트채플 도로로 향한 뒤 아침 시장의 인파 속으로 모습을 감추기까지 별다른 시선을 끌지 않았을 것이다.

범인은 아마 검시 배심원들이 이번 사건과 기존 사건들의 유사점을 쉽게 간파하리는 건 짐작할 터다. 또한 네 사건이 전부 5개월 내에 그것도 검시 배심 장소로부터 아주 가까운 반경 안에서 벌어졌다는 것을 모르는 사람이 없으니 범인도 그 점을 충분히 계산하고 있을 터다.

네 명의 희생자들은 모두 중년 여성이다. 모두 과도한 음주벽 때문에 남편과 떨어져 생활하는 기혼여성들이었고, 사망 당시에 간이숙박소에 거주하면서 불규칙하고 불안정하며 곤궁한 삶을 살아가고 있었다. 네사건 모두 피살자들의 복부를 비롯해 신체 여러 부위에 자상이 있었다. 피해자들이 자정 이후의 시간에 공격을 받았고, 범인이 사람들의 시선을 피해 도주하기 불가능해 보이는 유흥가 인근을 범행 장소로 택한 점도 각 사건의 공통분모다. 네 건의 살인 범죄를 저지른 잔인무도하고 비열한 범인(혹은 범인들)은 붙잡히지 않고 사회에서 여전히 활개를 치고 있다

부활절 주간이었던 4월 3일 화요일 새벽에 오스본 가에서 공격을 받은 엠마 엘리자베스 스미스는 런던 병원에서 24시간 이상

생존했고 그 동안 몇 명의 남자들에게 쫓겼다는 진술 외에도 불완전하게나마 그 중 한 명의 인상착의까지 묘사했다. 마사 태브램은 8월 7일 화요일 오전 3시에 그레고리 야드 건물의 일층 계단참에서 39군데의 자상을 입고 숨진 채 발견되었다.

부활절 주간이었던 4월 3일 화요일 새벽에 오스본 가에서 공격을 받은 엠마 엘리자베스 스미스는 런던 병원에서 24시간 이상 생존했고 그 동안 몇 명의 남자들에게 쫓겼다는 진술 외에도 불완전하게나마 그 중 한 명의 인상착의까지 묘사했다. 마사 태브램은 8월 7일 화요일 오전 3시에 그레고리 야드 건물의 일층 계단참에서 39군데의 자상을 입고 숨진 채 발견되었다.

이밖에도 또 다른 검시 배심에서 다루고 있는 애니 채프먼 사건도 있다. 초기 두 사건에서 사용된 흉기는 같은 것이 아니다. 첫번째 사건에는 지팡이 같은 둔기가 사용된 반면, 두 번째 사건은 단도에 의한 자상이다. 그런데 최근 두 사건에서 사용된 흉기는 의학 전문가들의 의견에 따르면 크게 다르지 않다.

르웰린 박사는 니콜스의 자상들이 매우 날카로운 칼 이를테면 칼날이 가늘고 좁은 형태로 길이는 15~20센티미터 혹은 그 이상인 칼에 의해 생긴 것이라고 말했다. 이 두 사건에서 피해자들의 상처가 매우 유사했다. 두 피해자 모두 얼굴 주변에 멍이 있었고, 머리는 몸통에서 거의 잘려진 상태였다. 또한 이들 상처가 해부학적인 지식을 가진 자의 소행이라는 점도 유사하다.

르웰린 박사는 복부를 먼저 공격당했고 그것이 즉사의 원인이라고 보는 것 같다. 그러나 그의 말이 맞는다면, 목에 그토록 난폭한 공격을 가한 목적이나 동맥이 절단됐음에도 불구하고 상의의

겉옷이 거의 젖지 않을 정도로 출혈이 적은 이유 그리고 두 다리의 출혈이 적은 이유 나아가 목보다도 복부의 출혈이 훨씬 적은 이유를 설명하기 어렵다. 그렇다면 채프먼 사건에서처럼 치명상은 목에 먼저 가해졌고 복부 공격은 나중에 이루어졌다는 쪽이 더 일리가 있다. 이것은 극악한 만행을 저지른 동기 부분을 따질 때 중요한 사안이다.

강도 행각은 의심의 여지가 없는 반면 치정에 대한 암시는 전혀 없었다. 다툼의 흔적도 그런 소리도 없었다. 채프먼의 시신에서 복부의 일부 내장이 적출된 것은 그것이 그녀를 죽인 목적임을 암시하는 것으로 볼 수 있다. 내장의 적출을 검시 배심 중인 이 살인 사건의 동기로 볼 수 있지 않을까?

검시관은 배심원들에게 두 여성이 동일 목적을 가진 동일인에 의해 살해됐을 가능성을 제시했다. 검시관은 계속된 진술을 통하여 니콜스 사건에서 비열한 범인은 자신의 목적을 달성하기 전에 방해를 받았고, 탁 트인 거리에서 실패했기 때문에 그로부터 일주일이 채 지나지 않은 시점에서 이번에는 좀 더 외떨어진 장소를 선택했다고 말했다. 만약 그의 의견이 사실이라면, 범인의 잔인무도함과 뻔뻔함은 극단적인 광신주의와 증오에 찬 악의를 뛰어넘는다. 그러나 이런 추정은 맞을 수도 있고 틀릴 수도 있다.

애니 채프먼의 검시 배심(1888년 9월 11일~27일)

검시관의 진술

사망자는 47세의 과부로 이름은 애니 채프먼이다. 그녀의 남편은 윈저에 사는 마부였다.

런던의 한 값싼 간이숙박소의 모습. 휴버트 폰 헤르코머(Sir Hubert von Herkomer, 1872년) 작

그는 죽기 삼사년 전부터 아내인 애니 채프먼과 별거했으며 1866년 크리스마스에 죽기 직전까지 그녀에게 매주 10실링을 보내주었다. 한동안 문란한 생활을 지속하던 애니 채프먼은 생계유지가 어려워지면서 생활 습관과 환경이 더욱 악화되었다.

그녀는 주로 스피탈필즈 인근의 간이숙박소에서 가축처럼 많은 하층민과 섞여 생활했다. 그녀는 제대로 먹지 못하는 행색으로 상당히 궁핍한 모습을 보이곤 했다. 이번 사건으로 드러난 열악한 숙박시설의 삶을 일견하는 것만으로도 배심원들은 19세기 문명이 얼마나 장족의 발전을 했는지 자부심을 느낄 자잘한 이유들을 많이 찾아냈을 것이다.

그러나 동시에 매주 검시 배심이 열리고 있는 지역의 5000개 숙박침대를 차지한 사람들의 비참하고 부도덕하며 유해한 생활상에 대해 또 기아나 반(半)기아 상태라는 슬픈 이야기에 대해 듣기 위하여 계속 모여야 하는 배심원들로서는 스피탈필즈에 있는 간이숙박소의 삶이 무엇을 의미하는지 구태여 상기할 필요가 없을 정도다.

사망자의 관자놀이와 가슴 정면에 상대적으로 오래된 멍들이 생긴 것도 바로 이런 숙박시설 중의 한곳에서 그녀가 죽기 일주일 전에 있었던 사소한 다툼 때문이다. 그녀가 난자당한 시신으로 발견되기 불과 두세 시간 전에 누군가의 눈에 띈 곳도 바로 이 숙박업소 중 한 군데였다. 9월 7일 금요일 오후와 저녁, 그녀는 도싯가 35번지에 있는 숙박소에서 시간을 보내기도 했고 수중에 돈이 생기기 무섭게 찾아가는 링어스라는 술집에서 보내기도 했다.

그러다 토요일 오전 1시에서 2시 사이에 숙박비를 요구받고서 돈이 없음을 시인한 그녀는 돈을 벌기 위하여 다시 거리로 나가야 했다. 그때가 오전 1시 45분이었다. 그녀의 왼손 네 번째 손가락(약손가락)에는 두세 개의 반지가 끼어져 있었는데, 누가 봐도 재질과 가치를 한눈에 알아볼 수 있는 싸구려 비금속이었다. 그로부터 4시간 정도 모습을 감추었던 그녀가 다시 나타난 것은 오전 5시 30분경이었다. 그때 롱 부인은 핸버리 가에서 스피탈필즈 시장으로 가고 있었다.

엘리자베스 롱의 증언

롱 부인은 9월 8일 토요일 새벽에 집을 나서서 스피탈필즈 시장에 가려고 핸버리 가를 지나고 있었다. 그때가 오전 5시 30분경이었다. 그녀가 시간을 확신하는 이유는 핸버리 가 29번지를 지나갈 때 막 양조장의 시계가 그 시간을 알렸기 때문이다. 그녀는 보도에서 한 남자와 한 여자가 이야기를 나누고 있는 모습을 목격했다. 남자는 브릭 레인 쪽을 등지고 있었고 여자는 스피탈필즈 시장 쪽을 등지고 있었다. 그들은 29번지 건물 덧문에서 아주 가까운 곳에서 이야기를 하고 있었다.

롱 부인은 그 여성의 얼굴을 봤다. 그리고 나중에 다시 시체안치소에서 본 얼굴이 바로 그 여성이었다고 분명히 말했다. 부인은 남자의 피부가 검다는 것 외에 얼굴은 보지 못했다. 그는 갈색 사냥 모자를 쓰고 있었던 반면, 옷의 경우에는 검은 계통의 외투를 입은 것 같지만 확실하진 않다고 했다. 남자의 나이를 정확히 말하기 어렵지만 40세는 넘은 것 같았고 키는 사망자보다 약간 큰 정도였다. 외국인 같았고 초라하면서도 점잔을 빼는 것처럼 보였다.

목격자는 당시 크게 오가는 소리를 들었는데, 남자가 사망한 여성에게 이렇게 말했다. "정말이지?" 그러자 여자가 대답했다. "응." 목격자가 지나가는 동안 그들은 계속 그 자리에 서 있었고, 목격자는 뒤를 돌아보지 않고 그대로 시장으로 향했다.

이어지는 검시관의 진술

사망자가 당시 자신의 상황을 전혀 인지하지 못했다고 볼 어떠한 증거도 정황도 없다. 그녀가 하루 전인 금요일 오후 5시에 도버 가에서 만난 친구들의 눈에는 말짱해 보이긴 했으나, 그 이후에 계속 술을 마셨기 때문에 어느 정도 취한 상태였다는 것은 사실이다. 2시 직전에 그녀가 숙박소를 떠났을 때 숙박소의 야경꾼은 그녀가 몹시 취해 있었으나 인상불성은 아니었다고 말했다. 다시 말해 취하는 역력했으나 똑바로 걸을 수 있었고, 아마 맥주만 마셔서 화주(火酒)를 마셨을 때보다는 빨리 깬 것 같다고 덧붙였다. 검시 결과에서도 위에 음식물이 남아 있는 반면 액체의 흔적이나 독주를 마신 증거는 없었다.

동행한 사람은 다른 목적을 품고 있었겠지만 아무튼 희생자는 자신의 몸을 충분히 가눌 수 있는 상황에서 그 공동주택으로 들어갔다. 마당의 상태가 알려주고 의학 조사가 밝혀낸 증거에 따르면, 두 사람은 공동주택 안으로 들어간 후 맞은편 반회전문을 열고 마당으로 연결된 계단 세 개를 내려갔다.

범인은 배신자처럼 슬그머니 접근하여 희생자를 제압했을 것이다. 그는 희생자의 턱을 잡고서 목을 누름으로써 끽 소리도 못하게 만든 동시에 질식시켰다. 저항이나 다툰 흔적은 없었다. 옷은 찢겨져 있지 않았다. 이 준비단계에서조차 범인은 자신의 극악한 범죄를 어떻게 하면 효과적으로 달성할 것인지 알고 있었다. 그는 희생자를 땅바닥에 쓰러뜨리고 똑바로 눕혔다. 이 과정에서 희생자가 담장에 살짝 부딪치긴 했지만 범인은 상당히 조심스럽게 희생자를 제압해 나갔다. 곧 야만적이고 단호한 손길에 의해 목의 두 군데가 잘려나갔고 다음엔 복부에 공격이 가해지기 시작했다.

모든 과정이 냉정한 무감각과 무모한 대담함으로 이루어졌다. 그러나 가장 눈에 띈 부분은 희생자의 주머니를 뒤져서 그 내용물을 기계적인 정밀함으로 그녀의 발치에 가지런히 배열해 놓은 것이다. 벅스 로 사건에서처럼 이번에도 비명 한번 없이 살인이 끝났다. 사건 현장을 에워싼 건물의 거주자들 누구도 수상한 소리를 듣지 못했다.

잔인한 살인자는 자신의 무시무시한 범죄를 감추는 수고마저 마다하고 그냥 누구든 먼저 마당으로 오는 사람이 발견하게끔 시신을 적나라하게 방치했다. 조금의 수고를 감당하면서 반지들을 빼내긴 했지만 그는 결국 방해를 받았거나 아니면 성큼 다가온 새벽빛에 불현 듯 발각될지 모른다는 두려움을 느끼고 갑자기 도주했을 터다.

사라진 것은 두 가지다. 희생자의 손가락에서 빼낸 반지들 그리고 복부에서 적출한 자궁. 시신은 해부되지 않았지만 자상들을 보면 상당한 해부학적 기술과 지식을 지닌 자의 소행이다. 불필요하게 절개된 곳은 없었다. 장기를 가져간 사람은 그것이 신체의 어느 위치에 있는지, 적출 과정의 난이도는 어느 정도인지 또 장기를 훼손하지 않으려면 어떻게 칼을 사용해야 하는지 정확히 아는 자다. 서툰 사람은 장기가 어느 위치에 있는지 그것을 찾아내고도 실제 그 장기인지 여부를 알지 못한다. 이를테면 단순한 도축업자들은 이런 식으로 장기를 적출해낼 수 없다. 해부학실에 익숙한 자의 소행이 틀림없다.

결론적으로 범인에게 복부 장기를 가지려는 욕구가 매우 강했던 것으로 보인다. 강도질이 목적이었다면 장기 적출은 무의미하다. 희생자는 이미 목의 출혈로 사망한 상태였으니까 말이다. 게다가 시시한 놋쇠 반지들을 훔치고 해부에 능숙한 사람이 최소 15분 이상 걸리는 적출 끝에 장기를 가져간 것으로 볼 때 적출한 장기가 범행의 진짜 목적이고 반지들은 진의를 숨기려는 얄팍한 위장술에 불과하다는 추리로 이어진다. 사라진 장기의 양은 커다란 커피 잔 크기에 들어갈 정도의 부피로, 정밀한 의학 조사가 없었더라면 장기가 사라졌는지조차 몰랐을 상황이다.

살인자의 목적이 복부의 장기를 가져가는 것이었다니 선뜩 믿기지 않을 법 하다. 검시 배심원들로선 이런 사소한 목적 때문에 사람의 목숨을 앗아갔다고 결론을 내리기엔 너무 참담하겠지만 실상 대부분의 살인 동기는 그 범죄의 중대함에 반드시 비례하진 않는다.

범인이 병적인 감성을 지닌 정신병자라는 설이 계속 제기되어 왔다. 그럴 수도 있고 아닐 수도 있으나 살인자의 목적은 여러 사실들에 의해 분명히 드러나 있는데다 장기를 사고 파는 시장이 형성되어 있으니 구태여 정신병자라고 가정할 필요는 없겠다.

수개월 전에 한 미국인(병리학 박물관의 보조 큐레이터)이 검시 배심에 출두하여 사망 사건에서 적출된 장기들을 가져가겠냐는 질문을 받았다. 그는 장기 하나당 20파운드 가격으로 기꺼이 구매할 의향이 있다고 진술했다. 그는 당시 출간 작업을 진행 중인데 출간물에 장기의 샘플 사진을 실어야 한다고 말했다. 하지만 장기 샘플을 확보하기 어렵다는 말을 들어서 계속 구하려고 노력 중이라고 했다. 그는 장기 샘플들을 일반적인 보존제인 알코올이 아니라 글리세린에 담아서 물렁물렁한 상태로 보존한 뒤 미국으로 보내고자 한다고 말했다. 이런 장기 샘플에 대한 요구는 유관 기관 간에 종종 이루어지는 것으로 알려졌다. 이런 요구가 있다는 것을 알게 된 타락한 무리들이 직접 장기 확보에 나섰을 가능성도 있지 않을까?

언론 보도로 본 사건의 추이

사건의 전개2:
다섯 번째 살인부터 일곱 번째 살인

어제 아침, 그동안 애니 채프먼 살인 사건을 끈질기게 수사해온 시크 경사가 마침내 일명 "가죽 앞치마"로 알려져 있는 살인사건 용의자를 체포하는데 성공했다. 이 남자는 애니 채프먼 사건과 최근 화이트채플에서 벌어진 살인 사건들을 수사하는 동안 이 지역의 많은 여성들에 의해 만행을 저지른 범인으로 지목되었고 그 충격적인 소문이 삽시간에 퍼지면서 악명을 얻은 인물로 회자될 것이다.

시크 경사는 두세 명의 경관과 함께 멀베리 가 22번지를 찾아가 문을 두드렸다. 문을 열어준 사람의 이름은 피저, 일명 "가죽 앞치마"로 추정되는 인물이었다. 시크는 단번에 그를 제압하면서 말했다.

"내가 제대로 찾아왔군."

그는 곧 피저에게 채프먼의 살인 혐의로 체포한다고 알렸다. 피저는 아무 대꾸도 하지 않았다. 체포된 남자는 부츠를 끝손질 하는 직공이었는데, 시크는 그를 다른 경관들에게 넘긴 뒤 집안을 수색하기 시작했다.

그가 찾아낸 것은 날이 예리하고 긴 칼 다섯 점—그러나 피저와 같은 직공들이 일을 할 때 사용하는 칼들—과 낡은 모자 대여섯 개였다. 몇 명의 여성들이 그 모자에 대해 한 진술에 따르면, 피저는 여러 종류의 그 모자들을 쓰는 모습이 자주 목격되었다. 피저는 자신이 "가죽 앞치마"로 알려진 사람이 아니라고 강하게 부인했다.

　다음의 공지문이 런던 지역의 경찰뿐 아니라 전국 경찰서에 배포되었다.

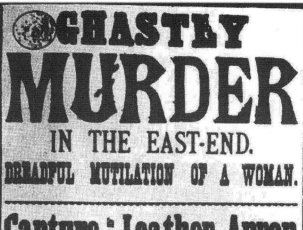

GHASTLY MURDER
IN THE EAST-END.
DREADFUL MUTILATION OF A WOMAN.
Capture : Leather Apron

Another murder of a character even more diabolical than that perpetrated in Back's Row, on Friday week, was discovered in the same neighbourhood, on Saturday morning. At about six o'clock a woman was found lying in a back yard at the foot of a passage leading to a lodging-house in a Old Brown's Lane, Spitalfields. The house is occupied by a Mrs. Richardson, who lets it out to lodgers, and the door which admits to this passage, at the foot of which lies the yard where the body was found, is always open for the convenience of lodgers. A lodger named Davis was going down to work at the time mentioned and found the woman lying on her back close to the flight of steps leading into the yard. Her throat was cut in a fearful manner. The woman's body had been completely ripped open and the heart and other organs laying about the place, and portions of the entrails round the victim's neck. An excited crowd gathered in front of Mrs. Richardson's house and also round the mortuary in old Montague Street, whither the body was quickly conveyed. As the body lies in the rough coffin in which it has been placed in the mortuary - the same coffin in which the unfortunate Mrs. Nicholls was first placed - it presents a fearful sight. The body is that of a woman about 45 years of age. The height is exactly five feet. The complexion is fair, with wavy brown hair; the eyes are blue, and two lower teeth have been knocked out. The nose is rather large and prominent.

애니 채프먼 피살 직후 화이트채플 살인자(잭 더 리퍼)를 "가죽 앞치마Leather Apron"로
지칭한 신문기사. 채프먼의 심장이 적출됐다는 등의 사실과 다른 내용이 포함되어 있다.

잭 더 리퍼 용의자 중 하나였던 존 피저

"9월 8일 오전 2시 주택에서 매춘부를 살해한 남자의 인상착의: 나이 37세. 키 170센티미터 검은 턱수염과 콧수염. 옷—셔츠, 검은 계통의 재킷과 조끼, 바지, 검은 스카프, 검은 펠트 모자. 외국인 억양의 말투."

일명 "가죽 앞치마"와 인상착의가 흡사한 용의자가 그레이브젠드에서 체포됐다는 소식이 전해지자 세간의 흥분이 고조되었다. 윌리엄 헨리 피곳이라는 이름의 이 남자는 일요일 밤 그레이브젠드의 술집 포프스 헤드에서 검거되어 수감되었다. 피곳이 처음부터 이목을 끈 것은 그의 옷에 묻어 있는 혈흔 때문이었다.

그레이브젠드 경찰 책임자는 용의자에 대한 첩보를 입수하고서 포프스 헤드로 경사를 보냈다. 술에 취해 있는 듯한 그 남자에게 접근하던 경사는 그의 한쪽 손에서 최근에 생긴 몇 개의 상처들을 보았다. 경사가 그 상처에 대해 추궁하자, 피곳은 횡설수설하면서 일요일 새벽 4시 30분쯤에 화이트채플의 브릭 레인에 갔다가 한 여자가 발작을 일으키는 것을 발견했다고 했다. 그래서 그녀를 부축해 주려고 몸을 숙이는 순간, 그녀가 그의 손을 물었다는 것이다. 격분한 그가 여자를 때렸고, 마침 두 명의 경찰이 그쪽으로 다가오는 걸 보고 냅다 도망쳤다고 말했다.

12시 48분에 피곳이 체포됐다는 소식이 빠르게 퍼지더니 얼마 지나지 않아서 살인 용의자를 보려고 몰려든 흥분한 군중이 경찰서를 에워쌌다. 토요일에 술집 프린스 앨버트에 있었다는 "가죽 앞치마"의 인상착의를 묘사했던 피디몬트 부인을 비롯하여 용의자의 신원을 확인해 줄 수 있는 몇 명의 목격자들이 경찰서에 출두했다. 그러나 간단한 조사 결과 피곳은 "가죽 앞치마"가 아니라는 데 목격자들의 의견이 일치했다.

화이트채플 일대를 방문한 적이 있는 총명한 관찰자들은 범인이 그 정도로 잔악한 범행 후에 은신처까지 무사히 갈 수 있었다는 점에 경악을 금치 못한다. 범인은 피비린내를 풍기며 핸버리 가의 공동주택 마당을 떠났을 터다. 만약 그 시간이 오전 5시에서 6시 사이라는 추측이 맞다면, 이른 시간이지만 사람들의 통행이 상대적으로 빈번한 거리를 거의 백주대낮에 걸어서 이동했음에도 불구하고 그동안 그의 섬뜩한 모습에 아무도 주의를 기울이지 않았다는 얘기가 된다.

이 점은 많은 사람들로 하여금 살인자가 간이 숙박소에 거주하는 빈민층이 아니라는 가설로 이끌었다. 아무튼 범인에게 혈흔이 묻었음이 분명한데 사람들의 이목을 끄는 그런 모습으로 간이숙박소로 돌아가지 않았을 것이다. 따라서 경찰은 수사를 간이숙박소에 한정하지 않고 주택 소유주들로 확대했다. 런던의 이스트엔드에 무수히 많은 주택 소유주들은 가구 딸린 셋집을 임대하면서 세입자의 성격이나 이력 따위를 제대로 묻지 않는 관행을 지켜왔다.

지역의 주요 상인들이 어제 모임을 갖고 저명한 인물 16명으로 구성된 위원회를 만들고 J. 애런스 씨를 간사로 임명했다. 이 위원회는 지난밤 살인자를 검거하는데 결정적인 제보를 하는 사람에게 포상금을 지급하겠다는 공지를 발표했다. 지역 주민들은 그 공지를 환영했고, 며칠 안에 거금의 포상금이 정해질 거라고 생각했다.

지역 자경단을 조직하자는 제안도 큰 호응을 얻었고 구체적인 결성 움직임이 진행되었다. 다양한 직장인 클럽과 지역의 여러 정치 사회 단체에서 모임이 열렸고, 이를 통하여 주민들이 기꺼이 찬성할만한 제안들이 나왔다.

9월 12일. 최근의 수사진행상황은 그리 낙관적이지 않다. 월요일 저녁에 전해진 소식에 따르면, 애니 채프먼의 살인 혐의를 받고 있는 존 피저는 리먼 가 경찰서에 아직 구금 중이었다. 그런데 지난밤 그를 석방하기로 결정되었다.

9월 15일. 그레이브젠드에서 체포된 피곳의 경우에는 형사들의 심문 과정에서 어떠한 범죄 혐의점도 발견되지 않았다. 결국 조만간 그도 풀려날 전망이다.

9월 20일. 지난밤까지 화이트채플 살인 사건과 관련해 체포된 용의자는 더 없으며, 경찰은 여전히 우왕좌왕하고 있다.

다섯 번째 사건

희생자: 엘리자베스 스트라이드
사건발생일: 1888. 9. 30
사건발생장소: 버너 가
자료 출처: 《더 타임스》 1888. 10. 1

어제 이른 새벽, 런던의 이스트엔드에서 또 다시 두 건의 섬뜩한 살인사건이 벌어졌다. 두 사건의 희생자들 역시 매춘 여성으로 알려졌다. 경찰은 이번 사건의 범인을 지금까지 화이트채플에서 벌어진 인면수심의 범행으로 이미 악명을 떨치고 있는 자와 동일인이라고 보는데 의심의 여지가 없는 것 같다. 두 사건 현장은 서로 걸어서 불과 15분 거리에 있는데, 먼저 발견된 사건은 커머셜 가 외곽의 한적한 버너 가에 있는 어느 마당에서 벌어졌고, 두 번째 사건은 앨드게이트의 마이터 광장에서 발생했다.

다섯 번째 사건에서 시신은 한 공장의 초입 쪽에서 발견되었다. 범행 수법이 기존 사건들과 비교해서는 평범해 보이지만-매춘 여성의 목만 잘린 상황임을 고려하면-시신의 자세로 봐서 살인자는 시신을 훼손하려고 했음이 분명하다. 그러나 인근에 이륜 짐마차가 나타나는 바람에 범행을 멈추고 이 짐마차 뒤쪽으로 도주한 것으로 보인다.

범죄 현장은 한 쌍의 커다란 나무 관문으로 이어지는 좁은 마당이다. 이 마당에는 관문이 닫혀 있는 경우에 출입문으로 사용하는 작은 쪽문이 하나 있다. 살인자가 범행을 저지르던 시간에 나무 관문은 열려 있었다. 거리에서 5~6미터 떨어진 이 마당의 사면은 창문이 없는 담장으로 에워싸여 있다. 그래서 해가 진후에 이 마당은 칠흑 같은 어둠의 공간으로 변한다.

마당의 뒤쪽으로 멀리 노동자 클럽, 마당 왼쪽에는 주로 재봉사와 담배 제조공들이 사용하는 수많은 오두막이 있다. 이 클럽과 오두막에서 새어나오는 불빛이 마당까지 닿는다. 그러나 살인이 이루어진 시간에는 인근 주거지의 불빛이 모두 꺼진 상태였고, 클럽 위층에서 나오는 불빛은 오두막촌 맞은편에 닿아서 오히려 마당의 일부는 더욱 짙은 어둠이 드리워졌다.

엘리자베스 스트라이드의 사망 증명서

사회주의자 연맹의 지부이자 수많은 외국인 거주민들의 회합 장소인 노동자 클럽—정확히는 국제 노동자 교육 클럽—에서는 토요일 밤마다 서로의 관심사를 토론하고 노래와 이런저런 오락을 곁들여 친목모임을 마무리하곤 했다.

유대인 사회에 사회주의를 정착시키기 위한 필수조건이라는 주제 토론으로 모임이 시작된 시간은 토요일 8시 30분경이었다. 모임은 11시경까지 계속되었고, 그때쯤에는 참석자 중에서 상당수가 자리를 뜨고 없었다. 이삼십 명 정도가 자리를 지키는 가운데 일상적인 음악 연주회가 계속되는 동안, 클럽의 간사가 인근에서 한 여성이 피살됐다는 소식을 알렸다.

버너 가에서 스트라이드의 시신이 발견된 소식을 전하는 《페니 일러스트레이티드 페이퍼》, 1888년 10월 6일자

엘리자베스 스트라이드가 살해되고 21년이 지난 1909년의 버너 가 모습. 수레바퀴가 달려있는 건물 바로 오른 쪽 3층 건물이 국제 노동자 클럽이다.

위의 건물을 좀 더 가까이서 촬영한 사진

　사건 현장인 마당 맞은편의 오두막촌 거주자들은 집안에서 대부분 잠자리에 든 상태였다. 그중에 침대에서 잠이 깨어 있던 몇몇은 클럽에서 들려오는 음악 소리를 듣고 있었는데, 갑자기 연주회가 끝났다는 것을 기억하고 있었다. 그러나 그들이 잠자리에 든 시간과 시신이 발견된 시간 사이에 비명이나 여자의 울부짖음 같은 소리를 들은 사람은 아무도 없었다.

　간밤의 희생자는 그녀의 자매에 의해 신원 확인을 거쳐 엘리자베스 스트라이드로 밝혀졌다. 희생자는 최근부터 플라워 앤 딘 스트리트에 살았던 것으로 보인다. 사망자의 시신을 확인한 한 기자는 그녀를 걸핏하면 만취 상태에서 발견된 애니 피츠제럴드라는 이름의 여성으로 알고 있었다. 만취 상태에서도 언제나 술을 마시지 않았다고 잡아떼면서 발작 증세를 보이고 있노라 말하더라는 것이다. 발작증에 관한 그녀의 말은 자신이 주취 문제로 여러 차례 즉결 재판소에 섰을 때 했던 변명과는 정확히 일치하진 않아도 일부는 사실로 보인다. 즉결 재판소에서 그녀에게 불리한 증거가 제시되는 동안, 그녀가 갑자기 피고석에서 발작을 일으키며 쓰러지는 통에 기절한 채 법정에서 구치소로 옮겨졌기 때문이다.

엘리자베스 스트라이드에 대한 검시 배심(10월 2일~10월 24일)

제임스 브라운의 증언

저는 일요일 오전 1시 15분경에 사망자를 목격했습니다. 당시 저는 먹을거리를 사려고 집을 나와서 버너 가와 페어클러프 가의 모퉁이를 향하고 있었죠. 길을 건너고 있는데 페어클러프 가의 공립초등학교 근처에 한 남자와 한 여자가 서 있는 것을 봤어요. 그들은 벽에 몸을 기대고 서 있더군요. 그들 곁을 지나갈 때 여자가 이렇게 말하는 소리가 들려왔어요.

"아니, 오늘 밤은 안 돼. 나중에." 그 말 때문에 저는 돌아서서 그들을 봤어요. 그 여자가 사망자라고 확신해요. 남자는 팔을 들어 벽을 짚고 있었고 여자는 벽에 등을 대고 남자를 정면으로 쳐다보고 있더군요. 남자는 거의 발목까지 내려오는 롱코트를 입고 있었어요. 그들이 서 있는 자리는 다른 곳에 비해 더 어두웠어요. 그리고 저는 가던 길을 계속 갔고요.

제가 식사를 거의 끝냈을 즈음 "경찰", "살인"이라고 외치는 소리를 들었어요. 제가 집으로 들어가고 15분 정도 지났을 때였어요. 남자의 키는 170센티미터 정도였어요. 살집이 있는 통통한 체격이었고요. 남자와 여자 모두 정신은 말짱해 보였어요.

윌리엄 마샬의 증언

일요일 밤에 저는 시체안치소에서 사망자의 시신을 확인했습니다. 그 시신은 토요일 밤에 제가 버너 가의 저의 집에서 세 집 정도 떨어진 거리에서 본 여자였습니다. 11시 45분경이었어요. 그 여자는 한 남자와 얘기를 하고 있었습니다. 저는 그녀의 얼굴과 옷차림을 다 기억합니다. 불빛이 없어서 그녀와 얘기를 하고 있던 남자의 얼굴은 보지 못했습니다. 남자는 검은색 반코트와 짙은 계열의 바지를 입고 있었습니다. 나이는 중년 정도로 보였고요.

검시관: 남자가 어떤 종류의 모자를 쓰고 있었나요?
목격자: 챙이 작은 둥근 모자, 그러니까 선원들이 쓰는 모자 그런 종류였습니다.
검시관: 남자의 키는 어느 정도였나요?
목격자: 168센티미터 정도였고 통통했습니다. 옷차림이 점잖아 보였고, 사무직 그런 일을 하는 것 같았습니다. 사무원이라고 할까요.
검시관: 구레나룻을 기르고 있던가요?
목격자: 제가 본 기억으로는 구레나룻이 없었던 것 같습니다. 장갑을 끼고 있지 않았고 지팡이나 그런 것도 없이 맨손이었습니다.

검시관: 그 남자는 어떤 종류의 옷을 입고 있었나요?

목격자: 앞자락을 허리춤에서 비스듬히 재단한 모닝코트 같았습니다.

검시관: 그때 본 여자가 사망자가 맞나요?

목격자: 네, 맞습니다. 그 사람들을 자세히 본 건 아닙니다. 저는 저의 집 문간에 서 있었는데 제일 먼저 눈에 띈 것은 그 여자가 꽤 오랫동안 거기 서 있었다는 점과 남자가 그녀에게 키스를 한 겁니다. 남자가 죽은 여자에게 이렇게 말하는 소리를 들었습니다. "너는 기도 얘기는 안하려고 드는구나." 그의 말투는 상냥했고 어딘지 많이 배운 사람 같았습니다. 두 사람은 거리를 따라 걸어 갔습니다.

윌리엄 스미스 경관의 증언

스미스는 토요일 밤에 버너 가를 순찰 중이었다고 진술했다.

검시관: 버너 가에 있을 때 누군가를 봤나요?

스미스: 네, 남자 한 명과 여자 한 명을 봤습니다.

검시관: 여자는 사망자와 비슷하게 생겼나요?

스미스: 네, 여자의 얼굴을 봤습니다. 그리고 시체안치소에서 사망자의 얼굴을 봤는데 같은 사람이라고 확신합니다.

검시관: 사망자와 얘기를 하고 있던 남자를 봤나요?

스미스: 네, 남자는 손에 신문뭉치를 들고 있었습니다. 길이 45센티미터 폭 20센티미터 정도 됐습니다. 남자의 키는 170센티미터 정도였습니다. 검은색 계통의 단단한 펠트제 사냥모를 썼고, 검은색 계통의 코트 같은 걸 입고 있었습니다.

검시관: 코트 종류는 어떤 것이었나요?

스미스: 오버코트였습니다. 바지는 거무스름한 색이었고요.

검시관: 남자의 나이를 가늠해볼 수 있나요?

스미스: 28세 정도.

검시관: 그 남자가 어떤 사람인지 말해볼 수 있나요?

스미스: 아니오, 그건 모릅니다. 외모는 점잖아 보였습니다. 여자는 재킷에 꽃을 꽂고 있었고요.

검시관의 진술

온갖 국적의 사람들이 모여 있는 이 지역에서 앞서 벌어진 일련의 사건 피해자들과 달리 엘리자베스 스트라이드는 영국인이 아니다. 그녀는 1843년에 스웨덴에서 태어났으나 이 나라에서 산 지 22년이 넘었기에 외국인 억양이 크게 느껴지지 않을 정도로 영어를 유창하게 구사했다. 한때 고인과 그녀의 남편은 포플러에서 커피점을 운영하기도 했다. 고인은 또 커머셜 가의 데번셔 가에서 바느질과 잡일로 스스로 생계를 꾸리기도 했던 것 같다.

지난 6년 동안 그녀는 간헐적으로 악명 높은 플라워 앤 딘 가의 간이숙박소에서 생활했다. 그녀는 그곳에서 "키다리 리즈"라는 별명으로만 알려져 있었고, 종종 자신의 남편과 자녀들이 증기선 SS 프린세스 앨리스 호의 침몰 때 숨졌다는 등 선뜻 믿기 어려운 말들을 하곤 했다.

사망자는 최근 2년간 예비군 소속의 부두 노동자인 마이클 키드니와 함께 스피탈필즈의 도싯 가에서 살아왔다. 그러나 이 동거 생활 중에서 주기적으로—다 합쳐서 대략 5개월에 해당하는 기간 동안—마이클 키드니와 별거 생활을 하기도 했다. 별거를 해야 하는 특별한 이유가 있어서라기보다 동거의 속박에서 벗어나고 싶은 욕구와 음주 기회를 좀 더 많이 가지고 싶다는 바람 때문이었다.

템스 강에서 650명 이상의 사망자를 낸 프린스 앨리스 호와 바이웰 캐슬 호의 충돌 장면(1878년)

페어클러프 가와 버너 가의 모퉁이에서 생전의 희생자를 마지막으로 목격한 제임스 브라운의 증언에 따르면, 희생자는 "오늘밤 말고 나중에."라고 말했다. 그로부터 15분이 채 지나지 않아서 그녀는 살아있는 모습이 목격된 곳으로부터 불과 몇 미터 떨어진 거리에서 시신으로 발견되었다.

늦은 시간이라 사람들이 별로 없는 곳이긴 했으나 위치상 한적하거나 사람들의 통행이 없다는 이유애소 범행 장소로 선택할 만한 곳은 아니었다. 이곳의 유일한 장점은 어둠이었다. 몇 가구가 사는 공동주택의 마당으로 이어지는 통로 부근이었다. 이 통로와 마당 근처에는 토론을 마치고 가무와 오락 시간을 갖고 있던 사회주의자 클럽이 있었다.

희생자와 그녀의 동행인은 클럽과 주방 그리고 인쇄실에서 새어 나오는 불빛을 봤을 것이다. 그들은 클럽의 창문들이 열려 있었기 때문에 가무를 즐기는 소리도 들었을 것이다. 그들이 도착하기 직전까지 그 마당에는 사람들이 있었다.

오전 12시 40분경 모리스 이글이라는 클럽 회원이 희생자가 마지막 숨을 토해내던 바로 그 지점을 지나서 관문을 통과했고 마당 쪽으로 열려있던 클럽의 뒷문으로 들어갔다. 1시에 클럽의 간사가 시신을 발견했다. 그는 시신을 직접 자세히 살피진 않았으나 수분 동안 시신의 목에서는 피가 계속 흘러나왔다.

일대에서 벌어진 유사 사건들과 마찬가지로 이번에도 도와달라는 외침 같은 것은 없었다. 클럽이 꽤 소란스러웠다고는 하나 인근에서 어느 누구도 비명 소리를 듣지 못했다는 것은 납득이 가지 않는다.

사회주의자 신문의 편집인은 클럽 건물에서 떨어진 창고 그러니까 인쇄소로 사용되는 곳에서 조용히 일을 하고 있었다. 또 사건 현장에서 가까이 있는 오두막 촌에도 몇몇 가족이 깨어 있었고, 클럽의 여러 방에는 스무 명 가량의 사람들이 남아 있었다. 그런데도 비명 소리 한번 없었다니, 대체 희생자는 어떻게 죽음을 맞았던 것일까?

저항흔도 없었다. 희생자의 옷은 찢기지 않았고 헝클어지지도 않았다. 양 어깨에 손으로 누른 흔적이 남아 있긴 했으나, 시신의 자세는 발견된 지점에 희생자가 스스로 원해서 혹은 자기가 직접 자리를 잡았음을 암시하고 있다. 남아있는 족적은 피해자의 부츠 자국뿐이었다. 그녀는 여전히 구중향정(입 냄새를 없애주는 약) 뭉치를 손에 쥐고 있었고, 상의 앞쪽에 핀으로 꽂아놓은 꽃송이도 그대로 남아 있었다.

그녀가 만약 강제로 땅에 눕혀졌다면, 사람들의 이목을 끌지 않을 수 없었을 것이다. 바닥에 남아있는 혈액의 상태로 미루어, 희생자의 목이 잘린 것은 그녀가 실제로 땅에 등을 대고 누운 다음이었다. 재갈을 물린 흔적도 얼굴에 타박상도 없었다. 희생자의 위에서는 마취제나 최면제 성분은 발견되지 않았고, 그녀의 손에 쥐어진 구중향정은 그녀가 자기방어 차원에서 그것을 사용하지 않았음을 보여준다. 어쩌면 어깨에 나 있는 손의 압박흔은 이번 참변의 원인과는 거리가 있을지 모르겠다. 검시를 맡은 프레더릭 윌리엄 블랙웰 박사는 그 압박흔이 최근에 생긴 것이라고 보기 어렵다고 말했기 때문이다.

유독 설명하기 어려운 부분이 하나 있다. 블랙웰 박사가 검안했을 때 희생자의 오른손은 가슴에 올려져 있었고 그 손바닥과 손등에는 피가 묻어 있었다. 블랙웰 박사에 이어 현장에 도착한 경찰공의 필립스 박사는 그 손에 피가 묻은 원인을 설명하지 못했다. 손에는 목이 잘릴 때 예상할 수 있는 방어흔이 없었기에 당연히 출혈의 원인이 되는 상처도 없었기 때문이다. 그렇다면 살인자가 일부러 그녀의 손에 피를 묻힌 것일까 아니면 현장에 먼저 도착한 누군가가 실수로 묻힌 것일까? 해답이 될 만한 증거는 없다.

불행히도 살인자는 아무런 흔적도 남기지 않고 사라졌다. 심지어 구중향정마저 아무 표시가 없는 종이로 포장되어 있어서 그것을 어디서 샀는지 알아낼 방법이 없다. 목의 절창으로 볼 때 범인의 손과 옷에 피가 묻을 수밖에 없고, 희생자의 가정사로 볼 때 범인은 비면식범의 확률이 컸다.

범행 동기의 부족, 희생자로 선택된 여성들의 나이와 계층, 범행 장소와 시간이라는 측면에서 이번 사건과 최근 이 지역 일대에서 벌어진 일련의 미제 사건들 사이에 유사성이 있다.

이번 사건은 니콜스와 채프먼 사건에서처럼 능숙한 시신 훼손이 없었고, 마이터 광장에서처럼(모방 범죄로 판단되는) 서툰 공격의 흔적도 없으나 희생자를 함정에 빠뜨려 즉사시키는 동시에 살인자 본인에겐 혈흔을 묻히지 않는 노련함은 동일하게 나타난다. 게다가 즉각적인 수사망을 대범하고도 매우 성공적으로 피해감으로써 불행히도 인근 지역 주민들과 잦은 왕래자들에게 불안을 던져준다는 점도 같다.

경찰공의로서 화이트채플 지역을 담당했던 외과의, 조지 백스터 필립스(1888년)

핸버리 가 29번지에서 채프먼 살인 현장을 살펴보는 조지 백스터 필립스

여섯 번째 사건
희생자: 캐서린 에도우스
사건발생일:
사건발생장소: 마이터 광장
출처: 《더 타임스》 1888년 10월 1일자

마이터 광장에서 발견된 시체, 《일러스트레이티드 폴리스 뉴스》 1888년 10월 6일자

이 도시에서 또 다시 벌어진 살인사건, 살인자는 정신병자가 아니라면 천인공노할 범죄를 저지르는 동안 혹시 누군가에게 발각될지 모른다는 두려움조차 없었던 것으로 보인다.

마이터 광장으로 진입하는 길은 세 지점 그러니까 마이터 가를 경유하거나 듀크 가와 세인트 제임스 플레이스에서 연결된 통로를 이용하는 것이다.

마이터 광장이 밤에는 사업 목적 외에는 한적해지는 게 사실이긴 하나 어느 길을 택하든 일반 행인이나 경찰의 눈에 띌 확률이 높다. 게다가 15분에서 20분 간격으로 경찰이 순찰을 돌기 때문에 살인자와 희생자는 이 짧은 시간 동안 그곳에 도착했고 범죄까지 끝이 났다는 결론이 나온다.

사망한 여성은 등을 대고 누워서 머리를 왼쪽으로 기운 상태로 발견되었다. 왼쪽 발은 펴져 있었고, 오른쪽 발은 구부려져 있었다. 두 팔은 모두 펴진 상태였다. 목은 무참히 잘려 있었다. 코에서 오른쪽 뺨으로 크고 깊은 자창이 있었고, 오른쪽 귀의 일부는 잘려나갔다. 이루 표현하기 어려운 또 다른 훼손들도 있었다. 하반신을 훼손한 방식으로 미루어 범인은 상당한 해부학적 지식과 기술을 갖춘 것으로 보이는 반면, 니콜스와 채프먼의 경우보다는 급하고 거칠게 범행을 저지른 것으로 추정된다.

사건 현장을 최초로 목격한 경찰은 자신이 시신을 발견하기 전 15분 안에 범행이 이루어졌을 거라고 단언했다. 그는 순찰을 시작한 지 10분에서 15분 후에 시신을 발견했다고 말했다. 그의 가설에 따르면, 앨드게이트에서 마주친 한 남자와 한 여자가 순찰 중인 자신이 광장을 돌아갈 때까지 지켜본 뒤에 음란한 목적으로 광장에 들어섰다. 여자의 목을 자른 살인자는 서둘러 시신을 훼손하기 시작했다.

1888년 9월 30일, 사진 중앙에 보이는 담장 가까이서 캐서린 에도우스의 시신이 발견됐다.

일부 의사들은 살인자가 시신 훼손을 끝내는데 5분이면 충분했을 것이고 그 결과 순찰 중인 경찰이 사건 현장으로 돌아오기 전에 도망칠 수 있었을 거라고 진술했다.

범행 당시에 여성은 바닥에 누워 있었기 때문에 살인자는 자신에게 다량의 피가 묻는 것을 피할 수 있었고, 여러 개의 비좁은 샛길을 통하여 사람들의 눈에 띄지 않고 재빨리 빠져나갔을 것이다. 그러나 무엇보다 이상한 점은 아주 작은 비명이나 소음조차 들리지 않았다는 것이다. 광장의 한 창고에는 야경꾼으로 고용된 사람이 있었고, 직선거리로 얼마 떨어지지 않은 곳에는 한 경찰관이 잠들어 있었는데도 말이다.

알베르 바케르라는 남자는 다음과 같이 진술했다.

"토요일 밤 내가 한 남자와 얘기를 나누기 시작했을 때 앨드게이트의 쓰리 넌스 호텔에 있었어요. 그 남자가 내게 최근의 살인 사건에 관해 이런저런 걸 묻더군요. 그는 내가 그 호텔의 바를 이용하는 매춘부들을 알고 있는지 또 그들이 보통 몇 시쯤에 거리로 나가는지 그들이 자주 가는 곳이 따로 있는지 따위를 물었어요. 그는 계속해서 질문을 했는데 그 언행으로 봐서 좋은 목적을 가지고 있는 것 같지는 않더군요. 그는 별 볼일 없으면서 신사연하는 남자 같았고 검은 옷을 입고 있었어요. 검은 펠트 모자를 썼고 검은 가방을 가지고 있었고요. 우리는 문을 닫는 시간 그러니까 12시 정각에 함께 밖으로 나왔어요."

캐서린 에도우스 사건의 검시 배심 (1888년 10울 5일~12일)

일라이저 골드의 증언

일라이저 골드는 사망자가 자신의 동생 즉 캐서린 에도우스임을 확인했다. 캐서린 에도우스는 결혼은 하지 않았으나 켈리라는 이름의 남성과 동거 중이었다. 그녀는 결혼한 적이 없다. 증인에 따르면, 그녀의 나이는 대략 43세가량이다. 켈리와 동거하기 전에는 수년 동안 콘웨이라는 남성과 살았다. 유부남이었던 콘웨이와의 사이에 두 자녀를 두었다.

존 켈리의 증언

그는 시장 인근에서 날품을 파는 노동자다. 그는 사망자의 시신을 보고 캐서린 콘웨이라고 확인했다. 증인은 토요일 오후 2시에 하운즈디치에서 사망자와 함께 있었다. 그녀는 딸을 찾으러 버몬지에 갈 예정이라고 말했다. 늦어도 4시까지는 돌아오겠다고 말했다. 그러나 그녀는 돌아오지 않았고 증인이 전해들은 소식에 따르면 그녀는 토요일 밤 내내 비숍게이트 경찰서 유치장에 잡혀 있었다고 한다. 증인은 그녀가 일요일 아침에는 돌아오겠거니 생각하고 크게 신경 쓰지 않았다. 증인이 듣기로는 유치장에 갇힌 이유는 "한잔 걸쳤기" 때문이었다.

루이스 로빈슨 경관의 증언

로빈슨은 9월 29일 오후 8시 30분 경 인파로 북적이던 앨드게이트의 하이 가에서 근무 중이었다고 진술했다. 그는 그때 한 여성을 봤는데, 나중에 확인한 결과 사망자와 일치했다. 그녀는 당시 보도에 누워 있었다. 그는 주변에 있는 사람들에게 그녀가 누구인지 또 어디에 사는지 아는 사람이 있냐고 물었지만 아무도 대꾸하지 않았다. 다른 경관이 도착한 후 그들은 함께 그녀를 비숍게이트 경찰서로 데려가 유치장에 집어넣었다.

시 법무관: 그녀가 앞치마를 하고 있었는지 기억합니까?

증인: 네. 하고 있었습니다.

시 법무관: 그 앞치마를 식별할 수 있나요?

증인: 앞치마를 보면 알아볼 수 있습니다. (갈색 종이 꾸러미가 제출되었고 꾸러미에 있던 앞치마가 증인에게 제시되었다.) 증인은 "제가 알고 있는 한 그 앞치마가 맞습니다."라고 증언했다.

조지 헨리 허트 경관의 증언

토요일 밤 9시 45분, 그가 인계받은 구류자들 중에 사망자가 포함되어 있었다. 오전 12시 55분까지 그는 수차례 유치장에 있는 그녀를 면담했다. 이후 그는 바이필드 경사의 지시를 받고 구류자 중에서 방면해도 좋은 사람이 있는지 확인했다. 사망자는 술이 깬 상태라 유치장에서 사무실로 옮겨졌는데, 메리 앤 켈리라는 이름을 댄 후에 훈방되었다.

시 법무관: 정리해 보겠습니다. 그녀를 훈방한 경관은 증인이 아니라 바이필드 경사였어요. 사망자는 오전 1시경에 경찰서를 나갔어요.

《페니 일러스트레이티드 페이퍼》 1888년 10월 13일자에 실린 캐서린 에도우스

그녀는 어디로 간다고 증인에게 말하진 않았어요. 12시 58분경, 유치장에서 풀려난 그녀는 증인에게 몇 시냐고 물었고 증인은 이렇게 대답했어요. "술을 더 마시기엔 늦은 시간이죠." 그러자 그녀

는 이렇게 말했어요. "집에 가서 한잔 하죠 뭐." 증인은 그 말을 들고 그녀가 집에 갈 거라고 생각했어요. 증인은 그녀가 앞치마를 입고 있는 걸 발견했고, 지금 제출된 앞치마가 그때 그녀가 입고 있던 것과 동일하다고 진술했습니다.

조셉 로웬드의 증언

살인이 벌어진 날 밤, 그는 듀크 가의 임페리얼 클럽에 조셉 레비, 해리 해리스와 함께 있었다. 그들은 1시 30분경에 클럽을 나와 5분쯤 후에 그곳을 떠났다. 그들은 한 남자와 한 여자가 함께 마이터 광장으로 연결된 좁은 통로인 교회 가는 길의 한쪽 구석에 서 있는 것을 보았다.

여자는 남자를 바라보는 자세로 서 있었다. 증인은 여자의 얼굴을 보지 못했다. 남자는 여자보다 키가 컸다. 여자는 검은 재킷 차림에 챙 없는 모자를 썼는데, 남자의 가슴에 손을 올려놓고 있었다. 증인은 경찰서에서 옷가지들을 확인한 후 그것이 그날 여자가 있고 있던 옷들 같다고 진술했다.

검시관: 피해자와 얘기를 하고 있던 남자의 신상착의를 말할 수 있나요?

증인: 챙이 있는 납작한 모자를 쓰고 있었어요.

검시관: 배심원이 양해해 주신다면 특별한 사정으로 인해 용의자 인상착의에 대한 증인의 설명을 이것으로 마쳤으면 합니다만.

배심원단은 그러라고 답변했다.

검시를 담당한 경찰공의, 프레더릭 고든 브라운 박사의 증언

시 법무관: 사망자의 자상으로 범행 도구를 특정할 수 있을까요?

증인: 예리하고 끝이 뾰족한 칼입니다. 복부의 자상으로 미루어 볼 때 칼날의 길이는 15센티미터 이상입니다.

시 법무관: 범인이 해부학에 상당히 능한 사람이라고 생각합니까?

증인: 복강에 있는 장기들의 위치와 그것들을 적출하는 방법까지 아주 잘 알고 있는 인물입니다.

시 법무관: 혹시 장기들이 전문적인 목적을 위하여 적출됐을 가능성이 있나요?

증인: 적출된 장기들은 전문적인 목적에는 쓸모가 없을 겁니다.

시 법무관: 왼쪽 신장이 적출됐다고 하셨는데요. 그것을 적출하기 위해서는 고도의 기술과 지식이 필요합니까?

증인: 그 장기를 적출하기 위해서는 위치를 정확히 알고 있어야 합니다. 정확히 알기에는 어려운 위치입니다. 신장은 얇은 막으로 싸여 있으니까요.

시 법무관: 도축업 종사자들도 알기 어렵나요?

증인: 네.

시 법무관: 전문가로서 특정 장기를 적출한 이유가 무엇이라고 생각합니까?

증인: 모르겠습니다.

사건 현장에 가장 먼저 도착한 지역 개업의, 조지 윌리엄 세케이라 박사의 증언

시 법무관: 증인은 살인자가 특정 장기를 노렸다고 생각합니까?

증인: 저는 살인자가 특정 장기에 특정 목적을 지녔다고 생각하지 않아요.

시 법무관: 자상으로 미루어 범인이 상당한 해부학 지식을 지니고 있다고 생각합니까?

증인: 아니오, 저는 그렇게 생각하지 않아요.

앨프레드 롱 경관의 증언

롱은 9월 30일 아침에 화이트채플의 굴스톤 가에서 근무 중이었다고 진술했다. 그는 2시 55분경 (앞서 제출했던) 앞치마를 발견했다. 앞치마에는 묻은 지 얼마 지나지 않은 혈흔이 있었다.

그것은 일반적인 공동주택인 118번지와 119번지 건물의 계단으로 연결된 통로에 놓여 있었다. 앞치마가 놓여 있던 곳 벽면에 백묵으로 "유대인은 이유 없이 비난받는 사람들이 아니다."라고 쓰여 있었다. 그는 2시 20분에도 그 지점을 지나갔지만 그때만 해도 앞치마는 거기 없었다.

시 법무관: 혹시 부정의 의미를 틀리게 기억하고 있지 않나요? "유대인은 이유 없이 비난받아서는 안 되는 사람들이다."라고 쓰여 있지 않았냐고 묻는 겁니다. 증인은 앞에서 자신이 진술한 대로 문장을 되풀이했다.

시 법무관: "유대인"의 철자가 어떻게 쓰여 있던가요?

증인: 유대인.

시 법무관: 혹시 "유태인"이라고 쓰여 있지 않았나요? 증인이

착각하지 않았나요?

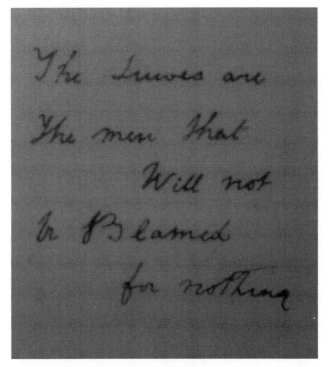

굴스턴 가의 유대인 낙서, "유대인은 이유 없이 비난받는 사람들이 아니다." (The Juwes are the men That Will not be Blamed for nothing.)

증인: 유태인이라고 쓰여 있었던 것 같기도 합니다.

대니얼 할스 형사의 증언

증인은 앞치마가 발견된 굴스톤 가의 현장에 갔다. 그는 그곳에 남았고 헌트 형사는 벽면의 낙서를 촬영하라는 지시에 따라 윌리엄 씨를 찾아갔다. 그밖에 여러 지시들이 제대로 이행되었다. 런던 경찰국의 일부 경관들은 벽의 낙서가 사람들의 눈에 띄면 자칫 반유대인 소요사태를 야기할 수 있다고 생각했다. 결국 그 낙서를 지운다는 결정이 내려졌다.

시 법무관: "유대인"이라는 단어만 빼고 나머지 문장은 남겨두자고 제안한 사람이 한 명도 없었나요?

증인: 제가 가장 중요한 부분만 지우는 게 어떠냐고 제안했습니다. 런던 경찰국은 "유태인"을 지우자고 했고요. 다만 런던 경찰국의 입장에서는 폭동에 대한 우려 때문에 벽의 낙서를 지우려고 했던 겁니다.

일곱 번째 사건

희생자: 메리 제인 켈리
사건발생일: 1888년 11월 9일
사건발생장소: 도싯 가(밀러스 코트)
출처: 《더 타임스》 1888년 11월 10일자

어제 이른 새벽에 스피탈필즈에서 극히 혐오스럽고 극악무도한 범죄가 또 다시 벌어졌다. 일대에서 벌어진 일곱 번째 살인 사건으로, 시신 훼손으로 미루어 이미 세간에 알려진 기존의 살인 사건들을 저지른 동일범의 소행이라는데 의심의 여지가 없다.

이번 살인 사건은 메리 앤 니콜스라는 매춘부가 무참히 살해당했던 핸버리 가에서 200미터 가량 떨어진 도싯 가 26번지에서 일어났다. 희생자의 이름은 메리 제인 켈리, 그녀는 도싯 가 26번지에 살고 있었으나, 자신의 방까지 가려면 여섯 채 가량의 공동주택 건물인 밀러스 코트의 비좁은 입구를 지나야했다.

그녀의 방은 공동주택의 다른 방들과는 완전히 동떨어진 위치에 있는 13호였다. 인근의 빈민촌과 마찬가지로 이 거리에 있는 공동주택 대부분이 간이 숙박소고, 살인사건이 벌어진 현장 맞은편 건물 한곳은 3백 명을 수용하는 숙박시설로 매일 밤마다 방들이 꽉 차곤 한다.

약 12개월 전, 금발과 깨끗한 피부를 지닌 미모의 24세 여성으로 알려진 켈리는 조지프 켈리라는 남성(검시 배심에서 밝혀진 바에 따르면 실제로는 조지프 바넷이라는 이름의 남성)과 함께 이 지역으로 왔다. 그녀는 집주인에게 같이 온 남자를 남편이라고 소개하고 스피탈필즈 시장에서 짐꾼으로 일한다고 말했다.

그들은 1층에(켈리가 피살된 장소) 세 들었고 일주일에 4실링의 집세를 냈다. 사망한 여성은 알코올의존증이 심각했던 것으로 보이지만 매카시 씨(집주인)는 그녀가 매춘 같은 부도덕한 방편으로 생활했는지는 몰랐다고 말했다. 그러나 그녀가 매춘을 했다는 점에는 의문의 여지가 없다.

2주전 쯤 그녀는 동거남 켈리와 서로 폭행을 주고받는 다툼을 벌였고, 그 후 켈리는 그 집(아니 좀 더 적절한 표현으로는 그 방)을 떠나 다시 돌아오지 않았다. 그때부터 이 여성은 혼자 생계를 꾸려야 했고, 경찰은 그녀가 매춘을 해왔음을 확인했다.

밀러스 코트 또는 도싯 가 26번지에 사는 사람들 중에서 목요일 저녁 8시 이후 이 매춘여성을 본 사람은 없다.

《페니 일러스트레이티드 페이퍼》 1888년 11월 24일자에 실린 메리 제인 켈리의 스케치

다만 그녀는 술집이 문을 닫기 직전에 커머셜 가에서 만취 상태로 목격되었다. 어제 새벽 1시경, 피살된 여성의 방 맞은편 건물에 살던 사람은 그녀가 부르던 "스위트 바이올렛"이라는 노래 소리를 들었다. 그러나 그는 그녀가 당시에 다른 사람과 함께 있었는지에 대해서는 모르겠다고 말했다. 그리고 그녀의 시신이 발견될 때까지 아무런 소리도 들리지 않았고 아무 것도 보이지 않았다.

어제 오전 10시 45분, 메리 제인 켈리가 집세 35실링을 밀려있자 집주인 매카시는 자신의 가게 점원인 존 보이어에게 "13호에 가서 집세를 받아오라"고 시켰다. 보이어는 사장이 시키는 대로 그녀의 방을 찾아가 문을 두드렸으나 아무도 나오지 않았다. 문손잡이를 돌려보니 잠겨 있었다.

그 방의 왼쪽은 마당으로 나 있고, 커다란 창문 두 개가 있었다. 동거남 켈리와 그녀가 싸우다가 창문 유리창 하나를 깨뜨린 것을 알고 있던 보이어는 혹시나 하고 그쪽으로 돌아가 보았다. 그는 깨진 유리창 구멍으로 손을 집어넣고 모슬린 커튼을 걷었다. 방안을 살피던 그의 시야에 충격적인 장면이 드러났다.

그 여자가 실오라기 하나 걸치지 않은 알몸으로 침대에 누워 있었는데 온몸이 피투성이로 죽은 것처럼 보였다. 더 자세히 볼 것도 없이 그는 자신의 사장에게 달려가 켈리라는 여자가 살해당한 것 같다고 말했다. 매카시는 곧바로 현장으로 향했고 깨진 유리창을 통하여 뭔가 일이 생겼음을 확인했다. 그는 보이어를 커머셜 가 경찰서로 보내면서 이웃에게는 한동안 그 일을 알리지 말라고 일렀다.

화이트채플 도싯 가의 밀러스 코트(1888년). 메리 제인 켈리의 사망일에 그녀의 방 13호실 밖에서 촬영한 사진

토머스 보이어와 존 매카시가 켈리의 시신을 발견하는 장면, 《일러스트레이티드 폴리스 뉴스》 1888년 11월 17일자

당시 경찰서에서 근무 중이던 백 경감이 보이어와 함께 현장에 도착하여 살인 사건을 확인하고 곧 지원을 요청했다. 경찰공의인 필립스 박사와 아놀드 경정을 부르러 간 사람도 있었다. 그 동안 방문은 열리지 않았고 현장은 그대로 보존되었다. 현장에 도착한 아놀드 경정은 사람을 시켜 런던 경찰국장인 찰스 워런 경에게 전보로 상황을 보고토록 했다.

런던 경찰국장 찰스 워런

유대인에 관한 굴스턴 가 벽서를 살펴보는 찰스 워런, 《일러스트레이티드 폴리스 뉴스》
1888년 10월 20일자

아놀드 경정은 켈리가 죽었다고 판단하고 창문 한쪽을 다 뜯어
내라고 지시했다. 곧이어 섬뜩하고 역겨운 장면이 나타났다.

피해 여성은 전라의 상태로 침대에 누운 자세로 숨겨 있었다. 그녀의 목은 귀에서 귀까지 척주에 닿기 직전까지 잘려 있었다. 유방 양쪽도 모두 깨끗하게 도려내져서 침대 옆 탁자에 놓여 있었다. 복부와 위는 절개되어 열려 있었고 얼굴은 알아볼 수 없을 정도로 난도질당해 있었다. 신장과 심장은 적출되어 탁자의 유방 옆에 놓여 있었다. 간도 적출되어서 오른쪽 넓적다리 옆에 놓여 있었다. 하반신과 자궁도 잘려 있었는데, 특히 적출된 자궁은 사라지고 없는 것으로 보였다. 양쪽 넓적다리에도 자상이 있었다. 그처럼 섬뜩하고 역겨운 광경은 상상하기 어려울 정도였다.

여성의 옷은 마치 벗겨서 잘 개어놓은 것처럼 침대 위 그녀의 옆에 놓여 있었다. 침구도 개어 있었는데 아마도 살인자가 여성의 목을 자른 후에 그렇게 한 것 같았다. 다툼의 흔적은 없었고, 방 안을 샅샅이 수색했지만 칼이나 여타 범행 도구는 발견되지 않았다.

지금까지의 살인 가설이 새로운 양상을 띨 만한 퍽 중대한 사실이 밝혀졌다. 살아있는 화물을 런던으로 싣고 오는 가축 수송선들은 목요일이나 금요일에 템스 강으로 들어온 뒤 일요일이나 월요일에 대륙으로 다시 출항하는 것으로 알려져 있다. 형사들 사이에서는 지금까지 벌어진 일련의 엽기적인 범죄들이 가축수송선에 고용된 가축상이나 도축업자라는 설이 이미 나돌고 있었다. 많은 가축수송선 중 한 곳에 고용된 자가 정기적으로 그 선박과 함께 나타났다가 사라진다는 것이다. 이전 희생자들의 검시 배심에서 검시관들은 해부학 지식을 가진 도축업자라면 사건 일부에서처럼 장기의 위치 확인과 적출이 가능했을 거라는 의견을 제시한 바 있었다.

살인현장에서 걸어서 2분가량 떨어진 비좁은 도로인 와이드게이트 가, 이곳의 모퉁이에서 군밤을 파는 젊은 포미에 부인은 어제 오후 한 기자에게 살인자의 정체를 알려줄만한 단서를 말해주었다. 그녀는 그날 오전 12시쯤에 신사처럼 차려입은 한 남자가 다가와서 이렇게 말했다고 한다.

"혹시 도싯 가에서 벌어진 살인 사건 얘기 들었나요?"

그녀가 그렇다고 대답하자, 그가 씩 웃으면서 말했다.

"나는 그 사건에 대해 당신보다 더 잘 알고 있어요."

그렇게 말한 그는 그녀의 얼굴을 빤히 쳐다보다가 샌디스 로를 따라 걸어갔다는 것이다. 그런데 꽤 멀리까지 걸어갔던 그가 마치 그녀가 자기를 보고 있는지 확인하려는 듯이 돌아보고는 사라져버렸다.

포미에 부인의 말에 따르면, 그 남자는 검은 콧수염을 길렀고 키는 167센티미터 정도에 검은 실크해트와 검은 코트, 얼룩무늬 바지를 입고 있었다. 그는 또 반들거리는 검은색 가방을 들고 있었는데, 가방의 크기는 높이 30센티미터 길이 45센티미터 정도였다. 포미에 부인의 계속된 얘기에 따르면, 그 남자는 목요일 밤에 그녀가 아는 세 명의 아가씨에게 수작을 걸었다. 그때 아가씨들이 그에게 가방에 무엇이 들었냐고 놀리듯 물었고, 그는 "숙녀분들은 좋아하지 않는 것"이라고 대답했다.

어제 저녁 늦게 한 남자가 도싯 가에서 살인 사건과 관련된 혐의로 체포되었다. 그는 성난 군중이 뒤쫓아 오는 가운데 커머셜 가 경찰서로 옮겨져 지금까지 그곳에 구금 중이다. 점잖은 옷차림에 중절모를 쓰고 검은 가방을 지닌 또 다른 남자도 체포되어 리먼 가 경찰서로 압송되었다. 그의 가방에 수상한 물건은 하나도 들어 있지 않았고, 그는 곧 풀려났다.

메리 제인 켈리의 검시 배심(11월 13일)

조지프 바넷(초기 언론 보도에서 조지프 켈리로 알려졌던)의 증언

사망자는 이따금씩 술을 마시기는 했으나 증인과 함께 살 때는 대체로 착실한 편이었다. 그녀는 몇 차례 증인에게 말하길 자기는 아일랜드의 리머릭에서 태어나 아주 어렸을 적에 영국 남서부의 웨일스로 이주했다고 했다. 그녀는 웨일스에서 열여섯 살 때 데이비스라는 탄갱부와 결혼하여 그로부터 일년 쯤 후에 그가 폭발 사고로 숨질 때까지 함께 살았다.

남편이 죽은 후 그녀는 한 사촌과 함께 웨일스 남부의 항구인 카디프로 이사했고 지금으로부터 4년 전에 런던으로 왔다. 그녀는 잠시 동안 웨스트엔드에서 제대로 먹지도 못하는 상태로 살다가 한 남자와 프랑스로 갔다. 그러나 프랑스가 마음에 들지 않아서 얼마 후 다시 런던으로 돌아왔고, 그때부터 가스공장 인근의 랫클리프 하이웨이에서 모건스톤이라는 남자와 동거했다.

그 후로는 조지프 플레밍이라는 석공과 베스널 그린에 있는 모처에서 살았다. 사망자는 증인과 함께 사는 동안 자신의 이력에 대해 전부 말해주었다. 어느 금요일 밤에 스피탈필즈에서 우연히 그녀와 만났던 증인은 다음날 다시 만나기로 약속했고, 그때 만나 함께 살기로 한 뒤 그 약속을 지켜왔다.

메리 앤 콕스의 증언

증인은 목요일 밤 11시 45분경에 사망자가 살아있는 마지막 모습을 본 사람이다. 당시에 사망자는 만취한 상태였고, 추레한 옷차림에 둥근 중절모를 쓴 작고 다부진 남자와 함께 있었다. 그 남자는 맥주 한 캔을 손에 들고 있었다. 얼굴에 부스럼이 많았고 붉은색 콧수염이 텁수룩했다.

그들에 이어서 밀러스 코트에 들어섰던 증인은 고인에게 잘 자라는 밤 인사를 건넸다. 그러자 고인은 "안녕히 주무세요. 나는 노래를 부를 거예요."라고 대답했다. 문이 닫히고 증인은 고인의 노랫소리를 들었다. "엄마 무덤에서 꺾어온 제비꽃 하나⋯⋯." 증인은 자신의 방에 갔다가 15분쯤 후에 다시 외출했다. 그때까지도 고인은 노래를 부르고 있었다. 비가 내리고 있었다.

증인이 집에 돌아온 시간은 오전 3시 10분, 그때 고인의 방에는 불이 꺼져 있었고 아무 소리도 들리지 않았다. 잠을 이루지 못하던 증인은 오전 6시 15분쯤에 한 남자가 뜰에서 나가는 소리를 들었다. 확신할 수는 없지만 증인은 그 남자가 경찰이었던 것 같다고 진술했다.

엘리자베스 프레이터의 증언

남편과 따로 살고 있는 기혼녀 프레이터 부인은 밀러스 코트 20호 다시 말해 사망자의 바로 윗집에 거주한다고 진술했다. 만약 사망자가 자신의 방에서 많이 움직였다면 증인은 그 소리를 들었을 것이다. 증인은 목요일 새벽 1시 30분경에 옷을 입은 채로 침대에 누워 있다가 그대로 잠들었다. 그녀는 방에 있는 새끼고양이 때문에 잠을 깼다. 그때가 오전 3시 30분 아니면 4시경이었던 같다고 했다.

그녀는 곧 어느 여자가 낮은 목소리로 "아! 살인이야."라고 외치는 소리를 들었다. 그 소리는 마당 쪽 그러니까 증인의 방과 가까운 곳에서 들려온 것 같았다. 그러나 증인은 그 소리에 별 신경을 쓰지 않은 반면, 인근 사람들은 살인이라는 외침을 계속 들었다고 했다. 증인은 자신이 들은 외침은 한번뿐이었고 누군가 넘어지거나 쓰러지는 소리 같은 것도 듣지 못했다고 했다. 그녀는 다시 잠들어서 오후 5시까지 깨지 않았다. 오후에 일어난 그녀는 파이브벨스 술집에 가서 약간의 럼주를 마셨다.

런던경찰국 형사반장, 프레더릭 조지 애벌린의 증언

프레더릭 조지 애벌린 1888년

증인은 창문을 통하여 방안의 상황을 살펴봤다. 그리고 문을 강제로 연 후에 방안을 조사했다. 난로의 쇠살대 상태로 봐서 상당히 센 불이 계속 지펴져 있었던 것 같았다. 재를 조사한 결과 피해여성의 옷 일부를 불태운 것이 분명했다. 증인은 옷을 불태운 이유가 범인이 범행의 용이함을 위하여 불빛이 필요했기 때문이라는 의견을 진술했다. 쇠살대 안쪽에 타다 남은 여성의 치마 하나와 모자의 테가 남아 있었다.

이후의 상황 전개

《런던 타임스》 1888년 11월 12일자

어제 화이트채플 인근 거리마다 무리를 지어있던 사람들의 모습에서 나타나듯 대중의 흥분은 딱히 누그러지지 않았다. 주벌리 가에서 또 다른 여성 한명이 살해된 채 발견됐다는 소식이 있었으나 이는 사실이 아닌 것으로 밝혀졌다.

지난밤 10시 직전, 공공연히 자신을 "잭 더 리퍼"라고 자처하던 한 남자(얼굴이 검게 그을린)가 체포됨으로써 엄청난 흥분이 일었다. 가장 최근에 벌어진 살인사건의 현장에서 가까운 커머셜 가와 웬트워스 가의 모퉁이에서 있었던 일이다. 두 청년(그 중에 한 명은 제대 군인)이 현장에서 그 남자를 붙잡았고, 일요일 밤이면 으레 인근에 모여 있곤 하는 많은 사람들이 "놈을 때려죽여라"고 소리쳐댔다. 여기저기서 지팡이가 치켜 올라갔고 그 남자는 심각한 폭행을 당했다. 때마침 경찰이 도착하지 않았더라면 그는 아마 중상을 입었을 터다.

경찰은 그를 리먼 경찰서로 압송했는데, 그곳에서 그는 꽤 저명한 인물로 밝혀졌다. 그는 이름을 말하기를 거부하면서도 자신이 세인트 조지 병원에서 근무하는 의사라고 주장했다. 35세가량의 나이에 키는 대략 170센티미터였고, 어두운 피부에 검은 콧수염을 길렀으며 안경을 쓰고 있었다. 외투 안에는 조끼 대신에 평범한 스웨터를 입고 있었다. 그의 호주머니에서 챙이 달린 체크무늬 모자가 나왔는데, 검거된 당시에는 모자를 쓰고 있지 않았다. 그를 성난 군중으로부터 보호하면서 경찰서로 데려가기까지 네 명의 경관뿐 아니라 네 명의 일반인이 도왔다. 그의 신상착의가 수배 중인 남자와 흡사하기 때문에 경찰은 그의 체포에 중요한 의미를 두는 것 같다.

《런던 타임스》 1888년 11월 13일 화요일
화이트채플 살인

어제 하루 동안 대여섯 명이 경찰에 체포되었으나 간단한 조사 후에 모두 무혐의로 풀려났다. 도싯 가는 여전히 열띤 흥분의 도가니였다. 어제 하루 종일 그저 호기심에 이끌려 이곳으로 몰려든 사람들이 거리를 이리저리 오갔고 밀러스 코트 입구 앞에도 사람들이 장사진을 쳤다. 그러나 입구를 지키고 있는 두 명의 경관이 사람들의 진입을 막았다.

찰스 워런 경 사임

의회 보고서를 통하여 곧 알려지겠지만 찰스 워런 경이 지난 화요일에 사직서를 제출했다. 한 언론은 찰스 워런 경과 내무부 사이에 그동안 긴장과 갈등관계가 형성되어 왔다고 보도했다.

《런던 타임스》 1888년 11월 14일 수요일

살해된 여성 켈리의 장례식은 웨일스를 출발해 오늘 저녁 런던에 도착할 예정인 고인의 친척과 지인들이 오기 전까지 진행되지 않을 것이다.

어제 저녁, 조지 허친슨이라는 노동자가 다음과 같이 진술했다. "금요일 오전 2시경, 내가 스롤 가를 지나고 있을 때였어요. 그 거리 모퉁이에 서 있는 한 남자를 지나서 플라워 가와 딘 가 쪽으로 가는데 잘 알고 지내는 켈리라는 여자와 마주쳤어요.

켈리가 그러더군요. '허친슨 씨, 나한테 6펜스만 빌려 줄 수 있어?' 내가 돈이 없다고 그랬더니, 그녀는 스롤 가 쪽으로 걸어가면서 돈을 구하러 가야한다고 말했어요. 스롤 가 모퉁이에 서 있던 남자가 그때 그녀에게 다가와 어깨에 손을 얹고서 뭐라고 들리지 않는 소리로 말을 거나 싶더니 두 사람이 갑자기 웃음을 터뜨리더군요. 남자는 또 다시 그녀의 어깨에 손을 올려놓았어요. 그러고는 두 사람이 내가 있는 쪽으로 천천히 걸어오더군요.

나는 술집 근처인 패션 가 모퉁이 쪽으로 걸어갔어요. 두 사람이 나를 지나갈 때 남자는 여전히 그녀의 어깨에 손을 올려놓고 있었어요. 남자는 중절모를 눈 바로 위까지 눌러 쓰고 있었어요. 내가 그 사람 얼굴을 보려고 고개를 빼 밀었더니 그는 돌아서서 나를 시망스레 쏘아보더군요. 그 다음 두 사람은 길을 건너 도싯 가로 걸어갔어요.

그들은 밀러스 코트 한쪽 구석에 3분가량 서 있었어요. 그때 켈리가 남자에게 큰 소리로 이렇게 말하더군요. '손수건을 잊어 버렸어.' 그러자 남자가 호주머니에서 빨간색 손수건을 꺼내 켈리한테 주었어요. 그러고는 둘이 함께 밀러스 코트 건물로 향하더군요. 나는 그들의 모습이 보일까 해서 건물 쪽을 바라보았지만 보이지 않았어요. 나는 45분가량 그곳에 서서 그들이 내려오기를 기다리다가 허탕을 치고 그냥 갔어요. 그 남자가 수상쩍다고 생각했던 건 그가 너무 잘 차려입어서지 살인범 같아서가 아니었어요.

그 남자의 키는 167센티미터 정도였고, 나이는 서른넷 아니면 서른다섯 정도로 보였어요. 피부와 콧수염이 거뭇했는데, 콧수염은 양쪽 끝이 올라간 모양이었어요. 옷깃이 흰색이고 아스트라한 모피 장식을 한 검은색 롱코트를 입고 있었어요. 검은색 넥타이를 유(U)자형 핀으로 고정했고요. 외국인처럼 보였어요. 내가 건물 마당까지 가서 이삼 분 정도 지켜봤지만 불빛도 보이지 않았고 소리도 나지 않았어요.

나는 간밤에 새벽 3시까지 그자를 찾으러 다녔어요. 어디서든 그자를 알아볼 수 있어요. 내가 본 그 남자는 줄로 감아서 묶은, 길이 20센티미터 가량의 작은 꾸러미를 가지고 있었어요. 그는 그 꾸러미를 왼손에 꽉 움켜쥐고 있었어요. 꾸러미는 인조에나멜가죽으로 싸여 있었던 것 같아요. 그리고 켈리의 어깨에 올려놓은 오른 손에는 갈색의 염소가죽 장갑 한 켤레를 쥐고 있었고요.

그는 아주 조용히 걸었어요. 인근에 사는 사람 같아서 어느 일요일 아침엔가 페티코트 골목에서 봤다는 생각이 드네요. 하지만 확신하지는 못하겠어요. 오늘 쇼디치 시체안치소에 다녀왔는데 그곳의 시신이 내가 금요일 새벽 2시에 봤던 켈리가 맞더라고요. 내가 봤을 때 켈리는 취한 것 같지는 않았고 살짝 술기운이 도는 정도였어요. 밀러스 코트를 떠난 뒤에는 밤새 쏘다녔어요. 평소에 잠을 자던 숙소가 문을 닫은 시간이었거든요. 화이트채플 교회를 지나갔을 때가 오전 1시 50분에서 55분 사이였어요. 밀러스 코트를 떠났을 때는 3시 시보가 들려왔고요."

《런던 타임스》 1888년 11월 15일 목요일

어제 몇 명이 도싯 가 살인혐의로 경찰서에 구금되었으나 얼마 후 모두 풀려났다. 같은 날 오후에는 한 경관이 커머셜 가를 따라 불편한 걸음으로 걷고 있었다. 그는 높이가 낮고 챙이 넓은 모자를 쓰는 등 다소 독특한 평상복 차림으로 길을 걷고 있었는데, 갑자기 사람들이 그가 "잭 더 리퍼"라고 소리쳤다.

눈 깜짝할 사이에 수많은 사람들이 경관을 에워쌌고, 경관은 군중을 피하려고 걸음을 재촉했다. 그러나 그가 걷는 속도를 높일수록 군중도 점점 더 빠르게 그를 따라왔고 결국 겹겹이 그를 포위해버렸다. 마침 H 지구의 경찰 일부가 현장에 도착하여 그의 신원을 확인하지 않았더라면 그 경관은 군중으로부터 심각한 위해를 당했을 터다.

검거 사례 중에서 일반적인 흥분을 뛰어넘어 엄청난 반향을 몰고 온 경우도 있었다. 화이트채플 도로에서 한 남자가 한 여자의 얼굴을 뚫어지게 쳐다보았고, 그 여자는 곧 그가 "잭 더 리퍼"라며 비명을 질렀다. 그 남자는 금세 흥분하여 험악해진 군중에 둘러싸였고, 경찰이 그를 그 속에서 구해내기가 여간 어렵지 않았다.

그는 곧 삼엄한 호위를 받으며 커머셜 가 경찰서로 이송되었고, 그 과정에서도 엄청난 인파가 그 뒤를 따르며 유례없이 고함을 치고 악을 썼다. 경찰서에 도착한 후 그 남자는 영어를 한 마디도 못하는 독일인으로 밝혀졌다. 그는 통역을 통해서 지난 화요일에 런던에 도착했고 오늘 미국으로 떠난다고 말했다. 그 말이 사실로 확인된 후 그는 석방되었다.

《뉴욕타임스》 1888년 11월 22일 목요일
다시 격랑에 빠진 화이트채플

21일 아침 화이트채플에서 또 한 명의 여성이 살해되어 시신이 훼손됐다는 소식이 전해지면서 격한 소용돌이가 일었다. 경찰은 사건 현장을 중심으로 즉시 비상령을 내렸고 수많은 군중이 몰려들었다.

실상은 한 매춘부가 자신의 숙소까지 동행한 한 남자에 의해 살해당할 뻔 했다가 가까스로 살아난 사건이다. 여성의 진술에 따르면, 그 남성은 그녀를 붙잡고 칼로 목을 공격했다고 한다. 여성은 필사적으로 저항한 끝에 그의 손아귀에서 풀려나 살려달라고 소리쳤다. 그녀의 외침에 놀란 남자는 추가 공격을 포기하고 도주했다. 인근에 있던 사람 몇 명이 그녀의 비명을 듣고 살인자를 300미터 가량 추격했으나 결국 놓치고 말했다. 여성은 정확히 알고 있다는 범인의 인상착의를 경찰에 설명했다. 경찰은 조만간 그를 검거할 것으로 기대하고 있다.

속보

경찰 조사 결과 숙소까지 동행한 남성에게 공격을 받았다는 화이트채플 여성이 심각한 음주벽을 지닌 것으로 밝혀졌다. 그녀는 목에 가벼운 찰과상만 입었고, 경찰은 공격을 받았다는 그녀의 진술에 신빙성이 없다고 판단하고 있다. 즉 그녀가 취중에 혼자 다쳤다는 것이 경찰의 판단이다.

"자경단과 함께"라는 제하로 수상한 인물을 그린 《일러스트레이티드 런던 뉴스》 1888년 10월 13일자

13호실 열쇠,
"프랑스인"-아미르 벤 알리

The Key to Room 31
"Frenchy" Ameer Ben Ali

에드윈 보차드
Edwin Bochard

맨해튼 부둣가, 캐서린 슬립과 워터 스트리트의 남동쪽 모퉁이에 지저분한 술집이자 상스러운 휴양지인 이스트리버 호텔이 성업 중이었다.

1891년 4월 24일 금요일 아침 9시, 야간 근무자였던 에디 해링턴은 객실을 돌면서 아직 남아있는 사람들을 모두 내보냈다. 대부분의 객실은 비어 있었다. 그런데 31호실은 여태 출입문이 잠겨 있었다.

그는 가볍게 문을 두드렸으나, 아무런 대꾸가 없자 좀 더 크게 노크를 했다. 역시나 안에서는 인기척이 없었다. 에디는 마스터키로 객실문을 열었다. 문안을 살피던 그는 "늙은 셰익스피어" 즉 인근에 사는 단골고객이자 방탕한 60세 매춘부의 난자당한 시신을 발견하고 그 참혹함에 그만 얼어붙고 말았다. 피해 여성은 전직 여배우로 술에 취하면 셰익스피어의 희곡을 자주 인용한다고 해서 "늙은 셰익스피어"라는 별명을 얻었다. 그녀의 이름은 캐리 브라운이었다.

크게 동요한 에디는 그 소식을 알리고 경찰을 부르기 위하여 다급히 1층으로 내려갔다. 경찰은 곧 신문기사들과 함께 호텔에 도착했다. 검시관이 시체를 살폈다.

검시 결과, 여성은 질식사당한 후 예리하게 날을 간 식칼에 처참하게 난자당했다. 흉기는 침대 옆 바닥에 놓여 있었다. 그리고 피해자의 허벅지에서 십자모양의 자상이 발견되었다.

이 살인사건은 지금까지 범죄 미스터리를 해결해온 자신의 기록에 자부심이 남달랐던—실제로도 그럴만했던—토머스 번스 경감에게 도전적인 과제였다. 희생자의 허벅지에 난 십자 자상은 이 사건에 특별한 중요성을 부여했다. 그것도 "잭 더 리퍼" 즉 1887년 12월부터(^잭 더 리퍼의 범행 시기와 희생자에 대해 의견이 분분한 가운데, "페어리 페이 Fairy Fay"라는 별칭으로만 알려진 신원미상의 여성 피살자가 1887년 12월 26일 커머셜 로드에서 발견됐고, 이 사건 또한 잭 더 리퍼의 범행이라는 주장이 있다. 여성은 복부에 말뚝이 박힌 채로 사망했다. 그런데 이 사건의 실제 수사 기록이 남아있지 않다고 한다—옮긴이) 1891년 1월까지 런던 거리에서 9명의 여성을 잔인하게 살해함으로써 런던 경찰국을 궁지로 몰아넣은 런던의 악명 높은 살인자가 남긴 표시이었다. 뉴욕경찰국은 "리퍼" 사건을 해결하지 못한 런던 경찰을 비난했고 리퍼가 뉴욕에 나타나 범죄를 저지른다면 36시간 안에 감방에 처넣겠다고 공공연히 호언장담해왔다.

사건 발생 다음날인 1891년 4월 25일, 뉴욕 신문들의 머리기사는 "잭 더 리퍼"의 귀환으로 도배되었다. 번스 경감과 부하 경관들은 사건 해결에 집중했다. 수사결과 "늙은 셰익스피어"는 한 남성과 함께 11시경 호텔에 도착했다. 그 남성은 피해자의 나이 절반 즉 30세가량이었고, 호텔 직원이 숙박부에 기재한 남성의 이름은 "C. 닉"이었다. 그들은 31호실을 배정받은 후 맥주 한통을 가지고 자신들의 객실로 향했다. 호텔을 돌아다니던 대여섯 명이 그 남성을 목격했고, 그 인상착의를 설명할 수 있었다. 평균 키에 다부진 체격이었고, 금발의 선원이었다. 이 남성의 행방은 묘연했다. 경찰은 부둣가를 이 잡듯이 뒤졌으나 그를 찾아내지 못했다.

"늙은 셰익스피어"의 지인 일부를 찾아냈고, 그중에서 메리 앤 로페즈는 인근에 "프랑스인"으로 알려진 단골손님을 알고 있었다. 머리색이 누가 봐도 갈색인 프랑스인 남성이긴 했으나 그의 전체적인 외모는 31호실에 투숙했다는 남자의 인상착의와 크게 다르진 않았다. 유력 용의자로 그 프랑스인이 체포되어 조사를 받았다. 그는 영어를 할 줄 모른다고 말했다. 많은 언어로 대화를 시도한 끝에 그가 알제리계 아랍어를 사용하는 것으로 보였다. 그는 알제리계 프랑스인이었고, 이름은 아미르 벤 알리였다.

4월 25일에 그 프랑스인은 용의자 중 한명이었다. 4월 26일에 신문들은 그가 살인자의 친척일지 모른다는 한 경찰관의 말을 인용했다. 4월 29일 수요일, 사건은 여전히 해결되지 않은 가운데 경찰은 분명히 당혹해하고 있었다. 저지시티의 킬컬리 형사가 뉴욕경찰에 첩보한 내용에 따르면, 뉴저지 센트럴 철도에서 근무하는 한 차장이 이스턴행 자신의 열차에 그 살인범이 탔다고 강하게 확신하고 있었다. 그 동안 프랑스인은 경찰서의 유치장에 구금되어 있었다.

4월 30일 번스 경감은 몇몇 기자들에게 그 프랑스인에 대한 유죄 입증이 끝났고 경찰은 그를 살인범으로 확신한다고 말했다. 그 프랑스인이 사건 당일 밤에 "늙은 셰익스피어"와 함께 투숙한 남자가 아니라는 점은 인정되었다. 그러나 그는 그날 밤 31호 객실 맞은편인 33호실에 투숙했고, 피해자와 투숙한 남성이 호텔을 나가자 몰래 31호실로 잠입하여 피해자를 상대로 강도와 살인을 저지른 후 다시 자신의 방으로 돌아갔다는 것이다.

경위의 간단한 설명에 따르면, 프랑스인을 범인으로 보는 증거는 31호실(살인 현장) 바닥에 떨어진 피, 31호실과 33호실(프랑스인의 객실) 사이 복도에 떨어진 피 그리고 마치 피 묻은 손가락으로 문을 열고 닫은 것처럼 33호실 출입문 안팎에 묻어있는 혈흔, 33호실 바닥과 의자와 담요 그리고 베갯잇(침대에 시트는 깔려 있지 않았다)에서 발견된 혈흔이었다. 혈흔은 프랑스인의 양말과 손톱 끝에서도 발견되었다고 한다. 그에게 피가 묻은 경위를 조사한 결과 그의 설명은 거짓으로 밝혀졌다. 캐리 브라운의 동료들 중에서 그 프랑스인이 "늙은 셰익스피어" 즉 캐리 브라운에게 끈질기게 구애를 펼쳤고 바로 전주에는 그녀와 함께 31호실에 투숙했다는 일부 진술이 나왔다.

같은 날(4월 30일), 이 무렵에는 사건과 관련된 "프랑스인들" 중에서 구분하기 위하여 "1번 프랑스인"으로 불렸던 용의자가 마틴 판사 주재의 재판에 회부되었고, 그 결과 살인 사건 피의자 신분으로 구속되었다. 피의자가 변호사를 고용할 수 없었기에 마틴 판사는 레비, 하우스, 프렌드를 그의 국선변호사로 지정했다. 5월 1일 프랑스인은 톰스 교도소로 이감되었다.

그즈음 피의자가 3월과 4월에 부랑죄 혐의로 퀸스 카운티 교도소에서 복역했으며, 당시 감방 동료였던 데이비드 갤러웨이와 에드워드 스미스의 진술에 따르면 그 프랑스인이 살인 사건에 사용된 흉기와 비슷한 칼을 소지하고 있었다는 사실이 알려졌다.

1891년 6월 24일 수요일, 프랑스인의 재판이 리코더 스미스 판사의 주재로 열렸다. 피의자의 고국 알제리 출신의 통역사를 뉴욕에서 찾아내 재판에 참석시켰다. 검사측은 검사보 웰먼과 심스 그리고 번스 경위와 4명의 경관으로 구성되었다.

4월 30일에 번스 경위가 신문기자들에게 언급한 증거 외에 검사측은 뉴욕 하층민 출신의 많은 증인들을 소환했다. 프랑스인이 지저분한 삶을 살았고 특히 이스트 리버 호텔에 자주 머물면서 밤마다 이 객실 저 객실을 배회했다는 것을 증명하기 위함이었다. 그런데 변호인 측의 반대신문을 통하여 이 증인들의 신뢰성은 철저히 공격당했다.

재판의 절정은 7월 1일 수요일, 뉴욕주 지방검사 니콜이 직접 재판에 참여하고 전문 증인으로 필라델피아의 포먼드 박사가 소환되었을 때였다. 포먼드 박사는 31호실 침대, 복도, 33호실 문, 33호실 내부 그리고 프랑스인의 양말에서 검출된 혈흔 샘플을 검사한 결과, 모두 소화 상태가 동일한 위의 음식물이 발견되었는데 모두 동일인의 것이라고 증언했다. 이 증언은 그 모든 혈흔들이 사망자의 복부 자상에서 흐른 피라는 추론으로 연결되었다. 박사는 자신의 증언이 정확하다는 것에 목숨까지 걸겠다고 말했다. 오스틴 플린트 박사와 사이러스 에드슨 박사가 포먼드 박사의 증언을 뒷받침함으로써 프랑스인의 유죄는 확실시 되었다.

7월 2일 변호인 측이 반격에 나섰다. 그들은 뉴타운의 제임스 R. 하이랜드 경관을 증인으로 불렀다. 프랑스인이 퀸스 카운티에서 체포되었을 당시 칼을 소지하고 있지 않았다는 것을 증명하기 위함이었다. 변호인단은 피고인도 증인석에 세웠다. 피고인은 삶의 이력과 프랑스군에서 8년간 복무한 경력 그리고 미국으로 이주해 온 상황에 대해 질문을 받았다. 그리고 마지막 질문은 이랬다.

"당신은 캐리 브라운을 죽였습니까?"

그 말이 통역되자마자 프랑스인은 벌떡 일어서더니 두 손으로 머리를 감싸 쥐고는 하늘을 향해 아랍어로 소리를 질러댔다. 히스테리 발작을 일으키는 것 같았다. 누구도 그를 진정시키지 못했다. 마침내 기진맥진한 그는 자리에 털썩 주저 앉았고, 통역사는 프랑스인의 항변을 간추려서 이렇게 통역했다.

"저는 결백합니다. 저는 결백합니다. 알라 외에 다른 신은 없다. 저는 결백합니다. 알라 아크바르(알라는 위대하다) 저는 결백합니다. 오, 알라신이여, 제발 저를 도와주소서. 알라신이여, 저를 구해주소서. 제발."

프랑스인의 증언은 형편없었다. 영어를 알아듣는 것처럼 보이다가도 자신의 모국어로 통역된 말마저 이해하지 못하는 것처럼 굴기 일쑤였다. 그는 "늙은 셰익스피어" 살해 혐의에 대해 일관되게 부인했으나 검찰 측의 반대심문에서는 진술이 계속 오락가락했다.

변호인 측은 혈흔 속에서 검출된 것이 모조리 피해자의 위에서 나온 내용물이 아니라 다른 장기에서 나온 것일 수도 있다는 점을 증명하기 위하여 여러 명의 의료인을 증인으로 불렀다. 그러나 그 전문가들은 포먼드 박사가 최고의 권위자이고 그를 깊이 존경한다고 말했다.

검찰 측은 약간 흥미로운 증거를 추가했다. 요컨대 사건 당일 프랑스인의 33호실에서 수지양초가 1시간 이상 타고 있었고, 그것은 그가 명확한 목적을 위하여 계속 깨어있었음을 암시한다는 주장이었다. 그가 사건 다음날 새벽 5시에 호텔을 나갔다는 증언이 나왔다. 그것도 죄를 지은 것처럼 '슬그머니' 문을 빠져나갔다고 했다.

배심원단은 신속하게 2급살인 유죄 평결을 내렸다. 경위와 검사들은 퍽 실망했다. 배심원 사이에 절충이 이루어진 것이 분명해 보였다. 1891년 7월 10일, 아미르 벤 알리는 무기징역형을 받고 싱싱 교도소에 수감되었다.

언론과 대중은 이 사건에 큰 관심을 가졌다. 신문들은 증인 한 명 한명의 증언을 빠짐없이 기사화했고, 수많은 사람들이 큰 흥분 속에서 이 사건의 추이를 지켜보았다. 판결에 이의를 제기하는 사람은 거의 없었다.

신문기자 중에서 이 사건을 초기부터 취재해온 제이컵 A. 리스와 찰스 에드워드 러셀은 그 판결이 사건의 진정한 해결이라는데 전혀 동의하지 않았고, 경찰이 "늙은 셰익스피어"와 31호실에 투숙한 남성을 찾아내지 않는 한 사건은 절대 해결되지 않는다고 생각했다.

그러나 여론은 프랑스인이 무기형을 받고 싱싱 교도소에 수감되었다가 얼마 후 정신이상 범죄자를 수용하는 매티완 병원으로 이감되었을 때 안도했다.

집요한 소문들이 다시 뉴욕의 선원들 사이에서 떠돌기 시작했다. 그 살인자가 조용히 배를 타고 극동으로 갔다는 소문이었다. 이런 소문들의 사실 여부는 결코 입증되지 않았다.

싱싱 교도소 (1855년)

그런데 세기말에 이르러 무일푼의 프랑스인에게 조금은 밝은 날이 찾아왔다. 새로운 증거를 바탕으로 그를 대신하여 오델 주지사에게 사면 신청이 이루어진 것이다. 피살된 여성과 함께 투숙했던 용의자의 인상착의와 일치하는 한 남성이 살인사건 직전 수 주 동안 뉴저지 크랜퍼드에서 일을 했는네, 사건 당일 밤에 모습을 보이지 않다가 그로부터 며칠 후에 완전히 종적을 감추었다는 사실이 새로 밝혀졌다.

그가 일을 하는 동안 묵었던 방에서 숫자 "31" 꼬리표가 붙은 황동 열쇠(이 열쇠는 이스트 리버 호텔의 객실 열쇠와 정확히 일치했다.)와 피 묻은 셔츠 한 장이 발견되었다. 이전에 제시되었던 증거에 덧붙여 이 새로운 정황과 증거들을 바탕으로 그 살인자가 객실을 떠날 때 열쇠로 문을 잠갔음이 확실시되었다.

　반면 그 열쇠와 프랑스인을 연결 지을만한 어떠한 증거도 없었다. 프랑스인에게 불리한 주요 증거들은 재판 과정에서도 증언되었듯이 두 객실 사이의 혈흔 즉 아주 작고 희미한 혈흔들이었다. 오델 주지사의 말에 따르면 "신뢰할 수 있으며 그 중에는 범죄 수사 경험 있는 사람들을 포함하는" 공평무사한 사람들이 주지사에게 제출한 진술서가 많다고 했다.

　진술서의 취지는 살인 사건이 벌어진 다음날 오전 그러니까 검시관이 도착하기 전까지 그 객실에 가봤다는 사람들이 꼼꼼히 톺아본 결과 두 개의 객실문이나 복도 어디에서도 혈흔을 발견하지 못했다는 것이다. 그러므로 사건 발생 이틀째 경찰이 발견했다는 혈흔은 검시관과 많은 신문기자들이 도착하여 시신을 검사하고 옮겼을 때 생겼을 거라는 추측이 일었다. 더구나 경찰의 진술에서도 살인자가 잠금장치를 풀고 열고 닫은 다음 다시 잠갔을 31호 객실의 손잡이나 잠금장치 근처 어디에도 혈흔은 없었다. 주지사는 이 새로운 증거가 프랑스인의 유죄 판결을 뒤집을 거라고 생각했다.

　주지사의 사면 요청은 오롯이 그 프랑스인이 결백하다는 것에 토대를 두고 있었다. 주지사는 이런 사실들을 검토한 후에 다음과 같은 결론을 내렸다.

　"이런 상황에서 구제 요청을 거절하는 것은 정의를 부정하는 것이다. 모든 사안을 면밀하고 신중하게 검토한 결과 나는 이 죄수를 석방하는 것이 내 의무라는 명확한 결론에 도달했다."

　그 프랑스인의 형량은 1902년 4월 16일에 감형되었다. 프랑스

정부는 알제리 고향 마을로 그를 이송할 계획을 세운 것으로 알려졌다.

프랑스인의 유죄판결은 런던 경찰이 좌절한 살인사건을 뉴욕에서는 미제사건으로 남겨두지 않겠다는 뉴욕 경찰의 고집스러운 허세에서 비롯된 것으로 보인다. 뉴욕 경찰은 프랑스인의 모습에서 무력한 속죄양을 보았고, 일부 근거에 기댄 채 명확하고도 유효한 사실들은 간과함으로써 프랑스인을 범인으로 몰아간 셈이다. 경찰이 피해 여성과 함께 투숙한 남성과 31호실 열쇠를 찾아내기 위하여 최선을 다하지 않은 이유에 대해 선뜻 이해가 가지 않는다.

31호실의 열쇠는 곧 미스터리를 푸는 열쇠이기도 하다. 복도와 33호실 문에서 발견되었다는 혈흔들의 경우, 호텔 직원 해링턴이 살인 사건을 발견했을 당시에는 거기에 없었다는 사실을 외면할 수 없게 됐다. 어떻게 혈흔들이 거기에 있었는지 우리로선 감히 말할 수가 없다.

부주의한 방문자들이 현장을 오가면서 혈흔을 그 주변에 묻혔다고 가정하고 싶다면 그러시라. 어떻게 프랑스인에게 피가 묻었는지도 명확하지가 않다. 이 부분은 매우 이상한데, 이와 관련된 증언도 모호하고 불확실하다. 일부 기자들은 애초에 프랑스인에겐 피가 묻어 있지 않았고, 설령 묻어있었더라도 그것은 범죄와 아무 관련이 없다고 생각했다.

전문가들이 제시한 증거들 또한 신뢰성이 떨어지는 것으로 보인다. 프랑스인을 범인으로 여기게끔 잘 짜인 사건임에도 불구하고 배심원들이 심각한 의문을 제기한 것이 분명하다. 이와 같은 사건에 2급 살인이라는 평결은 이상하기 때문이다. 무죄와 유죄로 갈린 배심원들의 의견차를 절충한 것이 분명하다.

잭 더 리퍼를 검거하지 못하는 런던 경찰의 무능을 풍자한 《펀치》지의 지면

잭 더 리퍼를 화이트채플을 떠도는 유령으로 묘사하고 "사회적 방관에 대한 응보"라고
꼬집은 《펀치》지의 또 다른 지면

프랑스인이 무일푼이었기에 국선변호인은 31호실에 피해자와 함께 투숙한 남성을 찾아내는데 필요한 자금 확보에 애를 먹었다. 그래도 이 사건을 해결하려고 했던 극히 공평무사한 사람들은 검사측 주장의 허점을 밝혀냈고 알라 신이 그 프랑스인을 완전히 저버리지 않았음을 입증했다.

미국의 유머 잡지 《퍽 Puck》지에 실린 잭 더 리퍼 용의자들 묘사, 1889년 9월 21일자 (만화가 톰 메리 그림)

오터몰 씨의 손
The Hands of Mr. Ottermole

토머스 버크

토머스 버크Thomas Burke, 1886~1945

영국의 작가. 1916년 영국 이스트엔드의 빈민가를 다룬 단편집 『라임하우스 나이트Limehouse Nights』를 출간하면서 작가로서의 입지를 굳혔다. 이 책은 H. G. 웰스 같은 저명 작가 및 평단의 극찬을 받았고, 찰리 채플린의 영화 「개의 삶A Dog's Life」에 영감을 주기도 했다. 버크는 런던의 차이나타운인 라임하우스에서 생활하면서 밑바닥 인생의 질곡을 소설과 논픽션에 담아내는 한편, 삶의 암울한 단면과 섬뜩함, 기괴함을 소재로 공포 단편들도 발표했다. 「할로 맨Hollow Man」, 「새The Bird」, 「자주색 신발The Purple Shoes」 같은 그의 초자연적이고 기이한 작품들은 공포 소설의 고전으로 평가받고 있다.

「오터몰 씨의 손」은 런던의 연쇄 교살사건과 잭 더 리퍼의 추적 과정을 주제로 한 단편이다. 이 작품은 잭 더 리퍼 관련 단편뿐 아니라 장르 소설 전반에서 걸작으로 통한다. 1949년 비평가들이 투표를 통해 이 작품을 역대 최고의 미스터리 걸작으로 선정하기도 했다. 이 심사위원에 포함됐던 엘러리 퀸은 「오터몰 씨의 손」에 대해 "이 시대 가장 뛰어난 범죄 단편"이라고 극찬했고, 존 딕슨 카 또한 "범접할 수 없는 최고의 탐정 소설" 중 하나라고 평했다.

1월의 어느 저녁 6시, 와이브로 씨는 런던 이스트 엔드의 복잡한 골목길을 따라 집으로 향하고 있었다. 시가 전차가 그를 템스 강과 직장에서 시끌벅적한 하이 가까지 데려왔고, 지금은 그 하이 가를 벗어나 맬런 엔드의 체스판 같은 샛길로 들어선 상태다. 하이 가의 분주함과 빛은 그런 샛길까지 흘러들지 않았다. 남쪽—부글거리고 퍼덕거리는 삶의 밀물. 이곳—으로 몇 걸음만 가면 느릿느릿 발을 끄는 사람들과 억눌린 맥동만이 있었다. 그곳은 런던의 시궁창, 유럽 떠돌이들의 마지막 피난처였다.

　거리의 분위기에 보조를 맞추듯, 그는 고개를 떨어뜨린 채 느릿느릿 걸어갔다. 언뜻 심각한 고민이라도 있는 것 같았으나 실은 그렇지 않았다. 아무 문제도 없었다. 발걸음이 느린 이유는 하루 종일 걸었기 때문이고, 고개를 숙인 이유는 아내가 청어나 대구 요리를 해놓았는지 궁금해서다. 그리고 오늘 같은 저녁에는 청어와 대구 중에서 어느 것이 더 맛있을까 하는 생각도 곁들였다.

늑늑하고 안개가 낀 날씨여서 기분이 좋지 않았다. 안개가 목구멍과 눈 속으로 스며들었고, 인도와 차도에 습기가 내려앉아 있었다. 드문드문 밝혀진 가로등 불빛이 눈길을 끌려는 듯이 끈적끈적한 광채를 반사하고 있었다. 오히려 이것은 그의 생각을 유하게 만들어서 기꺼이 차를 마실 마음이 들게 했다. 청어든 대구든 상관없었다. 그는 자신의 시선과 수평을 이루고 있던 음울한 벽돌에서 800미터 쯤 전방으로 시선을 옮겼다. 어느 새 가스등이 켜진 주방과 식탁이 눈앞에 아른거렸다. 화덕에 올린 토스트, 보글보글 물이 끓는 주전자, 그리고 매콤한 연기는 청어나 대구 아니면 소시지일 것이다. 그는 어깨에 내려앉은 미세한 습기를 털어내고 발길을 재촉했다.

그러나 와이브로 씨는 그날 저녁에 차는 고사하고 다른 음식도 먹을 수 없었다. 그는 죽을 운명이었다. 100미터쯤 앞에서 다른 남자가 걷고 있었다. 그 남자는 언뜻 와이브로 씨나 다른 이들처럼 평범해 보였으나, 사실 그에게는 이 비정한 경쟁 사회에서 사람들을 광인이 되지 않고 평화롭게 살아가게 하는 자질 하나가 없었다. 그의 심장은 스스로를 잠식하면서 죽음과 부패로부터 불결한 유기체를 만들어냈다. 사람의 모습을 한 그것이 그의 내부에서 우발적이었는지 아니면 계획적이었는지는—누구도 알 수는 없지만—와이브로 씨가 두 번 다시 청어를 먹어서는 안 된다고 말했다.

와이브로 씨가 그의 기분을 상하게 해서가 아니었다. 그에게는 와이브로 씨를 미워할만한 그 어떤 이유도 없었다. 실제로도 거리를 오가면서 안면이 있을 뿐, 그가 와이브로 씨에 대해 아는 것도 없었다. 그런데도 그의 빈 세포를 점령한 힘에 끌려서 그는 우리가 음식점에서 딱히 차이가 없는 너댓 개의 테이블 중에 하나를 고르거나 여섯 개의 같은 사과가 담겨 있는 접시에서 하나를 골라내듯 와이브로 씨를 희생양으로 선택한 것이다. 마치 이 지구상의 어딘가에 조물주가 태풍을 일으켜 500명은 죽이고 다른 500명은 감쪽같이 살려두는 것처럼 말이다. 그렇게 남자는 와이브로 씨를 골랐는데, 그의 일상적인 생활 반경 안에 나와 여러분이 포함되어 있었더라면 희생양이 우리 중에서 나왔을지도 모르겠다.

그는 파란 색감의 거리를 따라 자신의 크고 흰 두 손을 어루만지며 은밀하게 걸어오고 있었다. 그는 점점 더 와이브로 씨의 집 차 탁자와 가까워졌고, 와이브로 씨와는 더더욱 가까워지고 있었다.

그가 악인은 아니었다. 실은 사교적이고 상냥한 면이 많았다. 그리고 성공한 범죄자들이 대개 그러하듯, 그도 훌륭한 사람이라는 평판을 받아왔다. 그러나 누군가를 죽이고 싶다는 충동이 생기면, 신 혹은 사람에 대한 일말의 두려움 없이 살인을 저지르고는 자신의 집으로 돌아가서 차를 마셨다. 나는 이 문제를 가볍게 말하려는 것이 아니라, 있는 그대로 말하는 것이다. 사람에게는 이상해 보일지 모르나, 살인자들은 살인을 저지른 후에 반드시 편하게 앉아서 식사를 한다. 그러지 말아야 하는 이유는 없는 반면에 그래야하는 이유는 많다. 무엇보다 그들은 범죄를 은폐하기 위해서 육체와 정신의 활력을 최상의 상태로 유지해야 하기 때문이다. 또 다른 이유로는 살인을 저지르는 과정에서 에너지를 소모함으로써 허기를 느끼고, 원하는 것을 달성했다는 만족감은 인간적인 쾌락에 호응하는 이완감을 가져오기 때문이다.

사람들은 일반적으로 살인자들이 언제나 신변에 대한 두려움과 자신이 저지른 짓에 대한 공포에 짓눌려 있다고 생각한다. 그러나 이런 살인자는 드물다. 물론 신변의 안전이 우선적인 관심사이긴 하지만, 대부분의 살인자들에게는 허영심이라는 눈에 띄는 특징이 있어서 이런 허영심과 정복욕의 흥분이 결합하여 살인자가 자신의 안전을 확신하게 만든다. 그래서 음식물 섭취로 원기를 회복한 살인자는 난생처음 만찬 준비를 하는 젊은 안주인의 심리 상태와 비슷해진다. 즉, 약간 초조할 뿐이지 그 이상은 아니라는 말이다. 범죄학자들과 수사관들의 말에 따르면, 아무리 지능적이고 교활한 살인자라고 할지라도 반드시 실수를 저지른다. 작지만 뼈아픈 실수. 그러나 이 말은 절반만 맞는다. 요컨대 붙잡힌 살인자에게만 해당되는 말이다. 붙잡히지 않은 살인자들은 많다. 그러므로 그 많은 살인자들은 조금도 실수를 하지 않았다는 얘기다. 이 남자도 실수를 저지르지 않았다.

공포나 후회에 대해서, 교도소 목사와 의사, 변호사들은 사형 선고를 받고 수감 중인 살인자들과 면담을 한 결과, 자신의 행동을 뉘우치거나 정신적인 고통의 흔적을 보여주는 예는 드물다고 말한다. 대부분의 살인자들은 자기만 붙잡혔다며 분노를 표출하거나, 지극히 합리적인 자신들의 행동을 범죄로 단죄한 것에 격분한다는 것이다. 그들이 살인자가 되기 전에는 평범하고 정상적인 사람이었다고 해도, 살인자가 된 후에는 양심의 가책을 조금도 느끼지 않는다. 양심이 뭐란 말인가? 양심은 그저 미신의 정중한 별칭일 뿐이고, 미신은 두려움의 정중한 별칭일 뿐이다.

살인자가 후회할 것이라고 생각하는 사람들의 마음에는 카인의 후회라는 전설이 깔려 있다. 아니면 자기 자신의 나약한 마음을 살인자의 마음에 투사하여 잘못된 반응을 얻은 것이다. 평화적인 사람들은 살인자와의 접촉을 기대할 수 없다. 살인자와는 정신 유형이 다를 뿐 아니라 성격의 작용이나 구조까지 다르기 때문이다. 어떤 이는 사람을─그것도 한 사람이 아니라 둘이나 셋을─죽일 수 있고 실제로 그렇게 한 뒤에 아무렇지 않게 일상으로 돌아간다. 반면에 어떤 이는 자해를 할 정도로 견디기 어려운 도발 상황에서도 살인을 하지 못한다. 이런 사람들이 살인자는 자책의 괴로움과 법에 대한 두려움 속에 있다고 생각하는데, 정작 살인자들은 차 탁자 앞에 앉아있다.

크고 하얀 손을 지닌 그 남자도 와이브로 씨처럼 차를 마실 생각이었으나 그 전에 해야 할 일이 있었다. 그 일을 끝낸다면 그리고 실수를 저지르지 않는다면 차를 마시고픈 마음이 훨씬 더 강해질 것이어서 손에 아무 것도 묻히지 않았던 어제처럼 편안하게 차를 마시러 갈 것이다.

그러니까 와이브로 씨 계속 걷구려. 계속. 걷는 동안, 이 밤의 여정에서 익숙한 것들을 마지막으로 바라보시오. 차 탁자에 켜진 호박등을 떠올려 보시오. 그 아늑하고 살가운 분위기를 만끽하시구려. 눈으로 그 분위기를 느끼고, 코로 부드러운 집안의 냄새를 음미해 보시오. 다시는 그 차 탁자 앞에 앉을 수 없을 테니까. 10분 안에 쫓아온 유령이 슬며시 말을 한다면, 그때 당신은 피할 수 없는 운명에 빠져든 것이오.

자, 이제 당신들─당신과 유령─은 언젠간 죽어야하는 흐릿한 형체로서 초록빛이 도는 연한 청색 인도를 따라 움직이는 군. 한 명은 살인자, 다른 한 명은 피살자. 그냥 건구려. 발길을 재촉해서 혹사 중인 두 다리를 괴롭히지 말고. 느리게 걸을수록 1월의 푸른 밤공기를 더 오래 들이마시고, 꿈결 같은 램프 불빛과 작은 상점을 더 오래 볼 수 있으며, 런던 사람들의 기분 좋은 흥정소리와 거리의 악사들이 연주하는 손풍금의 비애를 더 오래 들을 수 있으니까. 그런 것들은 당신에게 소중한 것이잖소, 와이브로 씨. 당장은 모른다고 해도 15분 후면 단 2초 동안에 그것들이 얼마나 소중했던가를 깨닫게 되리다.

그렇게 복잡한 체스판을 가로질러 가시오. 당신은 이제 라고스 가에 접어 들어서 동유럽 부랑자들의 천막 사이에 있다. 일이 분 후에는 런던의 무능자와 패배자들이 둥지를 튼 로열 골목의 하숙촌 사이에 있고. 골목은 거주자들의 냄새로 가득하다. 부드러운 어둠은 하류 인생들의 비애와 더불어 무겁게 내려앉아 있다. 하지만 당신은 미세한 뭔가를 알아채지 못한 채, 여느 때의 저녁처럼 골목을 터벅터벅 걸어간다. 이윽고 도착한 블린 가, 당신은 터벅터벅 걷는다. 지하에서 하늘까지 어디를 봐도 외국인 부락의 셋집들이 솟아 있다.

창문들이 검은 벽에 담황색 틈처럼 나 있다. 그 유리창 뒤에서 낯선 삶들이 꿈틀거린다. 런던의 시민이나 영국인의 옷차림과는 거리가 먼 사람들이건만 본질적으로는 당신과 크게 다르지 않은 삶을 살고 있다. 다만 와이브로 씨, 당신은 오늘밤을 넘기지 못할 것이다. 저 위에서 낮은 목소리가 '카타의 노래'를 부르고 있다. 어느 창문 너머로 종교 의식을 치르는 한 가족의 모습이 보인다.

또 다른 창문 너머로 한 여인이 남편을 위해 차를 따르고 있다. 장화를 손보는 남자도 있고, 아기를 씻기는 어머니도 있다. 전에도 많이 보아온 모습이지만 당신은 여태 한 번도 눈여겨 본 적이 없다. 지금도 마찬가지, 하지만 당신이 다시는 그런 광경을 볼 수 없음을 알았더라면 그때는 눈여겨봤을 것이다. 당신의 삶이 순리대로 흘러가는 대신에 길거리에서 종종 스쳐 지났던 한 남자가 혼자만의 쾌락을 위하여 자연의 경외로운 권위를 찬탈하고 당신을 죽이려하기 때문에 당신은 다시는 그런 광경을 보지 못하리라. 어쩌면 삶에서 당신이 맡은 역할이 끝났기에 눈여겨보지 못하는 건지도 모르겠다. 삶의 고단함은 이제 당신과는 상관이 없다. 당신에게는 공포의 순간이 한번 있을 뿐, 그 다음은 완전한 어둠이다.

대량살상의 그림자가 당신 가까이서 움직이고 있다. 어느 새 남자는 20미터 거리에서 당신을 따라오고 있다. 발소리가 들려오지만 당신은 뒤돌아보지 않는다. 등 뒤에서 들려오는 발소리는 익숙한 것이다. 게다가 당신이 걷고 있는 런던의 거리는 매일의 일상을 영위하는 안전한 곳이니까. 뒤따르는 발소리에도 당신의 본능은 그저 인기척에 불과하다고 무시한다.

하지만 그 발걸음에서 이상한, 어딘지 억제된 기척이 느껴지지 않는가? 마치 '정신 차려, 정신 차려. 조심해, 조심해.'라고 말하듯······. 발걸음에서 살-인-자, 살-인-자 하는 음절이 들려오진 않는가? 아니, 발걸음에서 이상한 낌새는 없다. 아무런 특징도 없는 발소리다. 악한의 발소리는 선한 자의 그것처럼 조용하다.

하지만 와이브로 씨, 당신에게 다가서는 것은 비단 발걸음뿐이 아니라 뭔가를 쥐고 있는 두 손도 있다. 지금 이 순간에도 남자의 두 손은 당신을 해치우기 위해 꿈틀거리고 있다. 당신은 매일 매 순간 사람들의 손을 보아왔다. 신뢰와 애정과 인사를 나누는 상징이자 신체의 일부로서 사람의 손이 그토록 무서운 것인지 당신은 생각이나 해보았는가? 다섯 개의 손가락에 역겨운 가능성이 숨겨져 있다는 것을 생각이나 해보았는가? 아니, 당신은 꿈에도 그런 생각을 하지 못했다. 지금까지 당신을 향해 뻗쳐진 손들은 친절과 우호의 의미였기 때문이다. 눈으로 증오하고 입으로 독설을 내뱉기는 하지만 악의 본질을 긁어모아 파괴의 물결을 일으키는 수단은 그 흔들거리는 손이다. 사탄이 인간 속으로 들어가는 문은 여러 개지만, 사탄의 의지를 실행하는 유일한 충복은 손 밖에 없다.

와이브로 씨, 당신은 곧 인간의 손이 얼마나 무서운 것인가를 철저히 깨닫게 되리다.

당신의 집이 멀지 않다. 집이 있는 거리, 캐스퍼 가에 들어섰을 때, 당신은 체스판의 한복판에 와 있다. 방이 네 개인 아담한 집과 정면의 창문이 보인다. 거리는 어둡고, 빛의 얼룩처럼 비추는 세 개의 가로등 불빛은 어둠보다 더 혼란스러웠다. 어둡고 텅 비어 있다. 아무도 없다. 식구끼리 저마다 주방에서 차를 마시는 시간, 그래서 거실에 불을 켜둔 집이 한군데도 없다. 이따금씩 집집 하숙인이 사는 이층 방에서 새어나오는 불빛이 전부다.

당신과 당신을 뒤쫓는 남자, 그리고 아무도 없다. 당신은 그 남자에게 신경을 쓰지 않고 있다. 당신이 너무도 자주 보아온 남자다. 설령 뒤돌아보았더라도 당신은 그저 "안녕하세요." 하고는 계속 걸어갈 것이다. 설령 그 남자가 살인자일 수 있다는 생각이 든다 해도 당신은 웃음을 터뜨렸을 것이다. 말도 안 되는 소리라고.

지금 당신은 출입문에 와 있다. 열쇠를 찾아들었다. 이윽고 당신은 안으로 들어가서 모자와 코트를 걸어놓는다. 아내가 주방에서 인사를 건네는데, 말소리에 묻어온 냄새까지 그를 반긴다.(청어다!) 그가 아내에게 대꾸하는 순간, 날카로운 노크 소리와 함께 현관문이 흔들린다.

물러서요, 와이브로 씨. 현관문에서 물러서라니까. 문을 만지지 말아요. 당장 물러서요. 집밖으로 나가요. 아내와 함께 뒷마당으로 나가 울타리를 넘어요. 아니면 이웃을 소리쳐 불러요. 제발 현관문에 손대지 말아요. 안 된다니까, 와이브로 씨, 문을 열면…….

와이브로 씨는 문을 열었다.

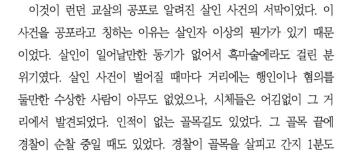

이것이 런던 교살의 공포로 알려진 살인 사건의 서막이었다. 이 사건을 공포라고 칭하는 이유는 살인자 이상의 뭔가가 있기 때문이었다. 살인이 일어날만한 동기가 없어서 흑마술에라도 걸린 분위기였다. 살인 사건이 벌어질 때마다 거리에는 행인이나 혐의를 둘만한 수상한 사람이 아무도 없었으나, 시체들은 어김없이 그 거리에서 발견되었다. 인적이 없는 골목길도 있었다. 그 골목 끝에 경찰이 순찰 중일 때도 있었다. 경찰이 골목을 살피고 간지 1분도 채 되지 않아서 사건이 발생하기도 했다.

경찰은 곧바로 주위를 수색했지만, 또 다른 교살 소식에 헐레벌떡 뛰어가야 했다. 어디에도 인적은 없었고, 누군가를 봤다는 목격자도 없었다. 혹은 길고 조용한 거리에서 순찰을 돌다가 느닷없이 사람이 죽었다는 소식을 듣고 그 집으로 달려가 보면 불과 몇 분 전에 살아있던 사람이었다. 역시나 주변에는 아무도 없었다. 경찰의 호각소리에 맞춰 즉각 그 일대에 비상경계령이 내려지고 인근의 주택을 샅샅이 뒤져본들, 용의자는 찾아낼 수 없었다.

와이브로 부부의 피살 사건을 최초로 보고한 사람은 관할 경찰서의 경사였다. 그는 캐스퍼 가를 따라 경찰서로 가는 도중에 98번지 저택의 문이 열려져 있는 것을 발견했다. 집안을 흘깃거리는데, 복도의 가스등 불빛이 바닥에 꼼짝없이 누워있는 사람을 비추고 있었다.

경사가 곧 호각을 불자, 순경들이 현장으로 달려왔다. 경사는 순경 중에서 한명을 골라 집안을 수색하는 한편, 나머지는 인근 거리를 조사하고 이웃집들을 탐문하라고 지시했다. 그러나 집안에서도 거리에서도 살인자의 흔적은 발견되지 않았다. 와이브로 씨의 양옆과 맞은편 이웃들을 탐문했으나, 주변에서 사람을 보거나 이상한 소리를 듣지 못했다는 답변만 돌아왔다. 이웃 중에 한명은 와이브로 씨가 집에 돌아와 열쇠로 현관문을 여는 소리를 들었다고 말했다. 와이브로 씨의 퇴근 시간이 어찌나 정확한지 현관문 여는 소리를 듣고 시계를 6시 30분으로 맞출 정도라고 했다.

하지만 그 이웃도 와이브로 씨네 현관문이 열리는 소리 말고는 경사의 호각소리가 날 때까지 다른 소리는 듣지 못했다. 그 집의 정문이나 뒷문 어디를 통해서든 들어가거나 나간 사람이 없거니와 피살된 부부의 목에 난 손가락 자국 외에는 어떤 흔적도 남아있지 않았다. 와이브로 씨의 조카를 불러 집안을 살펴보라고 했는데, 없어진 물건은 없었다. 게다가 조카에 따르면, 와이브로 씨에게 훔쳐 갈 만한 값진 물건도 없었다. 얼마 안 되는 현금도 그대로 있었고, 집안을 뒤지거나 흐트러뜨린 흔적도 없었다. 무자비한 살인이 벌어졌다는 사실 외에 아무런 단서도 남아있지 않았다.

이웃과 직장 동료들은 와이브로 씨를 조용하고 호감이 가는, 가정적인 남자로 알고 있었다. 즉, 누구에게도 원한을 살만한 인물이 아니라는 것이었다. 하지만 원한을 사지 않은 피살자도 적지 않은 법이다. 해코지를 하고 싶을 만큼 누군가를 지독히 증오하는 사람일지라도 살인까지 저지르는 예는 드물다. 그랬다가는 유력한 용의자로 큰 고초를 겪을 것이 뻔하기 때문이다. 결국 와이브로 부부의 피살 사건은 경찰을 미궁에 빠뜨리고 말았다. 살인이 벌어졌다는 사실 외에 살인자의 단서나 살인 동기 등등 모든 정황이 오리무중이었다.

와이브로 부부의 피살 소식이 전해지면서 런던은 불안감에 휩싸였고, 맬런 엔드 전역은 충격에 빠져들었다. 두 명의 선량한 사람이 피살되었는데, 그 이유가 물건을 노리거나 복수를 위한 것도 아니었다. 무엇보다 충동적으로 범죄를 저지른 살인자가 아직 붙잡히지 않았다는 충격이 컸다. 아무런 단서도 남기지 않은데다 단독 범행으로 보이는 상황에서 오히려 살인자가 붙잡혀야 하는 이유가 없어 보였다.

두뇌가 대단히 명석하고 신이나 인간을 두려워하지 않는 사람이라면 도시뿐 아니라 나라 전체를 마음대로 농락할 수 있을 것 같았다. 하지만 대부분의 범죄자들은 명석한 편이 아니고, 혼자 남겨지는 것을 싫어한다. 그들 주변에 동료들이 없다면 최소한 말을 걸 상대가 필요한 법이다. 그들은 대개 허영심 때문에 자신이 저지른 범죄의 효과를 직접 확인하는 만족을 필요로 한다. 그래서 술집과 커피숍 아니면 공공장소에 자주 나타난다. 이런 점을 감안할 때, 와이브로 부부를 죽인 범인이 동료애라는 달아오른 분위기에서 한 마디라도 흘릴 가능성이 컸다. 그렇게만 된다면 사방에 깔린 경찰과 그들의 정보원들이 어렵잖게 범인을 찾아낼 터다.

그러나 싸구려 여인숙과 술집 등등을 이 잡듯 뒤지고 잠복근무를 하는 한편, 범인에 대한 단서를 제공하는 사람에게는 큰 포상금뿐 아니라 신변보호까지 보장한다는 소문을 흘렸음에도, 와이브로 부부의 피살 사건은 아무런 진척이 없었다. 살인자에게 친구도 알고 지내는 사람도 없는 것이 분명했다. 이런 유형에 해당하는 용의자들을 소환조사했으나 그들 모두 무죄를 입증했다. 며칠 만에 경찰은 진퇴양난에 빠졌다. 경찰의 코앞에서 살인 사건이 벌어졌다는 여론의 비난이 거세지자 경찰 내부의 동요도 역력해졌다. 나흘 동안 경찰 전원은 극심한 압박 속에서 수사를 벌여왔다. 사건 발생 닷새 째, 경찰의 동요는 더 커졌다.

당시는 주일 학교의 행사가 많은 시즌이었다. 런던이 어둠 속을 배회하는 유령의 세계가 되는 어느 안개 낀 저녁, 말끔한 얼굴에 머리까지 감은 어느 여자아이가 가장 좋은 나들이옷과 구두로 한껏 멋을 부리고 로건 거리를 떠나 세인트 미카엘 교구 회관으로 향했다. 여자아이는 목적지에 도착하지 않았다. 6시 30분까지는 아직 숨이 남아 있었으나, 아이가 엄마의 품을 떠나는 순간부터 죽은 목숨이나 다름없었다. 한 남자로 보이는 누군가가 로건 거리를 지나던 여자아이를 발견했고, 그 순간 아이는 죽은 목숨이었다. 그 누군가의 크고 하얀 손이 안개를 휘저으며 아이를 쫓아갔고, 15분 만에 그의 손은 아이의 곁에 가 있었다.

6시 30분, 날카로운 호각 소리가 허공을 찢어댔다. 호각 소리를 듣고 달려온 사람들은 미노우 가에 있는 어느 창고 입구에서 어린 소녀 넬리 브리노프의 시체를 발견했다. 제일 먼저 현장에 도착한 경사는 부하들을 적절한 위치에 배치하고, 분노를 억누른 신랄한 어조로 이런저런 지시를 내렸다.

그는 현장을 순찰 중이던 경관을 매섭게 질타했다.

"매그슨, 내가 자네를 본 게 이 골목 끝이었는데, 왜 거기에 있었나? 10분 동안이나 왜 거기에 있었느냔 말이야."

매그슨은 골목 끝에서 수상한 사람을 지켜봤다고 설명했으나, 경사는 그의 말꼬리를 잘랐다.

"수상한 사람 좋아하시네. 수상한 사람을 찾고 있을 때가 아니잖나. 살인자들을 찾아야지. 쓸데없이 빈둥거리기나 하다니…….
지금 자네가 있어야 할 위치에서 일이 벌어졌잖아. 사람들이 뭐라
고 할지 생각해 봐."

그 소식은 가뜩이나 심란해있는 군중 사이로 빠르게 퍼져갔다.
정체불명의 괴물이 또 나타났는데, 이번에는 어린아이를 죽였다.
안개에 묻힌 사람들의 얼굴에 증오와 공포가 뒤섞였다. 그때 응급
차와 증원된 경찰 병력이 신속하게 군중을 뚫고 현장에 도착했다.
경사는 생각에 골몰해 있다가 사방에서 들려오는 웅성거림에 퍼뜩
정신이 들었다.

"경찰들 코앞에서 일이 벌어졌잖아."

나중에 탐문을 한 결과, 혐의점이 없는 거주자 네 명이 사건이
벌어지기 직전에 창고 앞을 지나갔지만 아무 것도 보지 못했고 아
무 소리도 듣지 못했다. 그들 중에서 아이가 살아있거나 혹은 죽
은 것을 본 사람이 없었다. 더구나 자기들 말고는 현장 부근에서
아무도 보지 못했다고 했다. 또 다시 경찰은 동기도 단서도 없는
미궁에 빠졌다.

그 일대는 공포보다는 불안과 당혹감에 휩싸였다. 런던 시민들
이 공포에 굴복할 사람들이 아니기 때문이다. 그들에게 익숙한 거
리에서 그런 일이 벌어지는 상황이라면 또 어떤 일이 벌어질지 장
담할 수 없었다. 거리와 시장과 상점에 이르기까지 사람들이 만나
는 곳에서 오가는 화제는 한 가지였다.

해질녘이면 여자들이 제일먼저 창문과 출입문을 잠갔다. 그들은
어두워지기 전에 쇼핑을 마쳤고, 내색은 하지 않으면서도 초조히
남편의 귀갓길을 살폈다. 런던 사람들은 익살에 가까운 체념 상태

에서 매시간 불길한 예감을 마음 깊숙이 숨기고 있었다.

두 손을 지닌 어떤 남자의 충동 때문에 사람들의 일상이 송두리째 흔들리고 있었다. 그렇다면 인간성을 경멸하고 법을 무시하는 누군가가 마음만 먹는다면 언제고 그들의 일상은 또 흔들릴 수 있다는 의미였다. 사람들은 그들의 평화로운 일상을 떠받치고 있는 기둥들이 실상은 누구든 쉽게 부러뜨릴 수 있는 지푸라기에 불과하다는 사실을 깨닫기 시작했다. 법은 사람들이 그것을 지킬 때에만 효력을 발휘했다. 경찰은 사람들이 그들을 두려워할 때에만 유능했다. 살인자의 두 손이 보여준 힘 때문에 사회 전반에서 유례가 없었던 일들이 생겼다. 그 사람 때문에 사회 체제를 돌아보게 되었고, 그것을 정확히 이해하게 된 것이다.

두 번의 범죄 때문에 사회 전반이 요동치는 상황에서 살인자는 세 번째 범죄를 실행했다. 그는 자신이 손에서 비롯된 공포를 주목했고, 인기의 짜릿함을 맛본 배우의 굶주림을 느꼈기에 신선한 홍보 방식으로 자신의 존재감을 알렸다. 여아가 살해된 지 삼일이 지난 수요일 아침, 영국의 아침 식탁으로 배달된 조간신문들은 더욱 충격적인 범죄 사실을 전하고 있었다.

화요일 밤 9시 32분, 재니건 가에서 순찰 중이던 그레고리 순경은 클레밍 가 초입에서 동료 순경인 피터슨에게 말을 걸었다. 마침 피터슨이 그 길을 따라 걸어왔기 때문이다. 안면이 있는 절름발이 구두닦이가 그레고리를 지나쳐 피터슨이 걸어오던 맞은편 주택으로 들어간 것 외에는 거리에 아무도 없었다. 직업적인 습관으로 그레고리는 끊임없이 주위를 살폈기에 거리에는 아무도 없었다고 확신했다.

그가 경사를 만난 시각은 9시 33분, 그의 경례를 받은 경사가 상황을 물었다. 그레고리는 아무 것도 없다고 대답하고 경사를 지나 계속 걸어갔다. 그는 클레밍 가에서 약간 떨어진 지점에서 멈추었다가 다시 초입 지점으로 발길을 돌렸다. 그 시각은 9시 34분이었다. 그런데 그가 클레밍 가의 초입까지 거의 돌아왔을 무렵, 경사의 거친 목소리가 들려왔다.

"그레고리! 거기 있나? 빨리 와. 또 일이 벌어졌어. 빌어먹을, 피터슨이 당했어! 교살이야. 빨리 와. 전부 불러 모아!"

그것이 세 번째 교살의 공포였고, 제 4, 제 5의 희생자가 잇따랐다. 다섯 차례에 걸쳐 공포를 일으킨 범인의 정체는 알려지지 않았다. 다시 말해서, 경찰과 대중은 범인을 알지 못했다. 살인자의 정체를 알고 있는 사람은 단 두 명이었다. 한 명은 살인자 자신, 또 다른 한명은 젊은 신문기자였다.

《데일리 토치》에서 이 사건을 취재 중이던 한 젊은 기자는 특종을 노리고 골목길들을 어슬렁거리는 다른 시기어린 기자들보다 특별히 똑똑하지는 않았다. 하지만 인내심이 있어서 다른 기자들에 비해 사건의 핵심에 조금은 가까이 가 있었다. 이 사건을 예의주시하던 그는 돌에서 튀어나온 마귀 같았던 살인자의 모습을 드디어 포착했다.

첫 번째 사건이 벌어지고 며칠이 지나는 동안, 기자들은 특종을 포기했다. 기사 거리가 아예 없었기 때문이다. 기자들은 정기적으로 경찰서를 드나들면서 아무리 사소한 정보라도 서로 공유했다. 경관들도 기자들에게 협조적이었으나, 그 이상은 아니었다. 경사는 기자들과 각각의 사건을 자세히 의논하면서 살인자의 범행 방식을 추측하거나 과거의 비슷한 사건들을 되살려냈다.

그 과정에서 동기 없이 살인을 저질렀던 닐 크림과 존 윌리엄스의 사례가 거론되었고, 곧 사건을 일단락 지을 수 있다는 암시까지 나왔다. 하지만 경사는 어떻게 사건을 해결할지는 끝내 밝히지 않았다. 경감도 점잖게 수다를 떨면서 살인에 관한 나름의 이론을 들먹였지만, 당장 취할 수 있는 대책에 대해 말이 나오면 어물쩍 넘어갔다. 경찰이 알고 있는 것이 무엇인지는 모르겠으나, 그것을 신문 기자들에게 알려주지는 않았다.

사건을 해결해야한다는 중압감에 시달리는 경찰의 입장에서는 범인을 체포해야만 관계 당국과 대중으로부터 실추된 명예를 회복할 수 있었다. 런던 경찰국도 사건 해결에 개입한 상태여서 관할 경찰서의 수사 기록을 전부 확보하고 있었다. 하지만 관할 경찰서는 자체적으로 사건을 해결함으로써 명예를 회복하고자 했다. 언론과의 공조가 효과적일 수도 있지만, 섣불리 수사상의 내부 논의와 계획을 노출했다가 낭패를 볼까봐 저어했다.

아무튼 경사가 상세하게 이런저런 흥미로운 이론들을 말했는데, 모조리 신문기자들도 이미 생각했던 내용이었다.

이 젊은 기자는 경찰서에서 아침마다 벌어지는 그런 범죄학 강의를 이내 포기하는 대신에 거리를 돌아다니면서 일련의 살인 사건들이 보통 사람들의 일상에 미치는 영향을 소재로 멋진 기사를 써보기로 했다. 침울한 일은 거리의 풍경에 의해 더욱 침울해졌다.

지저분한 도로, 힘없이 웅크린 주택들, 흐릿한 창문. 어디를 봐도 씁쓸하고 비참한 기분이 들뿐이지 연민은 느껴지지 않았다. 좌절한 시인의 비참함이라고 할까. 어쨌든 그 비참함은 정착하지 않고 뜨내기처럼 살아가는 외국인들에게서 비롯된 것이었다. 그들은 정착할 수 있는데도 애써 가정을 꾸리지 않았고, 그렇다고 정처 없는 삶을 잘 살아가지도 않았다.

건질만한 것이 거의 없었다. 그가 보고 듣는 것이라고는 성난 얼굴들, 살인자의 정체와 신출귀몰하는 비법에 관한 맹랑한 추측들뿐이었다. 경관까지 희생자가 된 터라 공권력에 대한 비난 여론이 주춤해지는 대신에 정체불명의 범인은 전설적인 인물로 탈바꿈하기 시작했다.

사람들은 어딘지 골몰한 표정으로 서로를 눈여겨보았다. 혹시 저 사람인가. 아니면 저 사람. 사람들은 더는 터소 밀랍 인형관의 살인자와 흡사한 남자를 찾지 않았다. 사람들은 일련의 이 독특한 살인을 저지른 남자 혹은 악녀를 찾고 있었다. 사람들은 은연중에 외국인 무리를 의심했다. 그런 불한당들은 영국에 동화되기는 힘들었고, 범인의 놀라운 명석함과도 거리가 멀었다. 그래서 이번에는 루마니아 집시와 터키의 카펫 상인들이 의심을 받았다. 이들은 어딘지 수상쩍었다. 이 동유럽 인들은 온갖 요술에 능하고 종교다운 종교가 없는데다 어디에도 속박을 받지 않았다. 동유럽을 다녀온 선원들의 말에 따르면, 그쪽에 투명 마술을 부리는 주술사들이 있다고 했다.

뿐만 아니라 해괴망측한 목적에 사용되는 이집트나 아랍의 물약에 관한 소문도 돌았다. 그들이라면 가능한 일 같았다. 그들은 대단히 교활하고 움직임도 교묘했다. 어떤 영국인도 그들처럼 홀연히 사라지거나 하지 못했다. 이런 식으로 의심과 추측이 난무하는 가운데 살인자가 흑마술을 사용한다는 설이 기정사실처럼 굳어졌다. 살인자가 마술사라는 확신은 그를 찾아봤자 소용없다는 느낌을 주었다. 그 누구도 접근하지 못할 무소불위의 힘을 가지고 있을 거라는 확신이 이어졌다. 미신은 그렇게 이성의 허약한 껍질을 깨고 사람들 속으로 파고들었다. 살인자는 무엇이든 마음대로 할 수 있고, 결코 잡히지 않을 것이다. 사람들의 결론은 이 두 가지로 집약되었다. 그래서 사람들은 화가 나면서도 어쩔 수 없다는 숙명론에 취해 거리를 오갔다.

사람들은 마치 살인자가 그들의 말을 엿듣고 찾아오기라도 할 것처럼 좌우를 살피며 목소리를 낮추고 젊은 기자에게 말했다. 그 지역의 모든 사람들이 매순간 살인자에 대해 생각하고 언제든 그를 붙잡으려고 혈안이 되어 있었다.

그럼에도 불구하고 살인자가 사람들에게 미친 영향력이 너무도 크다는 점을 감안할 때, 길거리에서 어떤 남자가 이를 테면 평범한 용모의 키 작은 남자가 "내가 그 살인마다!"라고 소리친다면 과연 사람들이 노도처럼 일거에 그에게 달려들어 제압할 수 있을까? 아니면 소리를 지른 그 평범한 남자의 얼굴과 신체에서 혹은 평범한 구두에서 혹은 흔한 모자에서 갑자기 섬뜩한 무언가를 발견하거나 그 어떤 무기로도 위협하거나 찌를 수 존재라는 특징을 보게 될 것인가? 아니면 파우스트가 검으로 만든 십자가 앞에서 악마가 뒤로 물러서듯, 사람들이 순간적으로 그 살인마에게서 물러서는 바람에 그가 도망칠 여지를 주지는 아닐까? 나는 알 길이 없다.

하지만 살인마의 힘에 대적할 수 없다는 사람들의 생각이 너무 확고해서 그와 맞닥뜨리면 최소한 멈칫할 것 같다. 하지만 그런 상황은 벌어지지 않았다. 평범하면서도 살인의 욕망에 굶주려있는 그자는 오늘도 아무렇지 않게 보통 사람들 속에 섞여서 늘 눈에 띄고 있다. 하지만 누구도 그가 살인자인줄 꿈에도 모른 채 그저 가등주(街燈柱)를 바라보듯 그를 무심하게 대했을 뿐이다.

살인자가 무소불위의 힘을 지니고 있다는 대중의 믿음은 거의 맞아떨어졌다. 피터슨 순경이 피살된 지 닷새가 지났을 때, 경험과 능력을 두루 갖춘 런던의 수사관들이 살인범 검거에 총력을 기울이는 상황에서 네 번째, 다섯 번째 범행이 자행됐기 때문이다.

그날 밤 9시 정각, 매일 밤 주변을 돌아다니던 젊은 기자는 리처드 거리를 따라 걷고 있었다. 리처드 거리는 노점상과 주택들이 뒤엉킨, 비좁은 길이었다. 젊은 기자는 거주 지역에 들어섰는데,

한쪽은 근로자들이 사는 작은 집들이 늘어서 있고, 맞은편에는 철도 화물 조차장의 담장이 버티고 있었다. 화물 조차장의 커다란 담장이 거리에 검은 담요처럼 그림자를 드리웠다.

그 어둠과 장사를 끝낸 노점 가판대의 앙상한 윤곽 때문에 거리는 생사의 경계에서 일순 얼어붙은 것처럼 보였다. 여기저기서 희미한 금빛을 던지고 있는 가로등, 기자가 있는 곳에서 유독 가로등빛이 딱딱한 보석의 광채를 띠었다. 기자가 시간이 영원히 얼어붙은 느낌 속에서 만사가 귀찮다고 혼잣말을 하는 순간 그 얼어붙음이 깨졌다. 걸음을 옮기려는 순간, 침묵과 어둠을 깨뜨리는 날카로운 비명이 들려왔다.

"사람 살려! 사람 살려! 그놈이다!"

그가 어찌해야할 지 미처 생각하기도 전에 거리는 갑자기 부산해졌다. 사람들이 보이지 않는 곳에서 그 비명 소리를 기다리고 있었던 것 마냥 집집의 문이 활짝 열리더니 집마다 골목마다 사람들이 물음표처럼 웅크린 모습으로 쏟아져 나왔다. 몇 초가 지났을까, 사람들은 가로등처럼 딱딱하게 멈춰 섰다.

그때 들려온 경찰의 호각 소리가 현장의 위치를 알려주었고, 사람들은 시커먼 덩어리처럼 한데 뭉쳐서 그쪽으로 내달렸다. 기자는 그들의 뒤를 따랐고, 또 다른 무리가 기자의 뒤를 따랐다. 큰 길과 주변의 샛길에서도 사람들이 쏟아져 나왔다. 그 중에는 저녁 식사를 하다가 나온 사람도 있었고, 슬리퍼와 셔츠 차림으로 뛰쳐나온 사람도 있었다. 후들거리는 다리로 비틀거리는 사람이 있는가 하면 몸을 곳곳이 세운 사람도 있었고, 불쏘시개 아니면 파는 물건 중에서 무기가 될 만한 것을 들고 나온 이도 있었다. 우왕좌

왕하는 사람들 사이로 경찰 모자가 눈에 띄었다. 사람들이 모여든 어느 집 문간에서 관할서 경사와 두 명의 순경이 긴장한 모습으로 나타났다. 경찰들 뒤쪽에서 재촉하는 목소리가 들려왔다.

"들어가! 놈을 찾아! 뒤쪽에도 가봐! 담을 넘으라고!" 그러자 집 앞에 있던 경찰들이 소리쳤다. "물러서요! 물러서!"

미지의 위기감 때문에 억눌려있던 군중의 분노가 터져 나왔다. 그자가 거기, 현장에 있는 것이다. 이번에는 도망칠 수 없을 터다. 모든 사람들이 금방이라도 밀고 들어갈 듯 집 쪽으로 웅크렸다. 사람들의 활력이 집의 출입문과 창문과 지붕으로 집중되었다. 군중은 정체불명의 남자와 그의 처단만 생각했다. 그렇다보니 사람들은 주변에는 아무런 관심이 없었다.

아무도 발 디딜 틈 없이 사람들로 들어찬 비좁은 골목과 군중의 들썩거리는 움직임을 살피지 않았다. 자기가 죽인 희생자 주변에 머문 적이 없는 살인 괴물이 군중 속에 섞여 있을지 모른다는 사실을 모두가 망각하고 있었다. 복수의 십자군처럼 몰려든 군중 스스로가 범인에게 완벽한 은신처를 제공할 수 있음을 망각했다. 사람들은 오로지 집만 쳐다보았고, 집 앞과 뒤에서 들려오는 나무 부러지는 소리와 유리 깨지는 소리에만 귀를 기울였다. 그리고 경찰들은 명령을 하거나 추격하느라 소리를 질렀다. 그들은 허둥댔다.

하지만 사람들은 살인자를 볼 수 없었다. 그저 살인 사건이 벌어졌다는 소식만 전해졌고, 현장에 도착한 응급차만 볼 수 있었다. 사람들의 분노는 허둥대기만 할뿐 범인을 검거하지 못하는 경찰에게 향해졌다.

기자는 군중을 헤치고 가까스로 집 앞까지 도착하여 순경으로부터 사건 상황에 대해 전해 들었다. 사건이 벌어진 그 집에는 전직 선원과 그의 아내와 딸이 살고 있었다. 그들은 저녁 식사 중이었는데, 맨 처음 발견 당시에는 세 사람 모두 유독 가스에 질식한 것처럼 보였다. 딸은 난로 앞에 까는 깔개 위에 버터 바른 빵 조각을 손에 쥔 채 죽어 있었다. 전직 선원인 아버지는 의자 옆에 쓰려져 있었고, 그의 식기에는 푸딩을 듬뿍 뜬 스푼이 남아 있었다. 어머니는 식탁 아래 널브러져 있었는데, 그녀의 무릎은 깨진 컵 조각과 코코아 얼룩으로 범벅이 되어 있었다. 하지만 가스 질식의 가능성은 단번에 사라졌다. 그들의 목에서 또 다시 교살의 흔적이 나타났기 때문이다. 경찰들은 방을 지켜보면서 잠시 시민들처럼 무력감을 느꼈다. 속수무책이었다.

　그것이 네 번째 출현이었고, 사망자 수는 총 일곱 명이었다. 앞에서 말했듯이, 범인은 한 차례 더 그것도 당일 밤에 범행을 저질렀다. 그 직후에 그는 정체불명의 런던 살인마라는 전설이 되었다. 그는 자신의 범행을 잊어버린 채 태평하게 평소의 점잖은 삶으로 돌아갔다.

　그는 왜 범행을 중단했을까? 알 수 없다. 그는 왜 범행을 시작했을까? 이 또한 알 수 없다. 그냥 어쩌다가 일어난 일 같다. 설사 그가 그 숨 막히는 살인의 시간들을 떠올린다고 해도, 우리가 어린 시절에 저질렀던 우둔하거나 짓궂은 죄를 회상하듯 할지 모르겠다. 우리는 어린 시절의 잘못에 대해서 모르고 한 일이기에 진짜 죄악이라고는 말하지 않는다. 즉, 잘못을 자각하지 못했다고 생각하는 것이다. 그래서 한때 우둔했던 우리 자신을 돌아보면서 철없던 행동이라고 스스로를 용서한다. 그 살인자도 마찬가지는 아닐까, 나는 생각한다.

그와 비슷한 이들이 적지 않다. 유진 에이렘, 그는 다니엘 클라크를 살해한 뒤에 14년 동안이나 평화롭고 안락한 생활을 보냈다. 그는 자신이 저지른 범죄로 인해 가책을 느끼지 않았고 자존감에 상처를 입지도 않았다. 크리픈 박사, 그는 아내를 살해하고 정부와 함께 유쾌하게 살았다. 그 유쾌한 집 바닥에는 아내의 시체가 묻혀 있었다. 콘스턴스 켄트, 그녀는 동생을 죽이고도 죄를 자백하기 전까지 아무런 가책 없이 5년간을 평온하게 살았다. 조지 조셉 스미스와 윌리엄 파머는 자신들이 저지른 독살과 익사 사건에 대해 두려움이나 가책 없이 이웃들과도 잘 지냈다. 찰스 피스, 그는 한참 끔찍한 범죄를 저지르는 동안에도 골동품에 관심이 많은, 훌륭한 시민으로 살고 있었다. 이들 범죄자는 어느 정도 세월이 흐른 뒤에 체포되었다. 그러나 우리의 생각보다 훨씬 더 많은 살인자들이 지금도 점잖은 삶을 살고 있으며, 앞으로도 발각되거나 의심받지 않은 채 점잖게 생을 마칠 것이다. 이자도 그럴 것이다.

그러나 그는 간신히 탈출에 성공했고, 그 때문에 추가 범행을 멈춘 것 같다. 범인이 탈출할 수 있었던 이유는 기자의 판단 착오 때문이었다.

사건의 정황을 전해들은 기자는 15분에 걸쳐 전화로 기사를 송고했다. 전화가 끝나갈 때쯤, 일이 끝났다는 생각과 함께 피로감이 엄습해왔다. 그렇다고 아직은 집에 갈 상황은 아니었다. 조금 있으면 신문이 나올 시간이었다. 그래서 그는 술 한 잔과 샌드위치를 먹을 겸 술집으로 들어갔다.

그때 그는 살인 사건에 관한 생각을 모두 잊었다. 그저 술집 안을 둘러보다가 주인의 회중 시곗줄과 고상한 태도에 문득 부러움을 느꼈다. 그 번듯한 술집의 주인이 신문 기자보다, 아무런 활력도 없는 자기 자신보다 더 안락한 생활을 하는 것 같았다. 그는 교살의 공포에 대해서는 잊고 있었다.

당장은 샌드위치에 정신이 팔렸다. 술집에서 파는 샌드위치, 그것은 참 희한했다. 잘게 썬 빵에 버터가 발라져 있었고, 햄은 싱싱한 편이었다. 그는 이런 먹거리를 만들어낸 샌드위치 백작과 조지 4세를 떠올렸다. 사과 덤플링에 사과를 어떻게 넣을까 고민했다는 조지 집안의 전설도 생각났다. 조지가 혹시 햄 샌드위치에 햄을 어떻게 넣을까도 고민하지는 않았을까 궁금했는데, 누군가 햄을 샌드위치에 넣기 전까지 햄 샌드위치는 없었을 거라는 생각이 들었다. 그가 샌드위치 한 개를 더 주문하려고 일어섰을 때였다.

그 순간 그의 뇌리에 스치는 것이 있었다. 샌드위치에 햄이 들어있으니, 햄을 넣은 사람이 분명히 있을 터다. 마찬가지로 일곱 명이 살해당했다면, 누군가 그들을 죽인 사람이 있을 것이었다. 비행기와 자동차가 사람들의 호주머니 속으로 들어가진 않을 것이다. 그러므로 누군가 도망쳤거나 그 자리에 가만히 있었을 것이다. 그렇다면…….

그는 신문 1면에 실릴 기사를 떠올리면서 과연 자신의 이론이 맞을 것인지 생각해보았다. 그리고 편집장이 그의 추측을 주요 기사로 실어줄 지도 궁금했다. 그때 "영업시간이 끝났습니다. 여러분, 모두 나가 주세요!" 하는 소리가 들려왔다.

그는 자리에서 일어나 안개 자욱한 밖으로 나왔다. 군데군데 웅덩이가 파인 길을 따라 버스의 전조등 불빛이 꼬리를 물고 이어졌다. 그는 사건의 핵심을 잡았다는 확신이 들었지만, 설령 그것을 증명한다 해도 신문사에서 과연 그의 기사를 받아 줄지는 의구심이 들었다. 한 가지 큰 걸림돌이 있었다. 분명히 사실이지만, 그럴 개연성이 없는 사실이었다. 그 사실로 인해 신문의 구독자들이 믿어온, 그리고 신문사의 편집장들이 독자들에게 믿도록 해온 모든 근간이 뒤흔들릴 것이다. 사람들은 터키의 카펫 상인들이 투명 인간이 되는 재능을 지녔다고는 믿을 것이다. 하지만 사람들은 그의 기사를 믿지 않을 것이다.

사람들에게 그의 기사를 믿는지에 대해 물어볼 일은 없을 것이다. 왜냐하면 그의 기사가 인쇄될 일은 없으니까. 이미 신문이 나올 시간이었다. 그는 샌드위치로 원기를 찾았고, 자신의 이론으로 고무된 상태였다. 그래서 30분 정도 그 이론을 시험해볼 생각이었다. 그는 속으로 범인이라고 지목한 남자를 찾아 두리번거리기 시작했다. 머리칼이 희고 손이 크고 하얀 남자. 아무도 눈여겨보거나 하지 않는 평범한 남자. 그는 스스럼없이 그 남자에 대해 떠올렸고, 섬뜩하고 무시무시한 그 남자가 있을만한 곳을 직접 찾아가고 있었다. 그 누구의 도움도 없이 혼자서 도시 전역을 공포로 몰아넣은 살인마와 마주한다니 언뜻 엄청난 용기가 필요한 일인 듯 했다. 하지만 그렇지 않았다. 그는 위험에 대해서는 신경을 쓰지 않았다. 신문사의 고용주에 대한 의무감이나 애사심 때문도 아니었다. 그저 이야기의 끝을 알고 싶다는 본능에 이끌린 행동이었다.

그는 술집에서 나와 핀컬 가를 가로질렀다. 그의 목적지는 디버 시장이었는데, 거기라면 그 남자를 발견할 수 있을 것 같았다. 그러나 그는 시장까지 가지 않아도 되었다. 로터스 가의 모퉁이에서 그 남자 아니 그와 비슷한 남자가 나타났기 때문이다. 그쪽은 어둠침침해서 남자의 모습이 잘 보이지 않았다. 하지만 그는 하얀 손을 볼 수 있었다.

스무 걸음쯤 뒤떨어져서 그는 남자를 뒤따르다가 어느 순간에 거리를 두고 옆으로 걸었다. 철로의 철제보가 길을 가로지르는 지점에서 그는 그 남자가 자신이 찾는 자임을 확인했다. 그는 그 지역에서 가장 화제가 되는 이야기를 꺼내며 남자에게 접근했다.

"혹시 살인자를 봤나요?"

남자가 멈춰서더니 기자를 매서운 눈초리로 노려보았다. 이내 신문 기자라는 것을 알고는 마음이 놓이는지 이렇게 말했다.

"뭐요? 그 놈은 고사하고 다른 사람도 못 봤소. 빌어먹을 놈. 그 놈을 볼 수나 있을지 모르겠네."

"그야 모르죠. 나한테 좋은 수가 생각났어요."

"그래요?"

"예. 그냥 갑자기 생각난 겁니다. 15분전에요. 우리 모두가 눈 뜬장님이었다는 생각이 들어요. 뻔히 눈앞에 두고 있으면서."

남자는 다시 한 번 고개를 돌려 기자를 쳐다보았다. 이번에는 뭔가를 알고 있는 듯한 기자가 미심쩍은 기색이었다.

"그래요? 정말이오? 혹시 뭔가를 알고 있다면 당연히 내게 알려 줘야 하지 않겠소?"

"알려드려야죠." 그들은 나란히 걸었다. 길 끝에 디버 시장이 보일 무렵, 기자는 천연덕스럽게 남자를 쳐다보았다.

"그래요, 지금은 아주 간단한 문제처럼 보이는데요. 하지만 여전히 한 가지를 이해할 수 없군요. 사소한 부분이지만 그냥 넘겨버리기가 찜찜해서요. 그게 뭐냐 하면 동기입니다. 자, 남자 대 남자로, 오터몰 경사님, 솔직히 내게 말해 주시죠. 경사님은 왜 무고한 사람들을 죽인 겁니까?"

경사가 멈춰 섰고, 기자도 그랬다. 어느 새 런던을 비추는 여명 속에서 경사의 얼굴이 또렷하게 보였다. 그 얼굴에 머금은 미소가 어찌나 세련되고 매혹적이던지 그들의 눈빛이 마주치는 순간 기자의 눈은 얼이 빠진 듯 얼어붙었다. 그 미소는 잠시만 머물렀다. 이윽고 경사가 말했다.

"음, 솔직히 말하자면, 기자 양반, 나도 모르겠소. 정말이오. 나도 늘 그것이 궁금하더군. 하지만 나도 댁처럼 나름 생각이 있지. 사람들이 자신의 마음을 마음대로 조절하지 못한다는 건 다 아는 사실이잖소? 생각이라는 게 우리에게 물어보지 않고 무심코 떠오르곤 하지. 하지만 사람들은 자신의 육체만큼은 조절할 수 있다고 믿는 것 같소. 그건 왜일까요?

말해 보시오. 우리의 생각이라는 것은 우리가 태어나기 수백 년 전에 죽은 조상으로부터 대대로 물려받은 것이오. 우리의 몸도 똑같지 않겠소? 우리의 얼굴, 다리, 머리, 이것들은 완전히 우리의 소유물이 아니오. 우리가 몸을 선택한 것이 아니라 거꾸로 몸이 우리를 선택한 셈이지. 생각이 우리의 마음에 떠오르듯 우리의 몸에도 그렇지 않겠소? 생각이란 것이 머리뿐 아니라 신경과 근육 속에도 살고 있지 않겠느냐 이거요. 신체의 일부가 우리의 것이 아니듯, 생각이 갑자기 그런 신체의 일부에 들어오지 않겠냐 이거요. 이를테면, 생각이란 것이,"

그가 갑자기 손을 뻗었다. 커다란 흰색 장갑이 끼워진 손과 털 북숭이 손목이 나타났다. 기자는 순식간에 자신의 목을 움켜잡는 그 손의 움직임을 전혀 알아채지 못했다.

"내 손에 떠오른다고 할까!"

하숙인

The Lodger

마리 벨록 론디스

The Lodger

by

Mrs Belloc
Lowndes

Author of

"The Decree
Made Absolute"

Illustrations *by* Henry Raleigh

마리 벨록 론디스 ^{Marie Belloc Lowndes, 1868-1947}

영국의 소설가. 프랑스 출신의 법정변호사인 루이스 벨록과 영국의 저명한 페미니스트인 베시 레이너 파크스(Bessie Rayner Parkes) 사이에서 태어났다. 런던에서 태어나 프랑스에서 자랐는데, 반면 프랑스에서 태어나 영국으로 귀화한 남동생 힐레어 벨록(Joseph Hilaire Pierre Belloc) 또한 유명한 철학자이자 작가였다. 다작으로 왕성한 창작활동을 펼치면서 심리학적인 관점과 이슈가 되는 사건들을 결합하는 방식으로 호평을 얻었다. 1888년 영국의 잭 더 리퍼를 주제로 한 『하숙인』, 스코틀랜드 희대의 살인사건에 연루된 매들린 스미스(Madeleine Smith)의 얘기를 토대로 한 『레티 린턴Letty Lynton』 등이 대표작으로 여러 차례 영화화 되었다. 특히 1911년에 단편으로 발표했다가 나중에 장편화해 출간한 「하숙인」은 히치콕 감독의 영화 원작으로 널리 알려진 이래 여러 차례 리메이크 되어왔다. 이 밖에 『아이비 이야기The Story of Ivy』도 호평을 얻으며 영화화 되었다.

「하숙인」은 잭 더 리퍼 사건을 바탕으로 한 대표적인 작품 중에 하나로, 히치콕 감독이 연출한 동명 영화의 원작으로도 널리 알려져 있다. 작가는 애초 이 작품을 1911년 매클루어 매거진McClures Magazine에 단편으로 발표했다가 나중에 장편화하여 출간했다. 히치콕 감독 이후 리메이크를 포함하여 수차례 영화화 되었고, TV와 라디오의 여러 시리즈뿐 아니라 오페라로도 만들어졌다.

I

"신사분이 드디어 집에 들어왔군. 다행이야, 엘렌. 오늘 같은 밤에는 개도 나다니지 않을 거야."

번팅의 목소리에 안심하는 기색이 역력했으나 말을 하는 동안 아내를 쳐다보지 않았다. 그 대신에 그는 손에 쥔 석간신문을 계속 읽고 있었다.

그는 난로 가까이 앉은 채로 느긋하게 안락의자에 몸을 기댔다. 아주 건강해 보이고 혈색도 좋아 보였다. 번팅 부인은 부러운, 아니 화가 난 표정으로 그를 노려보았다. 무덤덤한 성격에다 번팅을 무척 사랑하는 그녀였기에 그런 표정은 의외였다.

"그 양반 때문에 그리 신경 쓸 필요 없다니까. 슬러스 씨는 자기 몸 하나쯤은 건사할 수 있는 사람이니 걱정 말고."

번팅은 읽고 있던 신문을 무릎에 내려놓았다. "어쩌자고 이런 날씨에 밖에 나간 건지 모르겠어." 그가 조바심을 내면서 말했다.

"그야 당신이 신경 쓸 일이 아니잖아요, 안 그래요?"

"그야 그렇지. 하지만 그 사람한테 무슨 일이라도 생기면 우리에게 좋을 것 없잖아. 오랫동안 고생하다가 간신히 괜찮은 하숙인을 만난 건데 말이야."

높은 의자에 앉아 있던 번팅 부인이 약간 초조한 듯 몸을 들썩였다. 그녀는 잠시 말이 없었다. 번팅의 말이 너무 직설적이어서 대꾸할 가치도 없었다. 한편으로는 안개에 묻혀 불이 켜진 현관에 귀를 기울이면서 하숙인의 빠르고 독특한—그녀가 속으로 "도둑 같다"고 생각하는— 발걸음을 듣고 있었다. 옳거니, 지금 계단을 올라가고 있네. 그런데 남편이 지금 뭐라는 거지?

"점잖은 사람이 이런 날씨에 밖을 돌아다니는 건 위험해. 볼일이 다급해서 내일까지 기다릴 수 없다면야 할 수 없지만." 번팅은 아내의 길고 핏기 없는 얼굴을 빤히 쳐다보고 있었다. 완고한 성품의 번팅은 언제나 자신이 옳다는 것을 증명하고 싶어 했다. "내가 당연히 그 사람에게도 말을 해주어야겠지! 그런 사람이 밤에 거리를 함부로 쏘다니면 위험하다고 말이야. 내가 신문에 난 로이드 사건에 대해 큰 소리로 읽어주었잖아. 사건이 다 안개 낀 날에 벌어졌단 말이야. 머잖아 그 살인 괴물이 일을 벌일 거라고."

"괴물이요?" 번팅 부인이 얼빠진 사람처럼 되물었다.

그녀는 여전히 하숙인의 발소리를 더듬고 있었다. 그가 근사한 거실로 갔는지 아니면 곧장 이층의 실험실(그는 그곳을 그렇게 불렀다)로 갔는지 몹시 궁금했다.

하지만 그녀의 남편이 모르는 척 말을 계속 해대는 바람에 그녀는 하숙인의 동정을 살피는 일은 포기해야 했다.

"안개 속에서 그런 놈과 마주치면 진짜 기분이 더러울 거야, 안 그래?" 그는 무슨 재미있는 얘기라도 하듯이 말했다.

"대체 무슨 소릴 하는 거예요!" 번팅 부인이 남편에게 쏘아붙이고는 자리에서 일어섰다. 남편의 말에 마음이 심란해졌다. 모처럼 오붓하게 같이 있는 시간인데 좀 유쾌한 얘기를 하면 안 되나?

번팅은 다시 신문을 들여다보았고, 그녀는 조용히 방안을 오갔다. 곧 저녁 식사 시간인데, 그녀는 남편을 위해 구운 치즈 요리를 할 생각이었다. 그녀가 남편을 부를 때 즐겨 하는 말마따나 '저 운 좋은 남정네'는 매사를 경멸과 질투심으로 대하는데 위장만큼은 타조처럼 튼튼했다. 그리고 좋은 집에서 사는 하인들이 종종 그렇듯이 그녀의 남편도 공상이 다소 과한 편이었다.

그녀는 방안을 오가면서 보이지 않는 먼지를 닦아내기도 하고 흐트러지지 않은 물건들을 똑바로 놓았다.

번팅은 한두 번 방안을 둘러보았다. 아내에게 부산을 떨지 말고 가만히 좀 있으라고 말하려다가 공연히 언성이 높아질까 봐 꾹 참았다. 다행히 그녀는 곧 스스로 평온을 되찾았다.

하지만 번팅 부인은 당장 차가운 주방으로 내려가고 싶지 않았다. 주방에는 언제든지 간단한 요리를 할 수 있게 준비가 되어 있었다. 주방으로 내려가는 대신에 그녀는 뒤쪽의 침실 문을 열고 어두운 안으로 들어가 가만히 서서 귀를 쫑긋했다.

처음에는 아무 소리도 들리지 않았으나, 조금씩 바로 위쪽의 방에서 누군가 움직이는 기척이 들려왔다. 그러나 아무리 애를 써도 하숙인이 무엇을 하고 있는지 짐작이 가지 않았다. 이윽고 그가 문을 열고 층계참으로 나오는 소리가 들려왔다. 그것은 그가 거실 위층의 음침한 방에서 밤 시간을 보내겠다는 의미였다. 그 방의 온기라고는 동전을 넣어 작동하는 가스스토브에서 나오는 것이 전부였으나 그는 거기 앉아있는 것을 가장 좋아했다.

슬러스 씨가 번팅 부부에게 행운을 가져다 준 것은 사실이었다. 부부의 재정 상태가 최악의 상황인 시점에 그가 하숙을 하게 됐으니 말이다.

사실 스스로를 하인이 천직이라고 생각하는 번팅 부부는 각자 따로 살면서 서로의 생활이나 재정에는 간섭을 하지 않았더랬다. 집사와 유능한 하녀였던 그들은 중년의 나이에 접어들면서 불현듯 서로의 재산과 저축을 합하여 같이 살아보자고 결심한 터였다.

번팅은 홀아비였다. 열일곱 살이 된 어여쁜 딸이 하나있는데, 번팅이 전부인과 사별한 후로 딸은 형편이 넉넉한 이모의 집에서 생활하고 있었다. 그의 두 번째 아내 즉 번팅 부인은 고아원에서 자랐지만 하인 일을 하면서 조금씩 승진을 거듭한 끝에 유능한 하녀가 되었고 돈도 꽤 저축했다.

불행히도 번팅 부부는 시작부터 불행에 쫓겨야 했다. 그들이 하숙을 시작한 바닷가 마을은 전염병의 온상이 되었다. 그 후로도 하는 일마다 실패의 연속이었다. 하지만 그들은 함께 살든 예전처럼 따로 살든, 하인 일을 다시 하기 전에 마지막 시도를 해보기로 결심하고 얼마 남지 않은 돈으로 메릴리본 가의 작은 집을 임차했다.

외모가 아주 수려한 번팅은 옛 고용주들과의 우호적인 관계를 지속해온 덕분에 간간이 웨이터 등의 괜찮은 일을 할 수 있었다. 최근 몇 달 동안에는 그의 일거리가 눈에 띄게 많아지고 벌이도 좋았다. 번팅 부인은 미신을 믿지 않는 사람이지만 그처럼 일이 잘 풀리는 것이 새로 하숙을 시작한 슬러스 씨가 행운을 가져다주었기 때문이라고 생각했다.

그녀는 어두운 침실에 서서 여전히 귀를 종긋 세운 채, 슬러스 씨가 떠난다면 그들 부부는 어떻게 될까 새삼 또 걱정부터 했다. 그렇게 되면 보나마나 그들은 파멸할 것이다.

다행히 그 하숙인은 방과 여주인 모두 만족스러운 눈치였다. 그가 그리 마음에 들어 하는 하숙집을 떠날 이유가 없었다. 번팅 부인은 막연한 불안감과 불편함을 떨쳐 버렸다. 그녀는 돌아서서 복도로 난 문의 손잡이를 더듬거렸다. 이윽고 그녀는 문을 열고 거침없이 주방으로 향했다.

그녀는 가스를 켜고 스토브에 프라이팬을 올려놓았다. 또 다시 자기도 모르게 그녀는 하숙인을 떠올렸다. 슬러스 씨가 하숙을 들어오던 날의 광경이 방금 전에 벌어진 일인 듯 눈에 선했다.

그 훌륭한 하숙인이 나타난 날은 12월 29일의 늦은 오후였다. 그녀와 번팅은 불씨만 간신히 살아있는 작은 난로 가에서 침울하게 앉아 있었다. 남편은 두 개의 소시지, 아내는 차가운 햄 조각으로 일찌감치 저녁을 먹은 후였다. 그들은 맥없이 앉아서 이제는 해봤자 소용없는 말로 서로의 용기를 북돋워주려고 안간힘을 쓰고 있었다. 그 서글픈 오후에 두 사람 사이에는 이미 한 차례 사소한 말다툼이 있었다. 메릴리본 가에서 신문팔이의 외침이 들려왔다. "화이트채플에서 끔찍한 살인 사건!" 번팅의 늙은 숙부가 이스트

엔드에서 살고 있다는 이유 때문에 그는 밖으로 나가 신문을 사왔다. 동전이 아깝지 않을 정도로 신문은 가치가 있었다. 번팅 부인이 당시의 상황을 기억하는 이유는 그때 화이트채플에서 벌어진 살인 사건이 그 끔찍한 범죄의 시작이었기 때문이다. 그 이후 네 건의 살인 사건이 더 벌어졌다. 그녀는 자기 앞에서 그 사건 얘기는 말라고 남편에게 단단히 일러둔 터였다. 그런데 최근 들어서 정작 그녀의 여린 마음에 이상하면서도 불편하리만큼 그 사건이 떠오르곤 하는 것이다.

하지만 그녀의 생각은 다시 하숙인에게로 향해졌다. 갑자기 현관이 소란스러워지더니 두 번의 희미한 노크 소리가 들려온 것은 그 침울한 오후였다.

번팅이 나가봐야 했지만, 그는 신문 기사에 빠져 있었다. 그래서 여자로서는 큰 용기를 낸 번팅 부인이 복도로 나가 가스등을 켜고 문을 열었다. 한 달 전이 아니라 바로 어제의 일처럼 슬러스 씨의 독특한 모습이 생생했다. 호리호리하고 검은 피부, 유행에 뒤떨어진 실크 모자로 가려진 훤한 이마, 그렇게 묘한 사내가 눈을 껌벅이면서 그녀를 보고 있었다.

"저어, 하숙을 친다는 게 사실은 아니겠지요?" 그는 멈칫거리면서 물었다. 휘파람 소리가 나는 목소리에서 언뜻 교양 있는 신사의 분위기가 전해졌다. 곧바로 슬러스 씨를 거실로 안내한 번팅 부인은 서둘러 위층 앞방의 가스등을 켰다. 그는 방을 둘러보고는 초조한 기색으로 두 손을 비비면서 말했다.

"좋아요, 아주 좋습니다! 내가 찾던 방이네요!"

특히 그는 개수대를 마음에 들어 했다. 개수대와 가스스토브.

"이거 최고네요!" 그가 소리쳤다.

"I BELIEVE — IS IT NOT A FACT THAT
YOU LET LODGINGS!"

"저어, 하숙을 친다는 게 사실은 아니겠지요?"

"웬만한 실험을 다 할 수 있겠어요. 번팅 부인, 이해해 주셨으면 합니다만, 나는 과학자입니다." 그의 목소리가 낮아졌다. "지금은 몹시 피곤하군요! 하루 종일 걸어 다녔거든요."

처음부터 하숙인의 태도는 어딘지 쌀쌀맞고 무뚝뚝했다. 그녀는 까닭 없이 그런 그에게 연민을 느꼈고 신뢰하게 되었다. 하지만 그녀는 그런 괴팍함이 태생이 좋고 교양 있는 사람들 특유의 도락 같은 것임을 깨달았다. 이를 테면 학자 같은 사람들은 보통 사람들과는 사뭇 다르다.

게다가 이 유별난 신사는 하숙을 놓는 사람들에게 아주 중요한 조건을 완벽하게 충족시켜 주었다.

"내 이름은 슬러스, 슬, 러, 스입니다. 사냥개를 생각하면, 번팅 부인, 잊어버리기 힘든 이름이죠. 신원 보증인을 세울 수도 있습니다."

그는 우스꽝스럽게 곁눈질하면서 이렇게 덧붙였다.

"하지만 그렇게까지 하지 않았으면 좋겠습니다. 괜찮을까요? 일주일에 23실링이면 어떨까요? 그럼요, 그 정도면 딱 좋겠습니다. 한 달 치 하숙비를 선불로 내겠습니다. 자, 23실링씩 4주분 여기 있습니다." 그는 번팅 부인을 보면서 처음으로 야릇하면서도 짓궂은 미소를 지었다. "92실링 맞죠?"

그는 호주머니에서 금화를 꺼내 탁자에 내려놓았다. "보세요. 5파운드입니다. (현재는 1파운드에 100펜스, 과거에는 20실링이었음—옮긴이) 잔돈은 가지고 계시다가 내일 제게 필요한 물건 좀 사다주셨으면 합니다."

그가 집에 들어온 지 한 시간쯤 지나서 벨이 울렸다. 새 하숙인은 번팅 부인에게 성경책을 빌려줄 수 있느냐고 물었다. 그녀는 수년 동안 모셨던 귀부인의 딸에게서 결혼 선물로 받은 가장 좋은 성경을 가져다주었다. 성경책과 함께 《쿠르덴 성구사전》이라는 이상한 제목의 책 한권이 슬러스 씨의 유일한 읽을 거리였다. 그는 매일 몇 시간씩 구약성서와 그 묘한 책을 읽었다.

그녀의 생각은 하숙인이 찾아왔던 첫날로 돌아갔다. 그는 조그만 갈색 가방 외에는 아무런 짐도 가져오지 않았으나, 곧 슬러스 씨의 이름이 적힌 짐들이 도착하기 시작했다. 번팅 부인이 처음으로 이상하다는 생각을 한 것도 그때였다. 짐들은 모두 옷가지였는데, 여자의 눈으로 봤을 때 그 중에서 슬러스 씨 본인의 옷은 없었다. 정확히 말하자면, 전부 헌옷이었다. 퍽 괜찮은 곳에서 구입한 것으로 보이는데, 옷마다 다른 상점의 꼬리표가 붙어 있었다. 무엇보다 이상한 점은 간간이 하숙인의 옷장에서 정장이 한 벌 씩 없어진다는 것이었다.

그가 직접 가져왔던 갈색 가방은 두 번 다시 번팅 부인의 눈에 띄지 않았다. 그 또한 아주 이상한 일이었다.

번팅 부인은 그 가방에 대해, 그 안에 무엇이 들어있었는지 궁금할 때가 많았다. 처음에는 잠옷과 머리빗과 솔 따위가 들어있을 거라고 짐작했지만, 도착한 다음날 아침에 그는 솔과 빗을 사다달라고 그녀에게 부탁했었다. 그런 일들이 뇌리에 생생하게 남아있는 이유는 따로 있었다. 그녀가 이발소에서 솔과 빗을 사는데, 물건을 내주던 외국인 종업원이 하루 전에 화이트채플에서 벌어졌다는 살인 사건에 대해 줄기차게 떠들어댔기에 그녀는 몹시 마음이 상해 있었다.

그 가방은 어디에 있을까? 아마도 위층 거실의 벽장 깊숙이 넣

어두웠을지도 모른다. 번팅 부인이 벽장의 열쇠를 샅샅이 찾아보았지만, 슬러스 씨가 항상 가지고 다니는지 눈에 띄지 않았다.

그럼에도, 그 사람만큼 남을 믿어주는 신사는 어디에도 없었다. 하숙을 한지 나흘이 지났을 때, 그는 184파운드라는 거금을 종이에 싸서 그냥 화장대에 올려놓았다. 그것은 아주 어리석고 잘못된 일이기에 그녀는 공손하게 충고를 하기도 했다. 그러나 그는 그저 웃기만 했다. 어딘지 불협화음처럼 들리는 큰 웃음소리였다.

그것 말고도 슬러스 씨의 괴팍한 면은 더 있었다. 하지만 조신한 행동거지와 정리정돈을 중시하는 번팅 부인은 남성적인 기행들을 무던히 참아주는 인내심까지 지닌 여성이었다.

슬러스 씨가 하숙 첫날밤을 지내고 맞은 아침, 번팅 부인이 그를 위해 물건을 사러 간 사이, 그는 거실 벽에 걸려있는 그림과 사진 대부분을 앞이 안보이게 돌려놓았다. 슬러스 씨의 설명을 듣고 보니, 번팅 부인은 그런 기이한 행동에 놀라기보다는 그럴 수도 있겠다는 생각이 들었다. 그것은 오래 전, 그녀가 젊은 시절에 겪었던 사건 하나를 떠오르게 했다. 그녀가 아직 엘렌 코트렐이었던 20년 전, 어느 노부인의 하녀로 일하던 때였다. 노부인이 애지중지하는 조카가 있었는데, 그 명랑하고 쾌활한 젊은 신사는 파리에서 동물화를 배우고 있었다. 그런데 어느 여름 아침, 그는 벽에 걸려있던 그 유명한 랜시어 씨의 판화 여섯 점을 앞이 보이지 않게 돌려놓는, 무례한 짓을 저질렀다. 노부인이 무척 아끼는 그림들이었지만, 조카는 그저 "그 그림들을 보고 있으면 눈이 괴롭다"는 말로 자신의 기이한 행동을 설명했다.

슬러스 씨의 설명도 그와 비슷했다. 번팅 부인이 위층 거실에서 귀부인들의 초상화가 대부분인 그림들이 전부 얼굴을 벽 쪽으로 향하여 돌려져 있는 것을 발견했을 때, 그가 설명한 이유란 "여자들의 시선에 자꾸 신경이 쓰인다"가 전부였다.

슬러스 씨가 여자를 두려워하고 싫어한다는 것을 번팅 부인은 서서히 깨달았다. 그녀가 계단이나 층계참을 청소할 때면, 그가 큰 소리로 읽는 성경 구절이 들려오고는 했다. 그가 골라서 읽는 구절들은 대부분 여자로서 듣고 있기에 고약한 것이었다. 오늘만 해도 그가 잠시 멈추어 귀를 기울이는 동안, 그는 위협하듯 섬뜩한 구절들을 읽어댔다. "낯선 여인은 좁은 함정이라. 그런 여인은 강도처럼 매복하여 사람들 사이에 사악한 자가 많아지게 하느니라." 잠시 조용해지는가 싶더니 단조롭고 큰 소리가 들려왔다. "그녀의 집은 음부의 길이라 사망의 방으로 내려가느니라." 번팅 부인은 참 이상한 기분이 들었다.

하숙인의 습관도 독특했다. 그는 오전 내내 때때로 오후까지 잠을 잤고, 가로등이 켜지기 전에는 집 밖에 나간 적이 없었다. 게다가 실내의 난방에도 까다로워서 거실에 앉아있을 때는 언제나 커다란 가스스토브를 켜두었다. 가스스토브는 밤에만 하는 실험뿐 아니라, 낮에는 방안의 온기를 위해서도 중요한 물건이었다.

하지만 주책일세! 하숙인의 묘한 습관을 걱정해봐야 무슨 이득이 있겠나? 물론 슬러스 씨는 괴팍한 사람이었다. 번팅 부인이 속으로 생각하듯, 그 사람이 하숙방에 뭔가 혹하는 것이 없었다면 지금 하숙을 하고 있을 리 없었다. 그는 자신과 비슷한 부류의 사람들과는 아주 색다른 방식으로 살아가는 것일 게다.

이렇듯 두서없는 생각들이 부산하게 떠오르는 가운데, 번팅 부인은 꼼꼼하면서도 정성스레 음식을 만들었다.

그녀가 토스트를 만들고 그 위에 치즈를 얹으려는데 갑자기 소리가 들려왔다. 어딘지 망설이는 듯 발을 끄는 소리가 위층에서 삐꺼덕거렸다. 설마 이렇게 춥고 안개 낀 밤에 슬러스 씨가 또 밖에 나가려는 건 아니겠지? 아니었다. 발소리가 출입문 쪽으로 이어지진 않았으니까.

묵직한 발소리는 천천히 주방 계단을 따라 내려오고 있었다. 쿵쿵 하는 발소리가 가까워질수록 번팅 부인의 심장도 장단을 맞추듯 뛰기 시작했다. 그녀는 치즈가 딱딱하게 굳어져서 못쓰게 된다는 생각도 못하고 가스스토브를 껐다. 그러고는 돌아서서 문가를 쳐다보았다. 손잡이를 더듬거리더니 이내 문이 열리고 들어선 사람, 그녀의 예상대로 하숙인이었다.

슬러스 씨는 격자무늬의 실내복 차림이었고, 손에는 초를 들고 있었다. 주방에 불이 켜져 있는데다 여자가 서 있는 모습을 보자, 그는 움찔하면서 크게 놀라는 눈치였다.

"어머, 선생님, 뭐 필요한 거라도 있으세요? 내가 혹시 벨소리를 못들은 건 아니겠죠?" 번팅 부인은 하숙인 쪽으로 선뜻 다가서지 않았다. 그 대신에 스토브 앞에 서서 그를 쳐다보았다. 슬러스 씨가 그처럼 그녀의 주방에 내려올만한 일은 없었다.

"아뇨, 벨, 벨을 누르지 않았어요." 그가 말을 더듬었다. "여기 계신 줄 몰랐어요, 번팅 부인. 옷차림이 이래도 이해해 주세요. 실은 가스스토브가 고장이 난 것 같아서요. 동전 주입식 스토브가 원래 좀 그렇잖아요. 그래서 혹시 가스스토브가 있는지 내려와 본 겁니다. 오늘 밤에 계속 실험을 해야 하는데, 다른 스토브가 있으면 하룻밤만 써도 좋을지 여쭤보려고요."

"'I CAME DOWN TO SEE IF YOU HAD
A GAS-STOVE'"

"그래서 혹시 가스스토브가 있는지 내려와 본 겁니다."

번팅 부인은 이상할 정도로 거북하고 난감해졌다. 하숙인이 실험을 내일 할 수는 없는 것일까? "아, 그야 쓰실 수 있죠. 그런데 여기 아래층은 무척 추워요." 그녀가 불안하게 주위를 둘러보았다.

"아주 따뜻한 걸요." 그가 말했다. "추운 이층에 있다가 와서 그런지 아늑하고 따뜻합니다."

"선생님 방에 따뜻하게 불을 좀 넣어드릴까요?" 번팅 부인은 가정주부다운 본능을 느끼고 말했다. "이렇게 추운 밤에는 따뜻하게 있어야 해요."

"아뇨, 됐습니다. 내 말은, 그러실 필요 없다는 뜻입니다. 가스 스토브면 족합니다, 번팅 부인." 그는 인상을 찌푸린 묘한 표정으로 여전히 주방 바로 안쪽에 서 있었다.

"지금 이 스토브를 쓰려고요? 그밖에 필요한 건 없으세요?"

"네, 당장은 됐습니다. 늘 신경써주셔서 고맙습니다. 나중에, 그러니까 두 분이 모두 잠이 드신 후에 이쪽으로 내려오겠습니다. 다만 내일 사람들을 불러서 이층의 스토브를 고쳐주시면 좋겠습니다."

"남편이 손을 볼 수 있을 거예요. 올라가 보라고 할게요."

"아뇨, 아닙니다. 오늘밤에는 그러실 필요 없습니다. 더구나 남편 분이 고치기는 어려울 겁니다. 고장이 난 겁니다. 동전이 꽉 차 있거든요. 동전을 넣어 스토브를 작동하다니, 사람들이 어쩌다가 그런 미련한 발상을 했나 싶을 때가 있긴 합니다."

슬러스 씨는 무척 심드렁하게 말했는데, 말을 할 때 지나치게 발끈하는 것이 그의 버릇이었다. 하지만 번팅 부인은 측은한 생각이 들었다. 그녀도 늘 동전 투입식 기계들을 사기꾼인양 못마땅해왔다. "저것도 꽉 차 있나요?" 그가 불쑥 물었다. "실험을 꽤 오래 해야 하는데요, 번팅 부인."

"아, 아뇨, 선생님. 저건 아직 동전 들어갈 공간이 충분해요. 우리 부부는 선생님처럼 스토브를 많이 사용하지 않거든요. 나는 오늘처럼 날씨가 추우면 주방에 오래 있지 않아요."

그가 앞서서 천천히 주방을 나왔고, 그녀가 뒤따랐다. 슬러스 씨는 안주인에게 정중히 밤 인사를 건네고는 이층으로 올라갔다.

번팅 부인은 다시 주방으로 가서 스토브를 켜고 치즈를 구웠다. 하지만 그녀는 허둥거렸고, 자신이 왜 그러는지 몰라 두려웠다. 자신의 집이 낯선 사람들과 사는 곳처럼 느껴졌다. 우습다는 생각이 들면서도 그녀는 어느 새 귀를 쫑긋 세우고 있었다. 그가 방금 올라갔으니, 무슨 소리가 들려올 상황도 아니었다. 슬러스 씨의 실험이라는 것이 대체 무엇인지 도통 알 길이 없었다. 그녀가 아는 것이라고는 실험을 하기 위해서는 꽤 높은 열이 필요하다는 정도였다.

번팅 부부는 그날 밤에 일찍 잠자리에 들었다. 그러나 번팅 부인은 쉽게 잠들지 않을 생각이었다. 하숙인이 몇 시에 주방으로 내려오는지 알고 싶었다. 무엇보다 얼마나 오랫동안 주방에 있을런지 궁금했다. 그러나 꽤 피곤한 하루였기에 그녀는 곧 잠이 들었다.

교회 시계탑이 새벽 두시를 알렸을 때, 번팅 부인은 별안간 잠에서 깨어났다. 그녀는 깜박 잠이든 자기 자신에게 짜증이 났다. 슬러스 씨는 이미 주방에 내려왔다가 이층으로 돌아가진 꽤 되었을 터이다.

그런데 어디선가 매캐한 냄새가 풍기는 것 같았다. 냄새인지 아닌지도 분간이 가지 않을 정도로 희미했다. 그런데도 방안 가득 퍼져있는 듯한 냄새가 느껴져서 그녀의 바로 옆에서 코를 고는 남편이 고약한 김이라도 뿜어내는 듯한 착각이 들었다.

번팅 부인은 침대에서 일어나 앉아서 코를 킁킁거렸다. 그러고는 추위에 아랑곳없이 포근한 이불에서 빠져나와 침대 위를 기어갔다. 아무튼 그녀는 이상한 행동을 하고 있었다. 곧이어 침대의 철제 난간 너머, 방문 쪽으로 얼굴을 빼 밀었다. 그 이상하고 고약한 냄새는 분명히 문 밖에서 새어들고 있었다. 문밖 복도에 냄새가 가득할 것이었다. 슬러스 씨의 옷들이 왜 없어지고는 했는지 이제는 알 것도 같았다.

그녀는 다시 제자리로 돌아와서 이불을 덮고 진저리를 쳤다. 잠든 남편을 깨우고 싶은 마음이 간절했고, 속으로는 벌써 이렇게 말하고 있었다. "여보, 일어나요! 아래층에서 이상한 일이 벌어지는 것 같으니 알아봐야죠."

그러나 슬러스 씨의 집주인은 생각만 할뿐이지 엄두는 못 내고 그저 남편 옆에 누워서 고통스레 귀를 기울이고 있었다. 하숙인이 무슨 변덕에 사로잡혔는지는 모르겠지만 자신의 옷가지를 불에 태워 없앤대도 그녀가 상관할 바는 아니었다. 아니지, 깨끗한 주방을 엉망으로 만들지도 모르고 고약한 냄새까지 나잖아? 그렇다면 저 사람 결국은 괜찮은 하숙인이 아니란 말인가! 행여 그 사람 기분을 상하게라도 하면 그만한 하숙인을 또 어떻게 구한다지?

주방에서 느리고 묵직한 발소리가 나기 전, 교회 시계탑에서 세 시를 알려왔다. 그러나 그녀의 예상대로 슬러스 씨는 곧장 자신의 이층 방으로 가지 않았다. 대신에 그는 현관으로 가서 문을 열었다. 10여분이 지났을까, 다시 현관문이 닫혔다. 하숙인이 대체 뭐 하러 현관문을 열었다가 닫았을까, 번팅 부인은 골몰했다. 옷가지를 태운 고약한 냄새를 없애려고 한 것이 틀림없었다. 그러나 그녀 자신은 그 끔찍한 냄새를 도저히 없애지 못할 것 같았다. 온통 그 냄새뿐이었다.

마침내 이 불행한 여성은 혼란의 깊은 잠 속으로 빠져들었다. 더없이 오싹하고 기괴한 꿈이 그녀를 기다리고 있었다. 그녀의 귓가에서 거친 목소리가 들려오는 것 같았다. "에지웨어 가에서 끔찍한 살인 사건 발생!" 곧바로 불분명한 소리가 따라붙었다. "살인 행각 다시 시작! 자세한 기사요!"

꿈속에서도 번팅 부인은 울화통이 치밀고 조바심이 났다. 왜 그런 악몽을 꾸는지 잘 알고 있었다. 남편인 번팅 때문이었다. 그녀가 질색하는데도 남편은 한사코 병적이고 저속한 사람들이나 좋아하는 그 끔찍한 살인 사건에 관해 얘기를 했기 때문이다. 꿈속에서마저 남편의 목소리가 들려왔다.

"엘렌." 그렇게 남편의 목소리가 귓가에 맴돌았다. "엘렌, 여보, 잠깐 나가서 신문 좀 사올 게. 7시가 넘었어."

번팅 부인은 벌떡 일어났다. 외치는 소리, 아니 쿵쿵 짓밟는 소리가 그녀의 귓전을 때리고 있었다. 악몽이 아니었다. 그보다 더 끔찍한 현실이었다. 남편이 차라리 좀 더 악몽 속에서 잠들 수 있게 깨우지 않았더라면 좋았을 걸 그랬다. 아무리 끔찍한 악몽이라도 그렇게 깨어나는 것보다는 더 견디기 쉬웠을 테니까.

남편이 현관에서 신문을 사들고 흥분한 말투로 신문팔이 소년과 몇 마디 나누는 소리가 들려왔다. 돌아온 남편은 말없이 방안을 오가기 시작했다.

"여보!" 그녀가 소리쳤다. "대체 무슨 일이에요?"

"당신은 모르는 게 좋겠어."

"아뇨, 우리 집 근처에서 대체 무슨 일이 벌어졌는지 알아야겠어요!" 그녀가 버럭 소리를 질렀다.

남편은 신문 기사를 소리 내어 읽기 시작했다. 간단히 말해서, 몇 시간 전 아주 끔찍하게 살해된 여성의 시신이 메릴리본 가의 버려진 창고로 가는 길목에서 발견됐다는, 냉정한 기사였다.

"몸을 함부로 놀리는 여자니까 그런 일을 당해도 싸지!" 번팅 부인은 그 말만 했다.

번팅 부인이 주방으로 내려가 보니, 간밤과 달라진 것은 없었고 역한 냄새의 흔적까지 감쪽같이 사라져 있었다. 대신에 휑뎅그렁한 흰색의 주방은 안개로 가득했다. 주방을 나올 때 그녀가 덧문까지 단단히 닫아두었지만, 밤사이에 활짝 열려 있었던 것이 분명했다.

그녀는 몸을 구부리고 가스스토브를 열어보았다. 그녀가 예상한 대로였다. 마지막으로 사용한 이후 아주 강한 열을 낸 흔적이 있었고, 검고 끈적거리는 검댕이 바닥에 떨어져 있었다.

번팅 부인은 어제 사두었던 햄과 계란을 거실로 가져와 거기 있는 가스풍로에서 요리했다. 남편이 크게 놀란 기색으로 그녀를 지켜보았다. 전에 없던 일이었다.

"주방에는 못 있겠더라고요." 그녀가 말했다. "너무 춥고 안개까지 가득해서요. 오늘만 여기서 아침을 준비하는 게 좋겠어요."

"그러구려." 그가 상냥하게 말했다. "잘 생각했어, 엘렌. 아무렴."

그러나 그의 아내는 정작 자신이 만든 근사한 아침 식사에 손도 대지 않았고, 그저 차 한 잔을 더 마셨다.

"어디 아파?" 번팅이 걱정스레 물었다.

"아뇨." 그녀가 퉁명하게 말했다. "아프긴요. 괜한 걱정 말아요! 끔찍한 사건이 지척에서 일어났다니 심란해서 그래요. 가만, 지금 밖에서 무슨 소리가 나잖아요!"

닫힌 창문 너머에서 다급한 발소리와 거칠고 상스러운 웃음소리가 들려왔다. 사람들이 바삐 살인 사건의 현장을 오가고 있었다.

번팅 부인은 남편에게 현관문을 잠그라고 말했다.

"사람이 죽었는데 희희덕거리는 소리는 듣고 싶지 않아요!" 그녀가 역정을 냈다. "세상에 참 한가한 사람들이 많나보네."

하루 종일 번팅 부인의 집 근처에 사람들이 북적였다. 번팅 부인은 집안에만 있었다. 번팅은 외출하고 없었다. 결국 집사를 하던 저 양반도 평범한 사람이니 할 수 없지. 흥분할 만도 하지. 그녀의 이웃들도 마찬가지였다. 다만 그녀는 그런 면에서만큼은 일관성이 없었다. 이를 테면 남편이 아무 말 하지 않아도 화를 내고 그렇다고 너무 자세히 말해도 화를 내는 식이었다.

하숙인이 2시 정각에 벨을 울렸고, 번팅 부인은 간단하게 점심 식사를 준비했다. 그녀가 점심 식사가 담긴 쟁반을 계단참에 내려놓고 잠시 기다리고 있자니, 역시나 슬러스 씨의 떨리는 목소리가 성경 구절을 전해왔다.

"그녀가 말하길, 훔친 물이 더 달고 몰래 먹는 음식이 더 맛있다고 했다. 그러나 어리석은 자는 그곳에 시체가 있고, 그녀의 손님들이 지옥의 구덩이에 있음을 알지 못한다."

그녀는 문을 열고 안으로 들어갔다. 슬러스 씨는 창가에 앉아서 번팅 부인이 빌려준 성격 책을 펼쳐놓고 있었다. 그녀가 들어서자, 그는 다급히 성경책을 접고 메릴리본 가를 따라 오가는 사람들을 내려다보았다.

"오늘은 사람들이 꽤 많군요." 그는 계속 창문 밖을 보면서 말했다.

"예, 선생님, 그러네요." 번팅 부인은 다른 말을 하지 않았다. 이윽고 그녀를 향해 돌아선 하숙인이 미소를 머금고 있었다. 그는 정숙하고 입이 무거운 집주인에게 호감과 존경을 느끼고 있었다. 그가 여성에게 호감을 느낀 것은 몇 년 만에 처음 있는 일이었다.

그는 조끼 주머니에서 10실링을 꺼냈다. 그가 어제와 다른 조끼를 입고 있다는 것을 그녀는 알아챘다. "어젯밤에 주방을 사용한 대가로 이 돈을 드리고 싶으니 받아주세요." 그가 말했다. "어지럽히지 않으려고 애를 쓰긴 했지만, 워낙 중요한 실험이어서 그만."

그녀는 머뭇거리다가 돈을 받았다.

계단을 내려올 때, 안개 낀 창공에서 겨울의 황금빛 태양이 번팅 부인에게 아니면 그녀가 손에 쥐고 있는 금화에 피처럼 붉은 햇빛을 던지는 것 같았다.

2

춥고 눈보라가 심한 밤이라 사람들은 집안에 있어야 했다. 하지만 아주 즐겁게 일을 마치고 난 번팅은 집으로 돌아오는 길이었다. 젊은 부인의 생일 파티에서 웨이터로 일하다가 큰 행운까지 얻었다. 그날 마침 큰돈을 번 젊은 부인이 고맙게도 웨이터 모두에게 1파운드씩 돈을 더 주었기 때문이다.

그는 자연스럽게 또 다른 생일을 떠올렸다. 그의 딸 데이지가 이번 주 토요일에 열여덟 번째 생일을 맞을 터였다. 우편으로 10실링을 보내면 런던으로 딸을 불러 생일을 보낼 수 있을 것 같았다.

데이지와 사나흘 함께 있을 수 있다면 엘렌도 기운이 날 것이었다. 번팅 씨는 발걸음을 늦추고 요즘 들어 퍽 이상해 보이는 아내를 떠올렸다. 신경을 곤두세우고 금방이라도 터질 듯한 아내 때문에 어찌해야 할지 난감해지곤 했다. 능력 있고 자존심 강한 여자들이 대체로 그렇듯이, 그의 아내도 본디 좋은 성격은 아니었지만 그렇다고 요즘 같지는 않았다. 최근에는 가끔씩 히스테리까지 일으키고 있었다. 어제만 해도 그가 한마디 싫은 소리를 한 것에 아내는 검은 앞치마에 얼굴을 묻고는 울고불고 했다.

열흘 전부터 엘렌은 잠꼬대를 하기 시작했다. "아냐, 아냐. 아냐!" 간밤에도 그렇게 소리쳐댔다. "사실이 아냐! 난 말하지 않았어! 거짓말이야!" 그녀의 조용하고 살가운 평소의 말투와는 달리 어딘지 공포와 반감에서 비롯된 비탄 같은 것이 묻어 있었다. 그런 상황이라 데이지와 함께 며칠을 보내면 아내에게도 좋을 듯 싶었다. 어이쿠! 몹시 추웠다. 번팅은 집에서 장갑을 가져오지 않은 것을 후회했다. 주머니에 손을 넣고 추위에 이를 악물었다.

그런데 그는 행운을 가져다 준 슬러스 씨가 한적한 거리의 맞은 편을 걷고 있음을 깨달았다.

키가 크고 말라서 약간 구부정해 보이는 슬러스 씨가 시선을 떨어뜨린 채 걷고 있었다. 오른 팔을 롱코트 속에 파묻고, 추위를 떨쳐버리기 위함인지 간간이 왼팔을 앞뒤로 흔들고 있었다. 걷는 속도가 꽤 빨랐다. 집주인인 번팅 씨를 아직 알아보지 못한 모양이었다.

번팅은 뜻밖에 하숙인을 만나서 기뻤고 괜히 흡족한 기분까지 들었다. 그토록 기이하고 독특한 인물이 번팅 부부의 행복과 위안을 좌우하게 되다니 참 이상하지 않은가?

번팅이 아내보다 하숙인을 자주 보지 못한 것은 당연했다. 더구나 그 신사는 번팅 부부가 꼭 필요한 용건이 없이 자신의 방에 오는 것을 싫어했다. 그래서 번팅은 슬러스 씨가 하숙을 시작한 5주 전에 딱 한번 위층에 올라가봤을 뿐이다. 이렇게 만났으니 다정하게 한담이나 나눠볼 기회였다.

나이에 비해 정정한 번팅이 길을 건너 슬러스 씨를 따라잡기 위해 발걸음을 재촉했다. 그러나 그가 빠르게 걸을수록 상대방의 발걸음도 빨라졌다. 슬러스 씨는 등 뒤의 얼어붙은 보도에서 따라붙는 발소리의 주인공이 누구인지 돌아보지도 않은 채 발길을 서두르고 있었다.

슬러스 씨 본인의 발소리는 거의 들리지 않았다. 생각해보면 묘한 상황이었는데, 번팅은 한밤중에 엘렌의 곁에서 잠을 깨고 나서야 그런 생각을 떠올렸다. 그야 물론 하숙인의 구두 밑바닥에 고무창이 붙어 있다는 의미였다.

쫓고 쫓기는 두 남자가 마침내 메릴리본 가로 접어들었다. 그들의 집이 100미터도 채 남지 않은 거리였다. 용기를 낸 번팅이 고요한 밤공기를 깨뜨리고 하숙인을 불렀다.

"슬러스 씨, 선생님! 슬러스 씨!"

하숙인이 멈춰서더니 돌아보았다. 슬러스 씨는 건강이 그리 좋지 않는데다 빠르게 걸어온 터라 얼굴이 온통 땀으로 젖어 있었다.

"아! 번팅 씨였군요. 뒤에서 발소리가 들려오기에 급하게 걸었습니다. 번팅 씨라는 걸 알았더라면 좋았을 걸 그랬어요. 런던 밤거리에 워낙 이상한 사람들이 많아서요."

"이런 밤에는 안심하셔도 됩니다. 이런 밤에는 밖에 볼일이 있는 선량한 사람들만 돌아다니는 법이죠. 그나저나 날씨 한번 무척 춥습니다 그려!" 그런데 문득 번팅의 무디고 정직한 마음에 슬러시 씨는 무슨 볼 일이 있기에 이리도 춥고 매서운 밤에 나와 있을까 하는 궁금증이 일었다.

"춥습니까?" 하숙인이 반문했다. "그리 춥다는 생각은 들지 않는걸요, 번팅 씨. 눈발이 날릴 때는 오히려 포근하잖아요."

"그야 그렇지요, 선생님. 하지만 오늘 밤에는 동풍이 매서운걸요. 어이쿠, 이거 뼈 속까지 시리네요."

번팅은 슬러스 씨가 어색하게 거리를 두고 있음을 깨달았다. 슬러스 씨는 보도 가장자리를 걷고 있었는데, 지금은 벽 쪽에서 번팅을 바라보고 있었다.

"길을 잃었습니다." 그가 불쑥 말했다. "친구를 만나러 프림로즈힐에 갔다가 돌아오는 길에 그만 길을 잃었답니다."

번팅은 그 말을 의심 없이 믿었다. 그가 슬러스 씨를 알아보았을 때, 슬러스 씨는 동쪽에서 오고 있었기 때문이다. 그가 길을 잃지 않았더라면 프림로즈 힐에서 그러니까 북쪽에서 오고 있었을 터이다.

두 사람은 그들의 집 앞 마당으로 통하는 아담한 대문 앞에 이르렀다. 슬러스 씨는 포장한 길을 따라 걸었다. "잠깐만요, 선생님." 이렇게 말한 번팅은 전직 집사답게 문을 열어주기 위해 하숙인의 앞으로 나섰다.

롱코트를 입고 있는 슬러스 씨의 곁을 스치면서 번팅의 손등이 그 코트에 닿는 순간, 번팅은 소스라치게 놀라고 말았다. 슬러스 씨의 롱코트는 그 위에 쌓인 눈 때문에 무척 축축했지만, 그냥 축축한 것이 아니라 끈적끈적했다. 번팅은 왼손을 호주머니에 찔러 넣고 오른 손으로 대문에 열쇠를 넣었다.

두 사람은 함께 현관으로 들어섰다. 불이 밝혀진 거리에 비해 집안은 칠흑처럼 어두웠다. 번팅은 불현듯 섬뜩하고도 즉각적인 위험이 가까이 도사리고 있음을 직감했다. 오래 전에 죽은 첫 번째 아내, 요즘 들어 이상스레 자꾸만 떠오르는 그녀의 목소리가 귀의 귓가에 대고 속삭이는 것 같았다. "조심해요!"

"번팅 씨, 혹시 제 옷을 만졌다가 꺼림칙한 기분이 드셨을까봐 걱정입니다. 이 자리에서 설명하기는 긴 얘기지만, 죽은 동물에 옷이 닿아서 그런 겁니다. 프림로즈 힐의 벤치에 죽은 토끼가 놓여 있었거든요."

슬러스 씨는 거의 귓속말을 하듯 조용히 말했다.

"아닙니다, 선생님. 별 말씀을요. 저는 아무 생각도 못했는걸요. 선생님의 옷에 스칠락 말락 했을 정도니까요." 번팅은 자신이 아닌 다른 누군가의 의지에 의해 그렇게 거짓말을 하고 있는 기분이 들었다. "자, 이제 올라가서 쉬어야죠." 그가 덧붙였다.

하숙인이 위층으로 올라갈 때까지 기다렸다가 번팅은 자신의 거실로 들어섰다. 그는 거기에 앉아서 아주 이상한 기분을 곱씹었다. 위층에서 움직이는 기척이 들릴 때까지 그는 호주머니에든 왼손을 꺼내지 않고 있었다. 이윽고 그는 가스등을 켜고 얼굴 가까이 왼손을 들어올렸다. 그의 손은 피로 얼룩져 있었다.

그는 구두를 벗고 조심스럽게 아내가 잠들어 있는 침실로 들어갔다. 그러고는 소리 없이 세면대로 걸어가 손을 씻었다.

다음날 아침, 번팅은 깜짝 놀라서 잠을 깼다. 이상할 정도로 팔다리가 무겁고 눈이 피로했다.

베개 밑에 있는 시계를 꺼내보니 거의 9시가 다 되어 있었다. 그와 아내가 늦잠을 잔 것이었다. 그는 아내를 깨우지 않고 침대에서 빠져나와 블라인드를 걷었다. 눈이 많이 와 있었다. 폭설이 특별할 것도 없는 런던이건만, 기이할 정도로 주위는 고요했다.

옷을 갈아입은 후, 번팅은 밖으로 나갔다. 신문과 편지 한통이 문 밖에 놓여 있었다. 우편배달부가 문 드리는 소리도 듣지 못한 채 잠을 자다니! 그는 신문과 편지를 들고 거실로 들어왔다. 문을 닫고 편지는 한쪽으로 던져 놓고는 신문을 탁자에 펼쳤다.

신문을 읽던 번팅이 눈을 들어 몸을 쭉 폈을 때, 그의 둔감한 얼굴에 영문 모를 안도감이 떠올랐다. 혹시나 했던 기사는 없었다.

그는 신문을 접어서 의자에 올려놓고 이번에는 편지를 집어 들었다.

번팅은 아주 기분이 좋아졌다. 침실로 들어갔을 때, 그의 얼굴에는 함박웃음을 짓고 있었다.

아버님 전상서

제가 떠나고 곧 이 편지를 보셨으면 좋겠어요. 퍼들 부인의 막내아들이 성홍열에 걸렸는데, 이모님은 저더러 당장 이곳을 떠나 아버님과 며칠 지내라고 하세요. 폐를 끼치게 됐다고 새 어머니께도 미리 안부 전해주세요.

사랑하는 딸
데이지

"여보." 그가 소리쳤다. "희소식이야! 데이지가 온대. 그쪽에 선홍열이 돌아서 처제가 아이를 며칠 이곳으로 보내겠다는 군. 데이지가 생일을 우리와 함께 보내게 됐잖아!"

번팅 부인은 말없이 듣고 있었다. 눈조차 뜨지 않았다. "당장은 데이지와 함께 있을 수 없어요." 그녀가 불쑥 말했다. "해야 할 일이 너무 많아요."

하지만 이미 날아갈 듯 기분이 좋아진 번팅은 아내의 말이 제대로 들어오지 않았다. 갑자기 마음 속 깊은 곳에서 간밤의 일이 떠오르자, 괜히 못난 생각을 한 것 같아서 얼굴이 화끈거렸다. 어쩌자고 그런 끔찍한 생각과 의심을 품었던 걸까?

"데이지가 있을 곳이 여기 말고 어디에 있다고." 그가 무뚝뚝하게 말했다. "데이지가 와 있으면, 당신 일도 도와줄 거야. 우리도 기분이 한결 나아질 거라고."

번팅 부인이 아무 대꾸도 하지 않자, 적잖이 놀란 그는 갑자기 화제를 바꾸었다. "어젯밤에 슬러스 씨와 함께 들어왔지." 그가 말했다. "퍽 재미있는 사람이더군. 그런 날에 프림로즈 힐까지 걸어갔다 오다니 말이야. 하지만 볼일이 있었다는 군."

10시쯤에 눈이 그쳤고, 아침나절도 그럭저럭 지나갔다.

시계가 12시를 알렸을 때, 사륜마차가 집 앞에 멈춰 섰다. 데이지였다. 발그레하게 상기된 얼굴로 눈웃음을 짓는 딸자식의 모습에 기쁘지 않을 아버지는 없었다. "날씨가 좋지 않으면 마차를 타라고 이모님이 그러셨어요."

킹스 크로스

마차 삯을 놓고 약간의 실랑이가 벌어졌다. 킹스 크로스에서 메릴리본 가까지 3킬로미터 정도 밖에 안 된다는 건 세상이 다 아는 일이었다. 그런데도 마부는 아가씨를 극진히 모셔왔다고 생색을 내면서 1실링 6펜스를 달라고 했다.

번팅과 마부가 흥정을 벌이는 동안, 데이는 새 어머니가 기다리는 현관으로 향했다.

그때 조용한 대기를 뚫고 요란한 외침이 들려왔다. 눈에 뒤덮인 고요를 깨는 오싹한 소리였다.

"무슨 소리지?" 번팅이 두려운 표정으로 말했다. "아니, 저게 무슨 소리야?"

마부가 목소리를 낮춰서 말했다. "킹스 크로스에서 벌어진 끔찍한 사건 때문이에요. 이번에는 두 사람을 해치웠대요! 그래서 저도 마차 삯을 더 달라고 하는 겁니다. 아가씨한테는 아무 말도 안 했지만, 사람들이 런던 전체에서 몰려들고 있어요. 게 중에는 멋쟁이들도 많더군요. 하지만 지금은 가봤자 볼 것도 없어요!"

"엇! 간밤에 여자가 또 죽었단 말이오?" 번팅의 표정이 공포로 가득했다.

마부는 그런 번팅을 빤히 쳐다보았다. "말했잖아요, 둘이라고. 가까운 거리에서 두 명을 죽였대요. 그놈 배짱이 보통이 아니―"

"놈을 잡았어요?" 번팅이 마뜩찮은 기색으로 물었다.

"잡히긴요! 놈은 절대 안 잡혀요! 일이 벌어진 게 몇 시간 전일 겁니다. 둘 다 얼굴이 돌처럼 차갑게 얼어있었어요. 길 양쪽 끝에 한 명씩, 그래서 사람들 눈에 잘 띄지 않았나 봐요."

거친 외침들이 점점 가까워졌다. 두 명의 신문팔이가 경쟁이라도 하듯이 소리를 질러대고 있었다.

"킹스 크로스에서 끔찍한 시신 발견!" 그들이 흥분해서 소리쳤다. 딸의 짐 가방을 든 번팅이 다급히 마당을 지나 현관으로 들어서는 동안, 신문팔이의 외침이 섬뜩한 위협처럼 그의 뒤를 쫓아왔다.

그는 그 집요하고 고약한 외침에 화가 나서 문을 쾅 닫아버렸다. 아니, 신문을 사고 싶은 마음이 조금도 없었다. 빈틈없고 엄격한 이모 밑에서 자라온 데이지처럼 정숙한 아가씨가 그런 범죄 기사나 읽다니 안 될 말이었다.

그가 좁은 현관에 서서 마음의 평정을 찾으려고 애쓰는데, 데이지의 목소리가 들려왔다. 데이시는 흥분한 말투로 선홍열이 도는 사연과 런던까지의 여정을 의붓어머니에게 말해주고 있었다. 그러나 번팅이 막 거실로 들어서는 순간, 잔뜩 긴장한 딸의 목소리가 이렇게 말하고 있었다. "어머나! 무슨 일 있어요? 안색이 너무 안좋아요!" 그러자 번팅의 아내가 억눌린 목소리로 말하는 것이었다. "창문을 열어. 어서."

급히 창가로 간 번팅이 새시를 밀어 올렸다. 두 명의 신문팔이가 바로 집 앞에 와 있었다. "킹스 크로스에서 끔찍한 시신 발견! 살인자의 단서 발견!" 그런데 망연자실한 표정의 번팅 부인이 갑자기 웃어대기 시작했다. 그녀는 우스워 죽겠다는 듯이 몸까지 흔들어대면서 웃고 또 웃었다.

"아, 아빠, 엄마에게 무슨 일이 있어요?" 데이지가 겁에 질린 표정으로 물었다.

"히스테리야. 그냥 히스테리란다." 그가 심드렁하게 말했다. "물주전자를 가져오마. 잠깐 기다리렴."

번팅은 짜증이 나면서도 잘 됐다 싶었다. 아내의 이상한 히스테리 덕분에 방금 전까지 그를 사로잡았던 역겨운 공포를 잊을 수 있었기 때문이다. 워낙 둔감한 그인지라 아내도 그와 똑같은 공포에 사로잡혀 있다는 것을 미처 깨닫지 못했다.

하숙인이 벨을 울렸다. 벨 소리 때문인지 아니면 물 한 모금 때문인지는 몰라도 번팅 부인이 정신을 차렸다. 그녀는 온몸을 떨면서 그러나 침착하게 일어섰다.

번팅 부인은 계단을 오르면서 후들거리는 다리 때문에 난간을 움켜잡아야 했다. 그녀는 계단참에서 잠시 멈춰 섰다가 하숙인의 거실 문을 두드렸다.

그러나 슬러스 씨의 목소리가 들려온 곳은 침실 쪽이었다. "몸이 좋지 않아요." 그가 버럭 소리쳤다. "간밤에 친구를 만나러 나갔다가 감기에 걸린 것 같아요. 차 한 잔을 가져다가 문 앞에 놔두면 고맙겠습니다."

"그러죠, 선생님."

아래층으로 내려간 번팅 부인은 가스풍로로 하숙인에게 줄 차를 끓였다. 번팅은 무거운 침묵 속에서 아내를 지켜보고 있었다.

점심 식사를 하면서 남편과 아내는 데이지를 어디서 재울지 잠시 의논했다. 데이지의 잠자리를 거실에 마련하기로 이미 결정을 보았지만, 번팅은 계획을 바꾸고 싶었다. 두 여자가 설거지를 하는 동안, 그는 고개를 들고 퉁명스럽게 말했다. "데이지와 당신이 함께 자고, 내가 거실에서 자는 게 좋겠어."

번팅 부인은 말없이 고개를 끄덕였다.

데이지는 천성이 고왔다. 런던을 좋아했고, 의붓어머니에게 도움을 주고 싶어 했다. "설거지는 제가 할 게요. 주방에 안 오셔도 돼요.” 그녀가 말했다.

번팅은 방안을 이리저리 오가기 시작했다. 그가 무슨 생각을 하는지 궁금했던 아내가 눈짓으로 물었다.

“신문은요?” 결국은 그녀가 물었다.

“저기 있잖아.” 그가 부루퉁하게 말했다. “우리가 구독하는 《텔레그래프》 말이야.” 아내는 그의 표정 때문에 더 궁금해졌다.

“거리에서 신문팔이들이 떠들었던 것 같은데요. 아까 내가 좀 정신이 없을 때 말이에요.”

그러나 번팅은 아무 대꾸도 하지 않았다. 대신에 주방 쪽에 대고 소리를 질렀다. “데이지! 데이지! 얘야, 너 거기 있니?”

“예, 아빠.”

“주방이 추워. 어서 나오너라.”

그는 다시 자리로 돌아왔다.

“여보, 지금 하숙인 집에 있지? 기척이 없는 것 같은데. 데이지가 그 사람과 마주치지 않았으면 좋겠어.”

“슬러스 씨는 오늘 몸이 좋지 않대요.” 아내가 대답했다. “아직 침대에 있나 봐요. 데이지가 그 사람과 마주칠만한 일은 없어요. 주로 거실에 있을 텐데요, 뭐. 나도 데이지에게 도움을 청할 일이 있으면 여기서 할 생각이고요.”

“그럼 됐어.” 그가 말했다.

날이 저물었을 때, 번팅은 밖에 나가서 석간신문을 사왔다. 그는 문 밖, 매서운 추위 속에서 가로등 불빛에 의지해 신문을 읽었다. 살인자의 단서라는 것이 무엇인지 알고 싶었다.

단서치고는 별 것 아니었다. 진창길에 반쯤 닳은 구두의 고무 밑창이 찍혀 있었다는 것이다. 게다가 고무 밑창이 달린 구두 혹은 장화의 발자국이 킹스 크로스 역 인근 아치 길에서 두 명의 여성을 신속하고도 끔찍하게 살해한 범인의 것이라는 확증도 아니었다. 신문 기사에도 런던에 그런 밑창이 달린 구두는 무수히 많다는 특별 수사관의 말이 인용되어 있었다. 번팅은 그 명확한 진술에서 안도를 느꼈다. 그렇게 말해준 수사관이 고마울 정도였다.

그가 집으로 돌아가려는데, 마당과 인도를 구분하는 야트막한 담장 안쪽에서 이상한 소리가 들려왔다. 여느 때 같았으면 혹시 누가 있나 하고 당장 가봤을 터지만, 지금의 그는 초조와 긴장 속에서 그냥 가만히 서 있었다. 혹시 그의 집도 이미 감시당하고 있는 것은 아닐까?

"WAS IT POSSIBLE THAT THEIR PLACE WAS BEING WATCHED—ALREADY?"

"혹시 그의 집도 이미 감시당하고 있는 것은 아닐까?"

그러나 소리의 발원지는 슬러스 씨였다. 하숙인이 담장 뒤에서 포장한 마당길로 불쑥 튀어나오는 바람에 번팅은 화들짝 놀랐다. 그는 갈색 종이 꾸러미를 들고 있었다. 그가 현관으로 걸어가는 동안, 새 구두의 나무 굽이 돌바닥에 부딪치면서 딸그락 소리가 났다.

여전히 대문 바깥쪽에 몸을 숨기고 있던 번팅은 불현듯 하숙인이 담장 반대편에서 무엇을 하고 있었는지 짐작이 갔다. 새 구두를 사온 슬러스 씨가 담장 안쪽에서 구두를 신은 뒤 그것을 사온 포장지로 헌 구두를 싼 것이다.

슬러스 씨가 집안으로 들어가자, 번팅도 포장한 마당길을 따라 현관으로 걸어갔다.

그로부터 사흘 동안, 번팅 부부는 잠에서 깨어날 때마다 번번이 공포와 불안의 고통에 시달렸다. 번팅이 아무리 생각해도 한 가지 이유 밖에는 없었다. 그리고 번팅 자신뿐 아니라 아내까지 그런 끔찍한 일에 관련이 된다면 둘 다 제명에 죽지 못할 것이었다. 그 것은 악몽처럼 그들이 죽을 때까지 따라다닐 터였다.

번팅은 자신이 품고 있는 섬뜩한 의심에 대해 아내에게 말을 해야 할지 줄곧 고민하고 있었다. 그토록 명백해 보이는 것을 세상 사람들은 모르고 있으니 답답한 노릇이었고, 그래서 아내까지 믿을 수 없었다. 그의 아내는 부지런히 슬러스 씨의 시중을 들고 있었음에도 그에 대해서는 일언반구도 하지 않았다. 그러나 번팅은 그런 사실까지는 눈치 채지 못하고 있었다.

한편, 슬러스 씨는 집안에만 틀어박혀 있을 뿐 아예 외출을 하지 않았다. 몸이 좋지 않다는 자신의 말을 번팅 부인이 조금도 의심하지 않는다는 확신이 들었다.

데이지도 심사가 복잡하기는 마찬가지였다. 자신의 일거수일투족을 살피면서 눈에라도 띄지 않으면 안달하는 아버지 때문에 하숙인에 대해 자꾸 궁금증이 더해갔다.

"저분은 하루 종일 뭐하는 거죠?" 그녀가 의붓어머니에게 물었다.

"글쎄, 지금은 성경을 읽고 있겠지." 번팅 부인이 아주 쌀쌀맞게 대답했다. "아닐 걸요! 신사분이 성경이나 읽고 있다니 너무 우습잖아요!" 데이지의 무례한 말투를 의붓어머니는 아예 못들은 척 해버렸다.

3

데이지의 열여덟 번째 생일날이 평온하게 밝았다. 그녀의 아버지는 열여덟 번째 생일에 사주겠다고 전부터 약속한 시계를 선물했다. 멋스럽고 아담한 은시계인데, 딸이 온다는 소식을 듣고 신이 난 번팅이 중고품으로 산 것이었다. 하지만 그렇게 기뻐했던 며칠 전이 아주 먼 옛날처럼 느껴졌다.

번팅 부인은 은시계가 너무 사치스러운 선물이라고 생각했지만, 남편과 딸 사이에 간섭하지 않을 만큼 현명했다. 게다가 그녀는 다른 생각에 골몰해 있었다. 그녀는 남편이 뭔가를 의심하는 것 같다고 생각했다. 그녀의 마음도 초조와 거북함으로 가득했다. 혹시 남편이 경찰을 끌어들이는 따위의 우둔한 짓이라도 벌여서 우리의 인생을 망쳐버리지는 않겠지? 하지만 남자들이 무슨 짓을 할지 누가 안담! 하지만 그녀의 남편은 무슨 꿍꿍이인지 속내를 드러내지 않았다.

데이지의 생일은 토요일이었다. 아침나절에 번팅 부인과 데이지는 주방에 있었고, 슬러스 씨와 계단 하나를 사이에 두고 있다는 것이 꺼림칙했던 번팅은 담배나 사올 겸 슬그머니 집을 빠져나왔다.

지난 나흘 동안, 번팅은 단골집들을 피해왔다. 그러나 오늘 이 불행한 사내는 아내와 데이지 이외의 말동무가 유난히 그리웠다. 그래서 찾아간 에지웨어 가에 주일 장이 열려서 평소보다 사람이 많았다.

번팅은 담배장수와 이런저런 이야기를 나누었다. 놀랍게도 담배장수는 온 마을 사람들이 관심을 갖는 문제에 대해서는 입도 뻥긋하지 않았다.

그런데 담뱃값을 여태 지불하지 않고 계산대 옆에 서 있던 번팅은 열려진 문을 힐끔거리다가 소스라치게 놀라고 말았다. 맞은편 식료품점 밖에 아내가 서 있었던 것이다. 그는 서둘러 사과의 말을 던지고는 밖으로 뛰어나가 도로를 가로질렀다.

"여보!" 그가 숨을 헐떡이면서 소리쳤다. "데이지를 집에 혼자 두고 밖에 나오지 말라고 했잖아?"

번팅 부인의 안색이 하얗게 질렸다. "난 당신이 집안에 있는 줄 알았어요." 그녀가 말했다. "당신, 집에 있었잖아요. 말도 않고 밖에 나와서 지금 뭐하는 거예요?"

번팅은 아무 말도 못했다. 그러나 그들은 격앙된 침묵 속에서 서로를 노려보았고, 말을 하지 않아도 똑같은 생각을 하고 있었다.

그들은 돌아서서 다급히 걸어갔다.

"뛰지 마." 그가 불쑥 말했다. "최대한 빨리 걷기만 해. 사람들이 이상하게 생각하니까, 뛰지는 말라고."

그는 숨이 차서 말했는데, 빠른 걸음 때문이 아니라 공포와 흥분 때문에 숨이 가빴다.

마침내 그들의 집 대문이 보였다. 번팅은 아내를 앞질러갔다. 어쨌든 데이지는 그의 자식이었고, 번팅 부인은 그런 남편의 기분을 이해할 것 같았다. 한걸음에 대문 앞까지 간 그는 순식간에 열쇠를 찾아들고 문을 열었다.

"데이지!" 그가 통곡처럼 딸을 불렀다. "데이지, 얘야, 어디 있냐?"

"여기요, 아빠. 무슨 일이에요?"

"무사하군!" 번팅은 잿빛 얼굴을 돌려 아내를 보았다. "아이가 무사하다고, 여보!" 그는 마당 담장에 몸을 기대고 잠시 숨을 돌렸다. "괜히 소란을 떨었군." 그는 경고하듯이 덧붙였다. "데이지를 놀래지 말아요, 여보."

데이지는 거실의 난로 앞에 서서 거울을 보고 있었다. "아빠." 그녀가 돌아서면서 말했다. "그 하숙인을 만났어요! 참 좋은 사람 같던데요. 아픈 것도 다 나은 것 같았어요. 어머니에게 뭐 좀 부탁하러 내려왔다기에 잠시 얘기를 했거든요. 오늘이 제 생일이라고 하니까, 오늘 오후에 자기랑 터소 납인형관에 가지 않겠냐고 하더군요." 그녀는 계면쩍은지 웃음을 터뜨렸다. "저도 그분이 괴팍하다는 건 알아요. 초면에 한 말이 무척 재미있었거든요. '그런데 댁은 누구죠?' 보자마자 무섭게 다그치더라고요. 그래서 제가 '번팅 씨의 딸인데요.'하고 말했죠. 어머니, 그랬더니 그 사람이 뭐라고 했는지 아세요? '참 운이 좋은 아가씨군요. 번팅 부인처럼 훌륭한 의붓어머니가 있으니 말이죠. 그래서인지 아가씨는 무척 선하고 순수해 보입니다.' 그러더니 그 사람이 글쎄 기도서의 한 구절을 읊조리지 뭐예요. '그런 마음 변치 마세요.' 그러고는 저를 보고 고개를 흔들면서 '주님의 축복이 있기를!' 하는데, 마치 이모님을 보는 것 같더라고요."

"하숙인과 외출하지 않았으면 한다. 다른 말 말거라." 번팅은 한 손으로 이마의 땀을 훔치면서 자기도 모르게 다른 손을 꼭 움켜쥐었는데, 그 손에 담배꾸러미가 들려 있었다. 그제야 담뱃값도 치르지 않고 온 것을 깨달았다.

데이지가 앵돌아져서 말했다. "아빠, 오늘 제 생일인데 재밌게 지내는 게 어때서 그러세요! 저도 터소 밀랍 인형관에 대해 들은 것이 있어서 토요일은 날이 썩 좋지 않은 것 같다고 말했어요. 그랬더니 그분이 조금 일찍 가면 저녁식사도 할 수 있을 거라던데요. 아참, 어머니도 함께 갔으면 하던데요." 데이지는 의붓어머니를 쳐다보다가 킥킥거렸다. "하숙인이 어머니에 대해 큰 환상을 품고 있나 봐요. 제가 아버지였다면, 질투가 나서 못 견딜 걸요!"

그녀의 마지막 말은 요란한 노크 소리에 묻혀버렸다. 번팅과 아내는 불안한 표정으로 서로를 쳐다보았다.

그들은 슬러스 씨를 보고 안도감인지 전율인지 모를 묘한 감정을 느꼈다. 슬러스 씨는 외출차림을 하고 있었다. 두툼한 코트 차림으로 그 집에 처음 왔을 때처럼 긴 모자를 손에 들고 있었다.

"두 분이 들어오시는 걸 봤습니다."

그는 새된 소리로 망설이듯 번팅 부인에게 말했다.

"'KEEP INNOCENCY,' HE SAYS, WAGGING HIS HEAD AT ME"

'그런 마음 변치 마세요.' 그러고는 저를 보고 고개를 흔들면서 '주님의 축복이 있기를!'
하는데,

"그래서 혹시 번팅 양과 부인, 두 분과 함께 지금 터소 밀랍 인
형관에 다녀올 수 있을지 여쭈러 왔습니다. 그 유명한 밀랍인형에
관해서 평생 얘기만 들어왔지 실제로 가본 적이 없거든요."

번팅이 일부러 하숙인을 노려보는데, 갑자기 의구심과 더불어
까닭모를 안도감이 느껴지는 것이었다. 그처럼 온화하고 점잖은
신사가 그 교활하고 잔인한 살인마일리 없었다. 번팅은 방금 전까
지도 그렇게 믿었지만 다시금 터무니없는 생각이었다고 마음을 고

쳐먹었다.

"정말이지 친절하시군요." 번팅은 아내를 힐끔거렸지만, 번팅 부인은 다른 곳으로 시선을 외면했다. 그녀는 방금 전에 장에 갔다 온 차림 그대로 모자와 외투를 입고 있었다. 데이지는 벌써 모자와 코트를 갖춰 입은 상태였다.

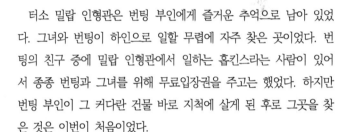

터소 밀랍 인형관은 번팅 부인에게 즐거운 추억으로 남아 있었다. 그녀와 번팅이 하인으로 일할 무렵에 자주 찾은 곳이었다. 번팅의 친구 중에 밀랍 인형관에서 일하는 홉킨스라는 사람이 있어서 종종 번팅과 그녀를 위해 무료입장권을 주고는 했었다. 하지만 번팅 부인이 그 커다란 건물 바로 지척에 살게 된 후로 그곳을 찾은 것은 이번이 처음이었다.

언뜻 어울리지 않는 세 사람은 커다란 계단을 올라 첫 번째 전시실에 들어섰다. 그런데 슬러스 씨가 갑자기 멈춰 섰다. 살아있는 동시에 죽은 듯한 그 기이하고 정적인 인형들이 그에게 충격과 공포를 주는 것 같았다.

데이지는 하숙인의 망설임과 불편함을 눈치 채고 골려줄 생각으로 재빨리 이렇게 말했다.

"와, 어머니." 그녀가 소리쳤다. "우리가 지금 공포의 방에 들어서기 시작한 거군요! 여기는 처음이에요. 딱 한번 이곳에 왔을 때도 이모가 아버지를 만류하는 바람에 공포의 방에는 들어오지 못했다고요. 하지만 지금은 저도 열여덟 살이잖아요. 게다가 이모가 이번 일을 알 턱이 없어요!"

슬러스 씨가 그녀를 내려다보았다.

"그래요." 그가 말했다. "공포의 방으로 가봅시다. 그거 참 좋은 생각이네요, 번팅 양."

그들은 나폴레옹 시대의 유물들이 보관되어 있는 커다란 방으로 들어갔다. 그 방을 지나자 지하 납골당처럼 생긴 공간이 나타나더니, 죽은 범죄자의 밀랍 인형들이 나무 벽 속에 서 있었다. 번팅 부인은 금세 불안해졌지만, 남편의 오랜 친구인 홉킨스 씨를 발견하고는 마음을 놓았다. 홉킨스 씨는 십자형 회전문에서 사람들을 공포의 방으로 안내하고 있었다.

"어이쿠, 이게 누구시더라." 홉킨스가 다정하게 말했다. "그러고 보니 번팅 부인이 여기 오신 게 결혼하고 처음이네요."

"벌써 그렇게 됐군요." 그녀가 말했다. "이쪽은 남편의 딸, 데이지예요. 홉킨스 씨도 얘기는 들었을 거예요. 그리고 이쪽은," 그녀는 멈칫했다. "우리 집에서 하숙을 하는 슬러스 씨예요."

그러나 슬러스 씨는 인상을 찌푸리더니 저쪽으로 가버렸다. 데이지는 어머니를 나둔 채 슬러스 씨를 따라갔다.

번팅 부인은 6펜스짜리 은화 세 개를 내놓았다.

"잠깐만요." 홉킨스가 말했다. "지금은 공포의 방에 들어갈 수 없어요. 하지만 4, 5분만 기다리면 됩니다. 이쪽으로 오세요. 저기 사람들을 안내하고 있는 사람 보이죠, 아주 높으신 분이에요." 그는 목소리를 낮췄다. "존 버니 경이라고, 부인도 들어본 적 있죠?"

"아뇨." 그녀가 무심하게 대답했다. "그런 이름은 처음 들어보는걸요." 그녀는 데이지 때문에 조금, 아주 조금 찜찜했다. 의붓딸이 눈에 보이는 가까운 곳에 있어야 마음이 놓였다. 슬러스 씨는 데이지를 데리고 저 끝으로 가고 있었다.

"그렇다면, 앞으로도 절대 저 사람에 대해서는 모르고 지내길 바랄게요." 홉킨스가 킬킬거렸다. "저 사람이 런던 경찰국 감독관이거든요. 존 버니 경 말이에요. 그리고 저기 보이는 신사 분은 파리 경찰청에 있는데, 존 버니 경과 비슷한 일을 하고 있어요. 딸과 여자 몇 명을 데려왔어요. 번팅 부인, 여자들이 얼마나 무서운지 모르죠? 여기 있으면 왜 그런지 알게 돼요. '어머나, 공포의 방을 보고 싶어요!' 여자들이 그러거든요. 여기 온 이유가 그것 말고는 없다는 식이죠."

일단의 사람들이 웃고 떠들어대면서 안쪽에서 회전문 쪽으로 다가왔다.

번팅 부인은 초조하게 그들을 노려보았다. 홉킨스 씨가 앞으로도 알고 지내지 말라던 사람이 그중에서 누구일까 궁금했다. 그녀는 곧 그를 알아볼 수 있었다. 키가 크고 건장한 체구에 태도가 위압적이고 잘생긴 남자였다. 그는 지금 미소를 머금고 젊은 여자의 얼굴을 내려다보고 있었다. "바버루 양의 말이 맞습니다." 그가 말했다. "영국 법은 범죄자에게 특히 살인자에게 지나치게 우호적이지요. 우리가 프랑스식으로 재판을 한다면, 우리가 방금 나온 저 방에 인형이 훨씬 더 많았을 겁니다. 영국에서는 범죄 혐의가 확실한 사람 중에서 실형을 받는 사람이 무죄 혐의를 받는 사람보다 훨씬 적습니다. 그래서 '이번에도 또 묻힐 범죄' 하는 식으로 국민들이 경찰을 비아냥거리고 있지요."

"존 경의 말씀에 따르면, 살인자들이 아무런 처벌도 받지 않고 도망치는 경우가 많다는 것인가요? 지난달에 반인륜적인 살인행각을 일삼은 남자가 떠오르는군요. 물론 그 사건에 대해 많이 알지는 못해요. 아버지께서 그 사건에 대해서는 신문도 보지 못하게 하니까요. 하지만 자꾸 관심이 가네요!" 소녀 같은 목소리가 흘러나왔다. 번팅 부인은 그 여자의 말을 똑똑히 들을 수 있었다.

일행들이 경찰 감독관이 뭐라고 대꾸하는지 알고 싶어서 주변으로 몰려들었다.

"그자 말이군요." 그는 아주 신중하게 말했다. "이 자리에서는 말해도 좋겠지요. 하지만 기자들의 귀에 들어가지 않았으면 좋겠습니다. 로즈 양, 실은 경찰에서 살인 용의자가 누구인지 정확히 알고 있습니다만―"

몇 사람이 깜짝 놀라더니 믿기지 않는다는 표정을 지었다.

"그런데 왜 범인을 잡지 못하죠?" 상대방 여자가 분개하면서 소리쳤다.

"그자의 행방까지 알고 있다는 건 아닙니다. 그가 누구인지만 알고 있다는 거죠. 아니, 아주 의심스러운 용의자를 알고 있다고 말해야 더 적절하겠군요."

존 경의 프랑스인 친구가 재빨리 고개를 들었다. "함부르크와 리버풀 말인가요?" 그가 넌지시 물었다.

존 경이 고개를 끄덕였다. "네. 당신도 그 사건을 조사한 걸로 아는데요?"

곧이어 그는 그 문제를 한시라도 빨리 자기 자신과 사람들의 마음에서 떨쳐버리고 싶은 것처럼 아주 빠른 말투로 말했다.

"최근의 범행과 비슷한 두 건의 살인 사건이 8년 전에 있었습니다. 함부르크에서 있은 사건 직후, 리버풀에서도 살인이 벌어졌지요. 두 사건을 동일범의 소행으로 볼만한 명백한 특징이 있었습니다. 다행히 범인은 현행범으로 체포되었습니다. 나도 그 불행한 사람을 직접 보았습니다. 아, 불행하다고 말한 건, 그 자가 미치광이와 다름없었거든요."

그는 잠시 머뭇거리다가 한층 낮은 목소리로 덧붙였다.

"종교적인 광신도였어요. 나는 그자를 자세히 관찰했습니다. 하지만 지금부터가 아주 흥미롭지요. 바로 한 달 전에 그 미치광이 범죄자가 정신병동에서 탈출했다 이겁니다. 기막힐 정도로 교활하고 지능적으로 탈출을 준비해 온 거죠. 게다가 정신병동의 직원들에게 지급할 상당한 액수의 급료까지 빼돌리는 바람에 쉽게 체포하기가 어려웠습니다."

프랑스인이 다시 말했다. "왜 진작 수배전단을 뿌리지 않았나요?"

"실은 곧바로 그런 조치를 취했습니다." 존 버니 경은 씁쓸한 미소를 머금었다. "다만 수배전단을 경찰 내부에만 돌렸지요. 그자의 인상착의를 일반 시민 사이에 유포하기가 어려웠어요. 결국은 그것이 실수였다고 볼 수 있지만 말입니다."

"선뜻 이해하기 힘든 일이군요." 프랑스인이 약간은 비꼬듯이 말했다.

잠시 후, 그들 일행은 회전문으로 들어서는 인도인 무리와 뒤섞였다. 존 버니 경이 일행을 이끌었다.

번팅 부인은 눈을 부릅뜨고 정면을 응시하고 있었다. 하숙인에게 위험하다고 알리고 싶었다. 하지만 그녀에겐 그럴 시간적인 여유도 기운도 없었다.

데이지와 하숙인은 경찰국장 일행을 향해 똑바로 다가오고 있었다. 한순간, 슬러스 씨와 존 버니 경의 눈빛이 마주쳤다.

갑자기 슬러스 씨가 고개를 들렸다. 그의 길고 창백한 얼굴에 섬뜩한 변화가 일었다. 분노와 공포에 질린 그의 얼굴에 당황한 기색이 역력했다.

번팅 부인에게는 천만다행으로(그녀가 왜 안도했는지 그녀 자신도 알 수 없었지만), 존 버니경과 일행은 우르르 몰려나갔다. 그들은 슬러스 씨에게 전혀 관심이 없는 듯이 지나쳐갔고, 실내에는 번팅 부인 일행만 남게 되었다.

"어서요, 번팅 부인." 회전문을 지키는 홉킨스 씨가 말했다. "자, 지금부터는 원하는 곳이면 어디든 가셔도 되요." 그는 아리따운 데이지를 의식해서인지 꽤 호기롭게 농담을 건넸다.

"이렇게 젊은 아가씨가 저기 들어가서 그 끔찍한 공포를 다 경험하겠다니 참 이상하네요."

"번팅 부인, 잠깐만 저를 좀 보시죠?" 슬러스 씨의 목소리는 평소보다 더 높게 갈라졌다.

번팅 부인은 멈칫하면서 앞으로 한발 다가섰다.

"번팅 부인, 마지막 인사를 드려야겠습니다." 하숙인의 얼굴은 여전히 공포와 흥분으로 일그러져 있었다.

"나를 배신하고도 아무 일 없을 줄 아시오? 번팅 부인, 당신을 믿었건만 나를 이렇게 배신하다니! 하지만 나는 고위층의 비호를 받고 있고, 아직 할 일도 남아 있소. 부인은 쑥처럼 비참하고 양날의 칼처럼 쓰라린 최후를 맞게 될 것이오.(쑥은 신을 두려워하지 않는 자

^{에 대한 징벌의 의미도 있음—옮긴이)} 부인의 발이 저절로 죽음으로 향하여

지옥에서 멈출 것이오."

"SUDDENLY MR. SLEUTH SWERVED TO ONE SIDE"

갑자기 슬러스 씨가 고개를 들렸다.

그렇게 이상하고 섬뜩한 말을 하는 동안에도 슬러스 씨의 눈은 주위를 힐끔거리며 탈출구를 찾고 있었다.

이윽고 그의 눈이 못 박히듯 멈춰선 곳은 커튼 근처의 푯말이었다. "비상구" 그는 번팅 부인을 놔둔 채 회전문 쪽으로 걸어갔다. 그는 잠시 주머니를 뒤적거리더니 홉킨스 씨의 팔을 잡았다. "몸이 아파요." 그가 아주 다급한 목소리로 말했다. "아파 죽을 것 같아요! 이곳의 공기 때문인가 봐요. 빨리 밖으로 나갈 수 있는 길을 알려주시오. 여기서 정신을 잃고 싶지 않아요. 그것도 여자분들 곁에서 말입니다." 그는 왼손을 불쑥 내밀었고, 오른 손은 여전히 호주머니에서 뭔가를 찾고 있었다. "저쪽에 비상구가 있더군요. 그쪽으로 나갈 수 있을까요?"

"어, 예, 될 겁니다." 홉킨스는 머뭇거렸다. 그는 약간 불안한 기분이 들었다. 그는 얼굴에 홍조를 띠고 웃고 있는 데이지를 쳐다보았다. 그녀는 아무 문제없이 행복해 보였다. 이번에는 번팅 부인, 그녀의 안색이 몹시 창백했다. 하숙인의 갑작스러운 발작 때문에 몹시 걱정하는 모양이었다. 홉킨스는 불현듯 자신의 손에 쥐어지는 금화의 기분 좋은 촉감을 느꼈다. 파리 경찰이라는 작자는 고작 반 크라운(1크라운에 5실링임—옮긴이)을 주었는데, 생각할수록 인색한 외국인이었다.

"네, 저기로 나가게 해 드리죠." 그가 마침내 말했다. "발코니에서 잠시 바람을 쐬면 괜찮아질 겁니다. 하지만 다시 들어오고 싶으면, 돌아서 앞문으로 오셔야 해요. 비상구는 바깥으로만 열리니까요."

"네, 네. 그러죠." 슬러스 씨가 다급하게 말했다. "잘 알겠습니다. 몸이 좋아지면 앞쪽으로 돌아서 들어오죠. 그때 들어와서 돈을 좀 더 드리죠. 그래야 제대로 보답을 할 수 있으니까요."

"그럴 필요는 없고요. 다시 들어오시면, 무슨 문제가 있었는지 설명이나 해주세요."

홉킨스는 커튼을 젖히고 어깨로 문을 밀었다. 문이 활짝 열리자, 슬러스 씨는 잠시 햇빛에 눈이 부셨다. 그는 손으로 눈가를 가렸다.

"고마워요." 그가 말했다. "여기 있으면 좀 나을 것 같군요."

그로부터 닷새 후, 번팅은 리전트 운하에서 익사한 남자의 신원을 확인해 주었다. 그의 하숙인이었다. 다음날 아침에는 리전트 공원에서 일하던 정원사가 신문지에 쌓인 물건을 발견했는데, 그것은 반쯤 닳은 구두의 고무 밑창과 두 개의 외과용 칼이었다. 이런 사실은 어느 신문에도 나지 않았다. 그러나 비슷한 시기에 미담 기사 한 편이 실렸다. 금화로 가득한 작은 상자가 익명으로 고아원 원장에게 보내졌다는 사연이었다.

번팅 부부 내외는 어느 노부인의 시중을 들고 있다. 그들은 노부인을 존경하면서도 두려워했고, 무엇보다 함께 있으면 편안했다.

배일 벗은
미스터리 카드

The Mysterious Card Unveiled

클리블랜드 모펫

클리블랜드 모펫 Cleveland Moffett, 1863~1926

미국의 작가, 극작가, 저널리스트. 뉴욕에서 태어나 예일대를 졸업했다. 1887년에 《뉴욕 헤럴드》에 입사하여 유럽과 아시아에서 해외 특파원을 했다. 이때 당대의 유명한 지도자들과 인터뷰하는 기회를 가졌다. 《뉴욕 리코더》의 외신 편집장을 거쳐 《헤럴드》지의 일요일판 신문 편집을 맡았다. 언론인 생활을 하는 동안 꾸준히 기사와 단편을 각종 잡지와 주간지에 기고했다. 작품의 상당수가 파리를 배경으로 하고 있다. 말년에 살았던 곳도 생을 마감한 곳도 파리였다. 1895년 《블랙 캣The Black Cat》지에 발표한 「미스터리 카드The mysterious card」는 미궁에 빠진 사건을 미해결 상태로 끝내는, 당시로서는 신선한 방식을 선보여 호평을 받았다. 호평에 힘입어 후속작 「베일 벗은 미스터리 카드The mysterious card revealed」를 발표했다. 『돈이 최고다Money talks』, 『전투Battle』등의 희곡도 집필했다.

「베일 벗은 미스터리 카드」는 전작의 호응에 힘입어 후속작으로 발표된 작품이다. 《블랙 캣》지에 발표된 전작 「미스터리 카드」(1896)에서 파리를 찾은 버웰이라는 미국인이 묘령의 여인으로부터 불가사의한 카드를 받으면서 벌어지는 일들을 다루었다. 정작 버웰만 모를 뿐이지 이 카드를 본 다른 사람들은 그의 놀라운 정체를 간파하고 그를 피하기 시작한다.

연쇄살인마와 오컬트 요소가 결합된 수작으로 무엇보다 미국인의 정체와 카드의 비밀이 그대로 남긴 채 끝을 맺어 독자들의 궁금증을 유발했다. 같은 잡지에 이듬해 후속작 「베일 벗은 미스터리 카드」가 발표되자, 보스턴의 한 출판사는 1912년에 이 두 작품을 동시에 수록하면서 후속작을 가리고 봉인한 채 출간하는 상술을 발휘했다는 일화가 있다. 요컨대 궁금증을 참고서 후속작 부분의 봉인을 뜯지 않고 그대로 가져오는 독자들에게 책 구입비를 돌려준다는 약속을 내걸었다고 한다.

1

30년 동안 의사로서 직업상의 비밀 준수 원칙을 나보다 더 양심적으로 지켜온 사람은 없을 터다. 그런 내가 다음과 같은 기록을 밝히는 이유는 일정부분 의학의 발전을 위한 것이고 더 크게는 지식인들에게 경고를 하기 위함이다.

어느 날 아침 한 신사가 신경 질환으로 내 병원을 찾아왔다. 그의 첫인상은 매우 강렬했다. 창백하고 지친 얼굴 표정 때문이 아니라 삶의 희망을 모조리 잃어버린 것처럼 몹시도 슬픈 눈빛 때문이었다. 나는 그에게 처방전을 써주고 바다 여행을 가보라고 조언했다. 내 말을 들은 그는 진저리를 치는 것 같더니 바다 건너 해외여행은 이미 물리도록 했다고 대꾸하는 것이었다.

그가 병원비를 낼 때 나는 그의 손바닥을 보게 되었다. 토성구

(중지 아래쪽)에 두 개의 원에 에워싸여 있는 십자가가 또렷하게 드러나 있었다. 여기서 밝혀둘 점은 내가 살면서 오랜 시간 수상학을 지속적으로 또 열정적으로 공부해왔다는 것이다. 학위를 딴 후 아시아를 여행하는 동안, 세상에서 가장 훌륭한 지식의 원천이라고 할 수 있는 이 매혹적인 학문을 연구하기 위하여 몇 달을 보냈다. 모든 언어로 출간된 수상술 관련 책들을 섭렵했는데 이 분야에서 내가 갖춘 장서들은 아마도 완벽에 가깝지 않나 싶다. 지금까지 최소 1만 4천명의 손금을 봤고, 그 중에서 누군가의 흥미로운 사연도 접했다. 그런데 그런 손금을 본 것은 그때가 처음이었다. 아니 그 전에 딱 한번 있었는데, 그때의 공포가 얼마나 강렬했던지 나는 새삼 떠오른 그 기억에 몸서리를 치고 말았다.

"실례합니다만." 나는 환자의 손을 붙잡고 말했다. "선생님의 손금을 좀 봐도 될까요?"

나는 별일 아닌 것처럼 무심히 말하려고 했다. 그리고 잠시 동안 말없이 그의 손을 향해 상체를 구부렸다. 그러고는 책상에 있는 확대경을 가져와서 그의 손금을 톺아보았다. 잘못 본 것이 아니었다. 실제로 토성구에 불길한 두 개의 원과 그 안에 십자가가 있었다. 행운과 불운의 엄청난 운명을 암시하는 지극히 희귀한 사례였다. 그리고 그것은 불운 쪽에 가까운 것 같았다.

내가 손금을 보는 동안 그 환자는 불편한 기색을 보였다. 그러더니 용기를 내듯이 다소 망설이면서 이렇게 묻는 것이었다. "손에 뭐 특별한 거라도 있나요?"

"네." 내가 말했다. "있어요. 10년이나 11년 전에 혹시 선생님한테 아주 이상한 일 그러니까 아주 무시무시한 일이 벌어지진 않았나요?"

그때 나는 환자의 토성구 부근을 만지면서 금성구(엄지 아래, 생명선 안쪽)에서 시작해 생명선을 교차하는 미세한 손금들을 쳐다보다가 이렇게 덧붙였다. "당시에 외국에 있지 않았나요?"

환자의 얼굴에서 핏기가 사라졌다. 그러나 그는 슬픈 눈으로 물끄러미 나를 쳐다보고만 있었다. 나는 그의 다른 손을 살펴보면서 두 손을 손금 하나씩 구(언덕이라고도 함—옮긴이) 하나씩 비교해 보았다. 뭉툭하고 각진 손가락들, 큼지막한 엄지, 그 엄지 위쪽 두 번째 마디에서 보이는 놀라운 의지력이 눈에 띄었다. 그러나 자꾸 토성구의 그 불길한 손금으로 내 시선은 되돌아갔다.

"선생님의 인생은 이상하리만큼 불행하군요. 그 동안의 시간들이 악한 기운으로 가려져 있어요."

"이럴 수가." 그가 의자에 털썩 주저앉으면서 힘없이 말했다. "그걸 어떻게 알죠?"

"아는 사람들에겐 쉬운 일이죠." 나는 그렇게 말하고 그 환자로부터 과거의 이야기를 들어보려고 노력했다. 그런데 그는 말이 목에 걸려서 나오지 않는 것 같았다.

"조만간 다시 와서 그때 말해 주리다." 그는 자신의 이름도 삶의 비밀도 전혀 알려주지 않고 사라져버렸다.

그 후로 그는 대여섯 번 찾아왔고 조금씩 나를 신뢰하는 눈치였다. 걱정이 큰 듯한 자신의 몸 상태에 대해서도 기탄없이 말하기 시작했다. 심지어 자신의 신체 장기들을 면밀히 검사해달라고 고집을 피우기도 했다. 특히 여러 차례 문제가 있었다는 눈이 그랬다. 일반적인 검사를 해본 결과, 그는 아주 보기 드문 색맹이었다.

다양한 증상을 겪는 것 같았고, 주기적으로 발현되는 환각이나 비정상적인 정신 상태와 관련이 있었다. 그러나 그가 자기 입으로 그 주기적인 증상을 말하는 게 여간 어려워 보이지 않았다. 그가 찾아올 때마다 매번 손금을 다시 봤는데, 그때마다 그의 삶에서 상당한 대가와 고통을 치러야 했을 미스터리가 있다는 확신이 점점 더 강해졌다.

내가 그 불운한 환자에 대해 더 알고 싶어 안달이 나면서도 억지로 대답을 강요하지 않는 상황이 지속되던 어느 날이었다. 내가 알고자 했던 그 비밀이 급작스럽게 밝혀지게 만든 참사가 벌어졌다. 야심한 밤(실상은 새벽 4 시경), 나는 총상을 입은 남자가 있다는 긴급 호출을 받았다.

허리를 굽혀서 침대에 누워있는 그를 살펴보는 순간, 그가 내 환자라는 것을 깨달았다. 그때 처음으로 그가 부유하고 사회적 지위가 있는 인물임을 알아차렸다. 유명한 미술품들과 함께 집안의 가구들이 으리으리했고, 그가 여러 하인들의 시중을 받고 있었기 때문이다. 나는 한 하인을 통하여 그가 뉴욕에서 가장 존경받는 시민 중 한 사람인 리처드 버웰임을 알게 되었다. 사실 그는 뉴욕에서 가장 유명한 자선가로서 빈민들을 위한 선행에 많은 시간과 재산을 바쳐온 인물이었다.

그러나 그 집에서 가장 놀라웠던 것은 두 명의 경찰이었다. 그들은 내게 버웰 씨가 살인 혐의로 체포된 상태라고 알려주었다. 경찰들의 말에 따르면, 그 피의자가 자신의 집에서 치료를 받는 것은 지역 사회의 유명인에 대한 배려 차원일 뿐이라고 했다. 그들은 피의자를 빈틈없이 감시하라는 엄명을 받고 있었다.

나는 더 캐 물어볼 시간이 없어서 곧장 부상당한 남자를 진찰했다. 그는 5번 갈비뼈 위치에서 등 쪽으로 총상을 입은 상태였다. 총알을 확인한 결과 심장 가까운 곳에 박혀 있었다. 당장 총알을 제거하는 것은 극히 위험하다는 판단이 섰다. 그래서 나는 일단 수면제를 주사하기로 했다.

나는 버웰의 침대에서 물러나 다시 경찰들에게 다가갔다. 사건의 내막을 알고 싶어서였다. 두세 시간 전에 워터 스트리트에서 엽기적으로 훼손된 여성의 시체 한 구가 발견되었다. 강변지대의 인구밀집지역에 있는 음침한 길 중에 한 곳이었다. 오전 2시경, 미국에서 발행되는 한 프랑스어 신문사에서 일을 마치고 돌아오던 인쇄공 몇 명이 고통스러운 비명을 듣고 서둘러 그쪽으로 달려갔다. 그들이 다가갔을 때 보도에 옹송그리고 있는 무엇인가로부터 한 남자가 벌떡 일어서더니 전력을 다해 어둠 속으로 도망쳤다.

오랫동안 해결되지 않은 다수의 유사 범죄와 의문의 암살자를 떠올린 그들은 재빨리 도망자를 뒤쫓았다. 그 남자는 전광석화처럼 어두운 거리의 미로를 요리조리 잘도 도망쳤다. 그는 달려가면서 연신 다람쥐처럼 작은 소리를 질러댔다. 점점 간격이 벌어지자 인쇄공 중에 한 명이 도망자를 향해 총을 발사했다. 총성에 이어 날카로운 비명이 들려왔고, 그들이 다급히 달려가 보니 한 남자가 쓰러진 채 몸부림치고 있었다. 그 남자가 리처드 버웰이었다.

슬픈 얼굴을 한 내 환자가 그런 엽기적인 사건에 연루되어 있다는 소식을 듣고 나는 엄청난 충격을 받았다. 그랬던 터라 다음날 신문에서 참으로 불운한 실수가 벌어졌다는 기사를 읽고 적잖이 안도했다. 검시 배심에 제출된 증거가 버웰의 무죄를 밝혀줄 정도로 충분했다는 소식이었다. 그리고 병상에서 한 버웰 자신의 진술이 거의 결정적인 역할을 했다.

야심한 시간에 그 지역에 있게 된 이유를 질문 받자, 버웰은 사회 소외계층 주민들과 만나기로 약속한 플로렌스 선교회에서 저녁 시간을 보낸 후에 젊은 선교회 직원과 함께 프랭크포트 거리에 살고 있는 한 여성을 방문했다고 말했다. 그 여성은 폐결핵으로 죽어가고 있었다. 그 진술은 선교회 직원의 증언에 의해 사실로 확인되었다. 그 직원의 말에 따르면, 버웰은 더할 나위 없이 정성껏 그 여성을 돌봐주었고 그녀가 죽음으로써 고통에서 벗어날 때까지 임종을 지켰다.

인쇄공들이 어둠 속에서 범죄자를 오인했음을 알려주는 또 다른 근거는 그들 자신의 진술이었다. 그들이 범죄 현장으로 달려갔을 때 살인자가 한 몇 마디 말을 들었는데 그것은 그들 자신의 모국어인 불어였다. 그런데 버웰이 불어를 모른다는 것이 결정적이었다. 그는 실제로 기초적인 불어조차 알지 못했다.

게다가 체포 당시에 버웰의 옷이나 몸에는 범죄에 연루됐다고 볼만한 상처나 혈흔이 전혀 없었다. 그 결과 검시 배심은 만장일치로 버웰에게 무죄를 선고했고, 불운하게도 피해여성은 다른 범죄자에 의해 살해된 것으로 판단했다.

사건 발생 이튿날 오후에 환자를 방문한 나는 상황이 몹시 위중함을 발견하고 즉시 수술 준비를 하라고 간호사와 간병인들에게 지시했다. 그 남자의 목숨은 내가 총알을 빼낼 수 있느냐에 달렸고, 그 가능성은 극히 희박했다. 자신의 위중한 상태를 직감한 버웰 씨는 나를 손짓해 가까이 부르더니 마지막이 될지 모르는 진술을 하고 싶다고 했다.

그는 뜻밖의 사건을 당한 이후 점점 커지던 동요 속에서 내게 말했다. 그때 마침 한 하인이 안으로 들어와서 내게 속삭였다. 한 신사가 찾아와서 매우 중대한 용무가 있으니 나를 꼭 만나야겠다며 기다리고 있다는 것이었다. 이 전갈을 들은 환자가 억지로 상체를 일으키면서 흥분하여 말했다.

"혹시 키가 크고 안경을 쓴 남자던가?"

하인이 쭈뼛거렸다.

"맞군. 자네가 나한테 거짓말은 못하니까. 그 남자는 무덤까지 나를 따라올 거야. 의사 선생, 그 남자를 돌려보내시게. 부탁이니 그를 만나지 마시오."

나는 환자를 진정시키고 하인에게 가서 만날 수 없다는 말을 전하라고 일렀다. 그러나 나는 목소리를 낮추고 내일 아침에 내 병원으로 찾아와도 좋다는 말을 전하게 했다. 이윽고 나는 버웰 씨를 향하여 부디 마음을 편히 갖고 앞으로 있을 수술에 대비해 힘을 아끼라고 말했다.

"아니, 아니오." 그가 말했다. "내게 지금 필요한 힘은 박사님에게 말할 수 있는 힘입니다. 선생님이 진실을 찾기 위해서는 반드시 알아야하는 걸 말이죠. 박사님은 내 삶에서 섬뜩한 힘이 영향을 미쳤다는 것을 이해하는 유일한 분입니다. 그리고 그 힘이 무엇인지 밝혀낼 유일한 분도 박사님뿐이고요. 내가 죽은 후에 박사님이 그래 주십사 이미 유언장에도 기술해 놓았습니다. 박사님은 내 소망을 저버리지 않을 겁니다, 그렇죠?"

그의 눈에 어린 깊은 슬픔이 내 마음을 무겁게 만들었다. 나는 그저 그의 손을 붙잡고 잠자코 있었다.

"고맙군요. 나는 박사님의 헌신을 믿어도 좋다고 확신하고 있었어요. 자, 박사님, 나를 면밀히 진찰해 봤을 테죠?"

나는 고개를 끄덕였다.

"모든 의학 수단을 총동원해서, 그렇죠?"

나는 또 고개를 끄덕였다.

"혹시 찾아낸 문제 그러니까 내 말은 총알 말고, 비정상적인 문제라도 있던 가요?"

"이미 말했듯이 선생님의 시력이 불완전해요. 선생님의 몸 상태가 좋아지면 좀 더 자세히 검사해 봐야겠어요."

"나는 좋아지지 않을 겁니다. 그리고 문제는 눈이 아니고요. 내 말은 나 자신, 내 정신이라는 겁니다. 그 쪽으로는 아무 문제도 발견하지 못했나요?"

"아무 문제없어요. 이 도시 전체가 선생님의 성품과 삶이 얼마나 훌륭한가를 잘 알고 있으니까요."

"허허, 이 도시는 아무 것도 몰라요. 10년 동안 내가 빈민들과 많은 시간을 보내다보니 사람들은 내가 돈벌이에 바삐 살면서 행복해했던 예전의 활달한 삶을 거의 잊고 있지요. 저기 서유럽에 머리는 백발이고 성격은 음울한 남자가 한 명 있다오. 그리고 런던에는 말없고 쓸쓸한 여자가 한 명 있지요. 그 남자는 내 동업자 잭 이블리스, 여자는 내 아내입니다. 과연 사람이 얼마나 저주를 받으면 사랑과 우정을 공유했던 사람들에게 불행만을 가져다줄까요? 좋은 생각만 하는 사람이 어찌하여 끊임없이 악의 그림자에 갇혀 있을까요? 이번 살인 사건의 혐의는 내 삶에서 그저 한 번 있었던 일이 아닙니다. 비록 내 잘못은 아닐지언정 죄의 그늘이 내게 드리워져 있지요."

"오래 전에 나와 아내는 더없이 행복했소. 아이도 하나 있었지요. 그런데 생후 이삼 개월이나 지났을까, 제 엄마가 애지중지하던 그 여리디 여린 것이 그만 요람에서 목 졸려 죽고 말았소. 누가 아이를 교살했는지 도저히 알아낼 수가 없었소. 왜냐하면 그날 밤은 집안에 나와 아내 외에는 아무도 없었기 때문이오. 그것이 범죄라는데 의문의 여지는 없었소. 그 작은 목에 생명이 끊어져라 움켜쥔 잔인한 손가락 자국이 남아 있었으니까.

그로부터 몇 년 후, 나와 동업자 친구가 큰돈을 벌기 직전에 그만 금고털이범에 당하여 그 동안의 노력이 수포로 돌아갔소. 누군가 그러니까 비밀번호를 알고 있는 누군가 금고를 열었던 거요. 이 세상에서 금고의 비밀번호를 알고 있는 사람은 단 두 사람 즉 동업자와 나뿐이었으니 절도범의 소행일리 없었지요. 그런 불행들을 겪으면서도 나는 꿋꿋하게 살려고 노력했다오. 그러나 삶이 계속될수록 내가 저주라도 받았는지 더욱더 불행한 일들이 생겼소.

11년 전에 나는 아내와 딸을 데리고 해외로 나갔소. 사업차 파리에 가야했기에 아내와 딸을 런던에 놔두고 나 혼자 출발했소. 며칠 후면 아내와 딸을 다시 만나기로 했으니까. 그러나 나는 두 번 다시 그들을 만나지 못했소. 여전히 내게 저주가 씌웠기 때문이지요. 파리에 머문 지 48시간이 채 지나지 않아서 내 삶을 송두리째 망가뜨린 일이 벌어졌소. 어쩌다가 그런 일이 벌어졌는지 도저히 믿기지 않소. 어떻게 흰색 카드 한 장이 그러니까 그 위에 자주색 잉크로 몇 글자 끄적여 있는 달랑 카드 한 장이 한 남자를 파멸로 이끌 수 있단 말이오? 그런데 그게 바로 내 운명이었소. 그 카드를 내게 준 사람은 별처럼 빛나는 눈을 가진 아름다운 여자였다오. 그 여자는 오래 전에 죽었고, 그녀가 왜 내게 해코지를 하고 싶어 하는지 도무지 알 길이 없소. 박사님이 그걸 알아내 주시오.

아시다시피 나는 불어를 몰라요. 그래도 그 카드의 글이 무슨 의미인지 알고 싶은 것은 당연지사, 그래서 카드를 다른 사람들에게 보여주고 번역해달라고 했지요. 그런데 아무도 내게 그 의미를 말해주려고 하지 않았소. 그건 고사하고 카드를 어디서 보여주건 누구에게 보여주건 간에 곧바로 내게 나쁜 일이 닥치지 뭡니까. 나는 이 호텔에서 저 호텔로 쫓겨 다녔소. 오랜 지인들도 내게 등을 돌리더란 말이오. 체포되어 수감되기도 했소. 결국엔 프랑스를 떠나라는 명령을 받았소."

쇠약해진 환자가 잠시 말을 멈추었지만 이내 안간힘을 쓰면서 얘기를 계속했다.

"아내의 사랑 덕분에 위안을 받을 거라 확신하고 런던으로 돌아왔을 때, 아내도 역시 그 카드를 보고는 매몰차게 나를 내치는 거였소. 결국 깊은 절망 속에서 나는 뉴욕으로 돌아왔지요. 그런데 평생지기 친구인 잭마저 글귀가 적힌 그 카드를 보여주자 내게 절교를 선언했소. 대체 무슨 글이 적혀 있는지 지금도 나는 알 길이 없고, 시간이 오래 지나는 동안 잉크가 바래졌으니 이제는 누구도 그 의미를 모를 것 같소. 카드는 내 금고 안에 다른 서류들과 함께 들어 있소. 내가 죽으면 박사님이 내 인생의 미스터리를 풀어주었으면 합니다. 그리고 내 재산은 박사님이 결론을 내릴 때까지 그대로 둬야 합니다. 이 도시에서 가난한 사람들만큼 내 돈이 절실한 사람들은 없소. 그래서 재산을 사회에 환원하도록 유언장을 작성해 두었소. 다만……."

몹시 괴로워 보이는 버웰 씨가 말을 이으려고 안간힘을 썼고, 나는 그런 그를 위로하며 힘을 북돋웠다.

"다만 박사님이 내가 두려워하는 결과를 찾아내지 않는다는 조건에서 재산을 환원하도록 했소. 그러니까……. 그래요……. 말해 버립시다. 내가 세상이 생각하는 것처럼 좋은 사람이 아니었다는 걸 박사님이 알아낸다면 말이오. 그러니까 박사님이 내가 의도치 않게 타인을 해친 일을 알아낸다면, 그 사람에게 그 사람들에게 내 재산을 줘야 합니다. 약속해 주시오."

버웰의 눈에서 격렬한 빛이 스쳤고, 고열이 그의 온몸을 태우고 있었다. 나는 그런 그의 모습을 보면서 그가 원하는 대로 하겠노라 약속했다. 그는 조금 차분해졌다.

잠시 후에 간호사와 간병인들이 수술을 하러 들어왔다. 그들이 마취제를 주사하려고 하자, 버웰은 그들의 손을 뿌리치고는 금고에서 철제 상자를 가져오라며 고집을 피웠다.

"카드가 여기 있소." 그는 부들거리는 손을 상자에 대면서 말했다. "박사님, 약속을 꼭 지켜주시오!"

그것이 그의 마지막 말이 되었다. 그는 수술을 견뎌내지 못했던 것이다.

2

다음날 아침 일찍 나는 전갈을 받았다. "어제 왔던 외지분이 박사님을 만나고 싶어 합니다." 곧 건장한 풍채와 강인한 인상의 신사 한 명이 진찰실로 안내되었다. 키가 컸고 가무잡잡한 얼굴에 안경을 쓰고 있었다.

"버웰 씨는 사망했나요?" 그것이 그의 첫 말이었다.

"누구한테 들었죠?"

"누구한테 들은 게 아니고 그냥 안 겁니다. 그가 죽다니 천만다행한 일입니다."

그 낯선 남자의 강한 진실성은 어딘지 그에게 그런 말을 할 권리가 있는 것처럼 여기게끔 만들었다. 그래서 나는 그의 말을 귀담아 들었다.

"박사님, 내가 지금부터 하려는 말을 믿어도 좋습니다. 우선 내가 누구인지부터 말하지요." 그는 내게 명함을 건넸고, 그것을 본 나는 놀라서 눈이 휘둥그레졌다. 명함에는 굉장한 거물 그러니까 유럽에서 가장 유명한 석학의 이름이 적혀 있었다.

"이거 큰 영광입니다. 선생님." 나는 존경의 의미로 고개를 약간 숙이면서 말했다.

"내가 박사님에게 빚을 지게 될 터이니 오히려 영광스럽고 감사한 것은 나 쪽이지요. 그러니 내가 그 불행한 남자와 관련이 있다는 것을 비밀로 해주기를 부탁합니다. 내가 여기에 온 것은 일부는 인간의 정의 때문이고 더 크게는 의학의 발전을 위해서입니다. 박사님, 나는 댁의 환자가 틀림없이 워터 스트리트 살인 사건의 범인이라고 말할 자격이 있습니다."

"그럴 리가!" 내가 소리쳤다.

"내 얘기를 다 듣고 나면 그렇게 말하지 않을 겁니다. 11년 전의 파리, 그 사람이 프랑스의 파리를 처음 방문한 그때로 돌아가 보죠."

"비밀 카드!" 내가 소리쳤다.

"아, 그자가 자신이 겪은 일을 박사님한테 말해 주었군요. 그러나 그 전날 밤 그러니까 그자가 내 여동생을 찾아온 날 생긴 일에 대해서는 말하지 않았을 겁니다."

"선생님의 여동생이요?"

"네, 그자에게 카드를 준 사람이 바로 내 여동생입니다. 그자를 돕기 위함이었지만 결과적으로 괴롭히게 됐지요. 당시에 여동생은 건강이 몹시 좋지 않아서 우리는 두루 여행을 하려고 고국인 인도를 떠나온 상태였습니다. 아! 더 일찍 고국으로 돌아가야 했으련만. 그로부터 이삼 주 만에 여동생이 뉴욕에서 숨을 거두었으니 말입니다. 나는 솔직히 말해서 여동생이 일찍 세상을 뜬 것이 그자로 인해 생긴 불안감 때문이라고 믿고 있습니다."

"참 이상하군요." 나는 중얼거렸다. "뉴욕의 상인이 인도의 지체 높은 여성과 삶이 뒤얽히다니 말이지요."

"그렇소. 내 여동생의 건강이 나빴던 것은 주로 오컬트에 대한 과한 애착 때문이었음을 알아두기 바랍니다. 내가 아무리 말려도 소용이 없었지요. 여동생은 오컬트의 대가 몇 명과 친분을 쌓았고, 그 덕분에 모르면 더 좋았을 영혼의 지식들에 대해 가르침을 받았습니다. 여동생과 함께 있는 동안 여러 차례 기이한 일들을 겪긴 했지만 파리에서 맞은 그날 밤까지는 여동생에게 초자연적인 힘이 깃들어 있으리라고는 꿈에도 몰랐습니다. 우리는 숲가를 드라이브하고 돌아오는 길이었습니다. 시간은 10시쯤이었고, 그 완벽한 여름밤에 파리의 풍광은 아름답게 펼쳐져 있었지요. 그런데 느닷없이 여동생이 고통스러운 비명을 토하고는 가슴에 손을 가져다 댔습니다. 이윽고 여동생은 불어에서 우리 모국어로 바꿔가면서 뭔가 섬뜩한 일이 벌어지고 있다는 걸 빠르게 설명하더군요. 여동생은 강 건너를 가리키면서 속히 그쪽으로 가야한다고 말했습니다. 마부에게 촌각을 다퉈 말들을 채찍질하라고 지시하라 했습니다.

여동생의 강한 확신에 끌린데다가 평소 그 아이의 지혜를 믿었기에 이의를 제기하지 않고 마부에게 그녀의 말대로 속력을 내라고 말했습니다. 마차는 아주 빠르게 다리를 건너 생제르맹 대로를 내려간 다음 왼쪽으로 방향을 틀어 센 강을 따라 나 있는 비좁은 길들을 누비며 달려갔습니다. 이쪽저쪽 직선을 달리고 굽잇길을 돌아서 여동생은 조금의 망설임도 없이 길을 안내했습니다. 흡사 보이지 않는 힘에 조종당하는 것 같았지요. 여동생은 연신 더 빨리 달리라고 마부를 채근했습니다. 마침내 우리는 흉흉해 보이는 골목의 어두운 초입에 다다랐습니다. 골목이 너무 비좁고 울퉁불퉁해서 마차가 지나가기 어려웠지요.

'빨리!' 여동생이 마차에서 뛰어내리며 소리쳤습니다. '걸어서 가요. 거의 다 왔어. 아직 늦지 않은 것 같아. 정말 다행이야.'

우리가 다급히 어두운 골목을 지나는 동안 아무도 없었습니다. 불빛도 거의 보이질 않았지요. 그런데 침묵을 깨는 억눌린 비명과 함께 여동생이 내 팔을 붙잡고 소리치지 뭡니까.

'저기, 무기를 꺼내요. 빨리! 반드시 저 남자를 잡아요!'

모든 일이 너무도 갑작스레 벌어지는 통에 나는 내가 무엇을 하고 있는지도 거의 모를 정도였습니다. 얼마 후에 나는 두 손으로 한 남자를 제압하고 있었고, 그 남자는 주먹질을 하면서 몸부림을 쳤지만 내게서 빠져나가진 못했지요. 나는 밀림에서 많은 시간을 지낸 덕분에 팔다리가 강한 편입니다. 그자를 결박한 직후 땅바닥에 쓰러져 신음하고 있던 한 여자가 눈에 들어오더군요. 그녀는 눈물과 떨리는 목소리로 그자가 그녀의 목을 졸랐다고 말했습니다. 그자의 몸을 수색한 결과 날이 길고 면도날처럼 예리한데다 생김새가 특이한 칼 한 자루를 찾아냈습니다. 그것이 살벌한 목적으로 몸에 지니고 다니는 무기라는 건 능히 짐작이 갈 겁니다.

그자를 마차로 끌고 가면서 예상했던 흉포한 자객이 아니라 점잖은 신사라는 점에 내가 얼마나 놀랐을지 생각해 보시오. 용모와 행동거지만 봐서는 그랬단 말이지요. 맑은 눈, 흰 손, 신중한 말투까지 어딜 보나 세련됐고 옷차림은 상당한 재력가로 보였으니까요.

'어떻게 된 일이지?' 마차가 움직이는 동안 나는 모국어로 여동생에게 말했습니다. 남자는 맞은편에 꼼짝 못하게 앉혀놓았는데, 그는 말없이 있더군요.

'쿠로스-맨(kulos-man)이야.' 여동생이 떨면서 말했습니다. '사악한 영혼. 이 세상에 몇 안 돼. 다 해야 둘 아니면 셋 정도.'

'얼굴은 멀쩡한 걸.'

'오빠가 저자의 진짜 얼굴을 못 봐서 그래. 조금 있으면 내가 보여줄게.'

벌어진 일도 이상했지만 여동생의 말은 더더욱 이상했습니다. 내게는 놀랄 기운도 남아있지 않았습니다. 우리가 빌린 몽소 공원

인근의 작은 성 앞에 마차가 도착할 때까지 다들 말없이 앉아 있었습니다.

"그날 밤에 무슨 일이 벌어졌는지 제대로 설명할 수가 없습니다. 그런 일에 대해 내가 아는 것이라고는 아주 제한적입니다. 나는 그저 먹잇감을 노리는 매처럼 그 남자를 감시하라는 누이의 말을 따랐을 뿐이지요. 그녀는 우선 부드러운 말투로 그자에게 질문을 하기 시작했는데, 나로서는 이해하기 어려운 말이었습니다. 그는 난처하고 어리둥절해 보이더군요. 그러면서 무슨 일이 벌어졌는지 왜 자신이 범죄 현장에 오게 됐는지 모르겠다고 주장했습니다. 내가 그 피해 여성과 범죄 행위에 대해 했던 모든 질문에 대해서는 단호히 고개를 저었습니다. 그게 나를 격분하게 만들었지요.

'저 사람한테 화내지 마, 오빠. 거짓말 하는 게 아니니까. 지금은 다른 영혼이거든.'

누이는 그자에게 이름과 고국에 대해 물었고, 그는 망설임 없이 이름은 리처드 버웰이며 뉴욕 출신의 상인으로서 아내와 딸을 데리고 유럽을 여행 중인데 방금 파리에 도착했노라 대답했습니다. 그자가 영어를 사용하는 것으로 봐서 일견 타당한 대답 같았지요. 게다가 그가 피해 여성에게 불어로 말하는 것을 누이와 내가 들었음에도 불구하고 이상하게도 그는 불어를 할 줄 몰랐습니다.

'분명해.' 내 누이가 말하더군요. '쿠로스-맨이 틀림없어. 내가 여기에 있다는 걸 또 내가 이쪽 분야의 대가라는 걸 알고 있어. 저기, 봐!' 누이가 날카롭게 소리쳤어요. 그와 동시에 어찌나 그 남자의 얼굴을 뚫어지게 쳐다보던지 그 이글거리는 눈빛에 남자가 불타버릴 것만 같더군요. 누이가 무슨 힘을 사용했는지는 모르겠고 또 그때 내뱉은 종잡을 수 없는 말들이 그 다음 벌어진 일과 무슨 관련이 있는지도 모르겠지만, 그자의 번듯하고 존경스러운 미국 시민의 얼굴이 순식간에 무덤 속 송장벌레에게 갉아 먹힌 것처럼 너무도 오싹하게 변해버렸습니다. 어느 새 누이의 발아래 추악함과 죄악으로 물든 악마 하나가 굽실거리고 있었지요.

'지금 오빠는 악마의 영혼을 보고 있는 거야.' 누이가 말했습니다. '꿈틀거리며 몸부림치는 걸 봐. 오빠는 그러지 말라고 했지만 내가 현자들로부터 얻은 지식이 효과를 발휘했잖아?'

그 다음에 벌어진 공포는 피를 얼어붙게 만들었습니다. 지금까지 남아있는 명백한 증거가 없었더라면 아마도 나는 내 기억마저 믿지 못했을 겁니다. 그 남자와는 딴판으로 생긴, 꾸부정하고 섬뜩한 난쟁이 괴물이 이번에는 기묘한 고대 불어로 우리에게 온갖 수다를 떨어대지 뭡니까. 그것은 사탄마저 질리게 만들만큼 오싹한 신성모독과 인간의 귀로는 차마 들을 수 없는 악행들에 대해 떠벌렸습니다. 내 누이는 중간 중간 그것의 말을 제지하거나 계속하게 만들었지요. 내가 그 의미를 전부 전달하기는 불가능합니다. 내가 보기에 그 악행에 관한 이야기는 현대의 삶 또는 우리 세계와는 관련이 없는 것 같았어요. 곧이어 누이가 이렇게 말한 것으로 봐도 그랬지요.

'다른 모습으로 그 이후에 대해 말하라.'

그때 그것이 좀 전에 알던 남자의 모습으로 돌아왔습니다. 그것은 뉴욕에 대해 아내와 자식 그리고 친구에 대해 말하더군요. 자기가 친자식을 목 졸라 죽이고 친구에게 강도짓을 했다고 말입니다. 그것이 믿기지 않는 만행에 대해 말하는 동안, 내 누이는 아까처럼 중간 중간 말을 끊기도 하면서 계속하게 했습니다.

'갓난아기를 죽였을 때처럼 서 있어. 그대로 서!' 그러더니 누이가 이번에도 내가 알아들을 수 없는 말로 뭐라고 했습니다. 곧바로 그 악마가 앞으로 뛰쳐나와서 갈고리 같은 손을 구부리고는 눈에 보이지 않는 작은 목 같은 것을 움켜잡는 시늉을 하더군요. 다만 나는 그 광경을 심안 즉 마음의 눈으로 보고 있었습니다. 그때 그것의 얼굴 표정은 그야말로 가장 어두운 지옥의 모습 그 자체였지요.

'이번에는 친구에게 강도짓 하는 모습으로 서. 그대로 서!' 그리고 또 다시 알아들을 수 없는 누이의 말에 악마는 순순히 복종했습니다.

'이걸 나중에 써먹어야겠어.' 누이가 말하더군요. 그러더니 자기가 돌아올 때까지 나더러 그것을 잘 감시하라 말하고는 방을 나갔습니다. 누이는 꽤 시간이 지나서 돌아왔는데 사진 촬영 도구인 검은 상자와 그녀가 배운 새롭고도 생경한 사진 촬영에 필요한 또 다른 도구들을 가져왔더군요. 누이는 이상하게 생긴 카드 그러니까 삼지닥나무^(딸꽃나뭇과의 낙엽 활엽 관목─옮긴이)로 만든 섬세한 종이를 여러 겹 덧댄 투명한 흰색 카드에 그것이 기어 다니는 두 개의 포즈를 촬영하여 붙였습니다. 누이가 작업을 다 끝냈을 때, 카드는 예전처럼 흰색으로 보였고 집어 들고서 자세히 들여다보기 전까지는 그저 빈 카드처럼 보였지요. 그리고 자세히 들여다보면 그제야 사진들이 나타났습니다.

그 다음엔 두 개의 사진 사이에 세 번째 사진을 넣었는데, 그렇게 함으로써 한 존재의 두 얼굴, 두 영혼을 동시에 보여줄 수 있다는 게 누이의 설명이었습니다. 다시 말해서 우리가 처음 봤던 온화한 외모의 남자와 그 다음에 나타난 악마 그 두개의 얼굴 말입니다.

누이가 펜과 잉크를 달라고 하기에 나는 휴대하고 다니던 펜을 주었습니다. 펜에는 자주색 잉크가 채워져 있었지요. 그 펜을 쿠로스-맨에게 건넨 누이는 첫 번째 사진 밑에 이렇게 쓰라고 명령했습니다. '이렇게 나는 내 아기를 죽였다.' 그리고 두 번째 사진 밑에는 다음과 같이 쓰라고 했습니다. '이렇게 나는 친구에게 강도짓을 했다.' 그리고 세 번째 즉 두 개의 사진 중간에 있는 사진에 다음과 같이 쓰게 했지요. '이것은 리처드 버웰의 영혼이다.' 이상한 것은 그 글들이 악마가 사용했던 고대 불어로 쓰였다는 겁니다. 버웰은 모르는 불어 말이지요.

그쯤에서 마무리하려던 누이에게 불현 듯 새로운 생각이 떠올랐나 봅니다. 누이는 악마의 모습을 띤 그것에게 말했습니다. '네가 지은 범죄 중에서 가장 최악은 무엇인가? 너에게 명하노니, 말하라!'

그러자 그 악마는 어느 성녀들의 집에서 모든 사람을 죽이고 그 시체를 육중한 문 밑 지하실에 묻었노라 말했소.

'그 건물이 어디에 있느냐?'

'픽푸스 가 19번지. 옛 묘지 옆에 있는……. ^(파리 픽푸스Picpus 가에는 픽푸스 수도회 본원이 있음-옮긴이)

'언제 그랬지?'

그때 악마는 바닥에 몸을 구부리더니 오싹하게 몸태질을 하면서 격렬히 반항하는 것 같더군요. 나로서는 오리무중인 말들을 쏟아 냈는데, 내 누이는 그 말을 알아들었는지 때때로 빠르고 엄한 말투로 그것을 제지했습니다. 그렇게 결국은 그것이 누이의 말에 복종하고 대답을 하더군요.

'그만하면 됐다.' 누이가 말했소. '다 알고 있으니까.' 그러고는 똑바로 그것을 노려보면서 다시금 무슨 말인가를 했고, 그 결과 그것은 남자로 변했습니다. 우리 앞에는 뉴욕에서 온 올곧은 성품의 잘생긴 신사 리처드 버웰이 서 있었지요.

'부인, 결례를 범했습니다. 깜박 잠이 들었나 봅니다. 오늘밤은 도무지 정신을 차릴 수가 없군요.' 그는 어색하면서도 정중하게 말했습니다.

'맞아요. 당신은 오늘밤 제정신이 아니었어요.' 내 누이가 말했지요.

얼마 후에 나는 그자를 (그자가 묵고 있다는) 콩티넝탈 호텔까지 데려다 주었습니다. 그리고 돌아와서 누이와 밤늦도록 얘기를 나누었지요. 누이는 신경의 긴장으로 괴로워했는데, 그것은 그녀의 건강 상태로 볼 때 불길한 징조여서 나는 무척 불안해졌지요. 나는 누이에게 잠자리에 들라고 권했지만 소용이 없더군요.

'안 돼. 내게 지워진 이 엄청난 책임을 생각해야지.' 그리고 누이는 이상한 이론과 설명을 계속했습니다. 나로서는 흑사병보다도 더 인류를 위협하는 사악한 힘이 있다는 정도만 이해할 수 있었지만 말입니다.

'많은 주기마다 한번 씩 벌어지는 일이야. 쿠로스-맨의 영혼이 신생아의 몸속으로 들어가는 경우 말이야. 순수한 영혼이 그 몸

안으로 들어가는 것이 지연되는 바로 그 순간에 말이지. 그 다음부터 한 생명 안에서 두 개의 삶이 지속되고, 오싹한 악의 한 축은 이 지상에서 기회를 엿보는 거야. 나는 저 불행한 남자를 또 한 번 봐야하는데, 그게 내 의무라는 생각이 들어. 그는 우리를 아예 몰라볼지도 몰라. 그의 정상적인 영혼에 가해진 오늘밤의 충격이 너무도 커서 기억을 완전히 잃어버릴 테니까.'

다음날 저녁 같은 시간, 내 누이는 나와 함께 폴레 베르제르 음악 홀에 가야한다고 고집을 피웠소. 자주 찾는 곳이 아니어서 내가 싫은 기색을 하자 누이는 이렇게 말하더군요. '가야 해. 그것이 거기에 있어.' 그 말을 듣고 나는 모골이 송연해졌지요.

마차를 타고 그곳에 도착한 우리는 건물 안에서 곧바로 리처드 버웰을 발견했소. 그는 작은 테이블에 앉아서 유쾌한 장면을 즐기고 있었는데, 아마도 그에게는 낯선 공연 같았소. 어떡해야할지 잠시 망설이던 누이는 내 곁을 떠나서 그 테이블을 향해 다가가더니 버웰의 눈앞에 준비해온 카드를 떨어뜨렸습니다. 잠시 후에 누이의 아름다운 얼굴에 측은해 하는 표정이 떠오르더군요. 누이는 내 곁으로 돌아왔고, 우리는 곧 그곳을 떠났습니다. 그가 우리를 몰라보는 것이 분명했어요."

그 학자의 기이한 이야기에 온 정신이 팔려서 잠자코 듣고 있던 나는 바야흐로 질문을 쏟아내기 시작했다.

"선생님의 누이 분은 무슨 의도로 버웰에게 카드를 준 건가요?" 내가 물었다.

"그 남자에게 자신의 끔찍한 상황을 알게 하려는 바람에서였지요. 그자의 순수한 영혼에 역시 그자신의 역겨운 분신을 알려줄 수 있을 거란 희망."

"그 시도가 성공했나요?"

"아! 실패했습니다. 모든 사람들의 눈에 분명한 그 사진들을 정작 그자 자신은 알아보지 못했으니까요. 내 누이의 목적은 실패했지요. 쿠로스-맨이 자신의 타락을 알아채는 건 불가능합니다."

"그런 상황에서도 그 남자는 오랫동안 누구보다 모범적인 삶을 살아왔다는 겁니까?"

내 방문객은 고개를 내저었다. "그자의 삶에서 나아진 점이 있다는 건 인정하겠습니다. 그 대부분은 내 누이의 소원에 따라서 내가 그자에게 시도한 실험 덕분이지만 말이오. 그래도 악마의 영혼은 결코 떨어져나가지 않았습니다. 박사님, 이런 말하기 그렇지만 어쩔 수 없습니다. 그자는 월터 스트리트의 암살자일뿐 아니라 불가사의한 살인자이며 오랫동안 추적 받아온 여성들의 토막 살인마입니다. 그의 잔인무도한 범죄들은 지난 10년 동안 유럽과 미국의 경찰들을 궁지로 몰아넣었습니다."

"선생님은 그 모든 걸 알고 있으면서도 그를 왜 고발하지 않은 겁니까?" 나는 깜짝 놀라서 말했다.

"그 범죄를 증명하기가 불가능했으니까요. 뿐만 아니라 나는 그를 오로지 영혼의 실험에만 이용하겠다고 내 누이와 약속했습니다. 내가 지금 세상에 알릴 수 있는 위대한 비밀의 지식에 비한다면 그자의 범죄들이 무슨 대수란 말이오?"

"비밀의 지식?"

"그렇소." 그 학자는 아주 진지하게 말했다. "머잖아 온 세상이 알게 될 터니 지금 박사님에게 말해줘도 괜찮겠지요. 말하자면 모든 사람들이 각자 간직한 가장 깊숙한 삶의 비밀들을 드러내게 만들 수 있습니다. 기억이 남아있기만 하면 말이지요. 왜냐면 기억은 물리적인 그림들을 두뇌에 만들어내는 유일한 요소이기 때문입니다. 이 물리적인 그림들은 생각의 광선에 의해 외부로 투사할 수 있고, 그것을 일반 사진과 똑같이 사진건판에 기록할 수도 있습니다."

"그러니까 지금 우리 내면에 존재하는 선악의 두 원리를 사진으로 찍을 수 있다는 말인가요?" 내가 소리쳤다.

"바로 그렇습니다. 두 영혼이 공존한다는 위대한 진실을 그러니까 당신네 서양의 소설가 한 사람 정도나 이해했을 그 진실을 내가 카메라로 실험실에서 증명해냈단 말입니다. 내 목적은 적당한 시기에 그것을 이해하고 가치 있게 사용할 선택된 소수에게 이 귀중한 지식을 전달하는 겁니다."

"굉장해요. 굉장해!" 내가 소리쳤다. "괜찮다면 이제 픽푸스 가의 그 수도원에 대해 말해주시죠. 선생님이 거기 가봤나요?"

"나와 누이가 가봤습니다. 건물들이 사라진지 50년이나 돼서 그 사건을 추적하진 않았지만."

"그렇다면 카드에 적혀 있다는 글에 대해서는 기억하는 게 있나요? 버웰의 말에 따르면, 글자들이 희미해졌다고 하던데요?"

"더 괜찮은 걸 가지고 있습니다. 내 누이가 조심스럽게 다루었던 카드와 글귀를 찍은 사진 말입니다. 그때 쓴 내 펜의 잉크는 아마 희미해졌을 겁니다. 그 사진을 내일 박사님에게 가져다주겠습니다."

"버웰의 집으로 가져다주십시오." 내가 말했다.

이튿날 아침, 그 이방인은 약속한대로 버웰의 집으로 찾아왔다.

"이게 카드의 사진입니다." 그가 말했다.

"이건 버웰의 카드입니다." 나는 버웰의 철제 상자에서 꺼내둔 봉투를 뜯으면서 말했다. "이걸 보려고 선생님이 도착하기를 기다리고 있었어요. 글자들이 진짜 지워졌군요. 카드는 그냥 백지 같은 걸요."

"이렇게 들고 있으면 다릅니다." 이방인이 카드를 기울이면서 말했다. 그 순간 나는 영영 잊을 수 없을 섬뜩한 비밀을 보았다. 그 카드를 본 충격은 버웰의 아내나 친구의 영혼이 감당하기엔 너무도 컸을 것이다. 그 사진들 속에 저주받은 삶의 비밀이 담겨 있었다. 그 모습이 버웰이라는 것은 틀림없었고, 그에게 불리한 증거는 확고부동했다. 그의 아내는 그 카드에서 어머니로서 도저히 용서할 수 없는 범죄를 보았고, 동업자는 친구로서 결코 용서할 수 없는 범죄를 보았다. 수려한 얼굴이 당신의 눈앞에서 홀연히 녹아내리더니 히죽거리는 두개골로 변하고 이어서 부패의 덩어리로 또다시 악과 치욕의 온갖 흔적으로 일그러진 지옥의 추하디 추한 악마로 변하여 당신에게 추파를 던진다고 생각해보라. 그것이 바로 내가 보고 그들이 본 것이라!

"이 두 카드를 저 관속에 넣어둡시다." 그 학자는 제법 장엄한 어조로 말했다. "그러면 우리가 할 수 있는 건 다 한 셈이니까요."

나는 그 오싹한 카드를 속히 없애버리고 싶은 마음에 (그 저주가 이제는 그 카드에서 사라졌다고 누가 장담할 수 있겠는가?) 학자의 팔을 잡아끌었다. 우리는 시체가 안치되어 있는 옆방으로 들어갔다. 나는 버웰의 임종을 지켜보았고 숨을 거둔 그의 얼굴이 평화로운 표정을 짓고 있음을 보았다. 그런데 우리가 두 개의 흰 카드를 아무런 움직임도 없는 그의 가슴에 올려놓는 동안, 학자가 갑자기 내 팔을 치면서 망자의 얼굴을 가리키는 것이었다. 학자는 무섭게 일그러져 있는 망자의 얼굴을 보면서 이렇게 속삭였다. "보시오. 죽음 후에도 그것은 저 사람을 따라갔소. 자, 어서 관 뚜껑을 덮읍시다."

악마의 주문
The Demon Spell

흄 니스벳

흄 니스벳 Hume Nisbet, 1849~1923

스코틀랜드 출신의 작가이자 화가. 대부분의 삶을 오스트레일리아에서 보냈다. H.R. 해거드의 영향이 짙은 일련의 작품 「바이킹 발데마르Valdemar the Viking」, 「제국의 시조들 The Empire Builders」 등을 썼다. 그러나 대표작들은 오스트레일리아를 배경으로 한 유령 이야기 「유령 들린 역The Haunted Station」과 화이트채플 살인을 다룬 「악마의 주문The Demon Spell」, 두 편의 뱀파이어 단편 「뱀파이어 소녀The Vampire Maid」, 「낡은 초상화The Old Portrait」 등의 뛰어난 단편들로, 두 권의 단편집 「유령 들린 역 The Haunted Station」, 「기이하고 놀라운 이야기 Stories Weird and Wonderful」에 수록되어 있다.

단편 치고도 짧은 분량의 「악마의 주문」은 화이트채플 살인자 즉 잭 더 리퍼를 초자연적인 존재로 그리는 독특한 작품이다. 교령회의 강신술과 심령술이 등장하여 오컬트의 색채가 강하다.

당시, 영국에서는 강신술이 횡행했고, 어떤 모임에서건 오락거리에 교령회가 빠지면 흥이 나지 않았다.

어느 날 밤, 보이지 않는 세계의 현시를 철석같이 믿는 친구 한 명이 유명한 영매를 통해 특별한 정신의 고양을 맛보게 해주겠다며 나를 집에 초대했다. "하늘이 주신 선물처럼 아름다운 여자니까 자네도 좋아할 거야." 그가 초대를 하면서 말했다.

나는 영혼의 부활을 믿지 않았지만 재미있을 것 같아서 약속 시간에 가겠다고 말했다. 오랜 해외여행에서 막 돌아온 터라 기력이 아주 약해져 있었고, 외부의 영향에 민감하고 이상하리만큼 쉽게 흥분하던 시기였다.

약속 시간에 친구의 집에 간 나는 앞으로 벌어질 비범한 현상을 보러온 참석자들과 친구의 소개로 인사를 나누었다. 그들 중 일부는 나처럼 교령회의 규칙을 몰랐고, 일부는 전에 그런 모임에 참석한 일이 있어서 능숙하게 자리를 잡고 앉았다. 영매는 아직 도착하지 않았지만, 그녀를 기다리면서 우리는 찬가를 부름으로써 교령회를 먼저 시작했다.

노래의 두 소절이 끝났을 때, 문이 열리더니 미끄러지듯 들어온 영매가 내 옆에 자리를 잡은 뒤 나머지 사람들과 함께 찬가를 불렀다. 찬가가 끝나자, 우리는 탁자에 손을 올려놓고 가만히 앉아서 보이지 않는 세상에서 첫 번째 현시가 나타나기를 기다렸다.

나는 얼빠진 짓이라고 생각하면서도, 가스램프 불빛이 약해진 침묵 속에 뭔가 있으며 방안이 그림자들로 꽉 채워진 느낌이 들었다. 내 옆에 고개를 숙인 가녀린 여자의 주변에서 뭔가 느껴졌는데, 나는 평생 처음으로 기묘하고 오싹한 공포에 전율했다.

상상력이 풍부하거나 미신적인 성향이 아님에도, 젊은 여자가 들어온 직후부터 차고 억센 손 하나가 내 심장을 뛰지 못하게 움켜잡은 느낌이 들었다. 청각도 예민해져서 조끼 안에서 째깍거리는 시계 소리가 마치 쿵쾅거리는 광물 분쇄기 소리처럼 들려왔다. 뿐만 아니라, 주변 사람들의 숨결 소리마저 증기선이 증기를 뿜는 것처럼 시끄러워서 신경이 곤두섰다.

영매를 바라본 뒤에야 나는 진정이 되었다. 찬바람이 내 머릿속을 지나가듯, 끔찍했던 소리들이 한동안 약해졌다.

"혼령이 들어왔어!" 내 맞은편에 앉아있던 친구가 속삭였다. "기다려봐, 곧 말을 할 테니까. 우리 말고 또 누가 와 있는지 말해 줄 거야."

우리가 앉아서 기다리는 동안, 몇 차례 탁자의 흔들림이 손에 전해졌고 간헐적으로 탁자와 방안 전체에서 두드리는 소리가 들려왔다.

더없이 기이하고 오싹한 상황이었지만, 여전히 황당한 쇼에 지나지 않는다는 생각에 나는 겁에 질려 뛰쳐나가고 싶기도 하고, 한편으로는 가만히 앉아서 웃고도 싶었다. 그러나 어찌됐든 공포가 좀 더 분명하게 나를 사로잡고 있다는 생각이 들었다.

이윽고 그녀가 머리를 들고 내 손을 잡더니 아득하게 들리는 목소리와 이상하고 단조로운 어투로 말하기 시작했다. "속세를 떠난 이후 첫 방문이군요. 당신이 저를 이곳으로 불렀어요."

나는 그녀의 손길에 몸서리를 쳤지만 가볍고 부드러운 그 손아귀를 떨칠 힘조차 없었다.

"저를 망자의 영혼이라고들 부르지요. 다시 말해, 저는 가장 낮은 곳에 있습니다. 지난주까지만 해도 저는 육체 속에 있었지만, 화이트채플 방면에서 죽고 말았어요. 당신이 저를 불운한 사람이라고 한다면, 그래요, 정말 운이 없었어요. 무슨 일이 벌어졌는지 말해드릴까요?"

영매의 눈이 감겼다. 왜곡된 내 상상 때문인지는 모르겠지만, 그녀는 방금 전보다 훨씬 나이가 들고 요염해 보였다. 차라리 얇은 막으로 된 가면을 써서 섬세했던 자태를 대신해 타락에 찌든 모습으로 변장을 한 것 같았다.

모두 조용한 가운데, 영매가 말을 계속했다. "그날 저는 하루 종일 밖에 있었지만, 운도 따르지 않았고 먹을 것도 구하지 못했어요. 그래서 하루 종일 내린 비로 진창이 된 길을 따라 지친 몸을 끌고 걸어갔답니다. 온몸은 비에 흠뻑 젖었고, 지금보다도 만 배는 더 비참했어요. 여기 지옥보다도 지상이 훨씬 더 고약했으니까요.

그날 밤, 길을 가다 마주친 몇 명의 행인에게 사정을 했지만,

전부 모른 척 하더군요. 겨울동안 일자리를 구하기가 어려운 게 사실이지만, 솔직히 제가 매력적으로 생기지 못해서라고 생각했어요. 딱 한 사람만 제 말을 들어주었는데, 보통 체구에 얼굴이 검고 목소리가 부드러운 남자로, 제가 본 보통 사람들보다 옷차림도 훨씬 훌륭했지요.

그 사람은 제게 어디로 가느냐고 물은 뒤 동전 한 닢을 제 손에 쥐어주고는 가버렸어요. 저는 고맙다고 말했지요. 그때 마침 마지막 선술집이 눈에 띄기에 서둘러 뛰어가다가 손에 든 동전을 쳐다봤더니 이상한 그림이 새겨신 외국 동선이더군요. 가게 주인이 한사코 그 동전을 받을 수 없다고 해서 저는 할 수 없이 물 한 모금 마시지 못하고 어두운 안개 속으로 쫓겨났답니다.

그날 밤은 더 걸어봐야 소용이 없었어요. 먹을 것을 구하지 못했으니, 그냥 집에 돌아가 잠을 잘 생각으로 셋방이 있는 골목길로 접어들었지요. 그런데 누군가 뒤에서 제 솔을 붙잡는 것처럼 살며시 다가오는 인기척이 느껴졌어요. 저는 발을 멈추고 누구인지 보려고 뒤돌아섰지요.

소리를 지르려고 했지만 그럴 수 없었어요. 보이지 않는 손에 목을 움켜잡혀 숨이 막혔고, 이내 쓰러져서 정신을 잃었지요.

다음날 아침 눈을 떴을 때, 저는 토막 난 육체에서 빠져나온 상태였어요. 그때부터 당신이 보고 있는 지금의 상황이 이어진 겁니다." 영매가 말을 멈추었을 때, 실제로 나는 진흙 길에 놓여있는 토막 시체를 보았다. 그리고 앞발을 펼친 채 시체를 내려다보는 얽은 자국의 흉악하고 검은 얼굴, 몸뚱이인지 짙은 안개인지 모를 뿌연 그림자를 보았다.

"그렇게 일이 벌어진 거예요. 당신은 다시 알게 될 거예요." 그녀가 말했다. "그걸 알려주려고 당신에게 온 거니까요."

"영국인이었소?" 환영이 희미해지고 방안이 전처럼 또렷해지자, 나는 마른침을 삼키며 말했다.

"남자도 여자도 아니에요. 하지만 저처럼 살아있는 존재였고, 지금도 저와 함께 있으며 오늘밤 당신도 그것을 만나게 될지 몰라요. 하지만 당신이 그것대신 저를 선택한다면, 제가 그것을 물리칠 수 있답니다. 다만, 진심으로 저를 원하셔야 해요."

교령회가 점점 오싹해지자, 참석자들의 동의를 얻은 집주인이 가스램프의 불빛을 높였다. 그때 사악한 혼령에서 벗어난 영매가 열아홉 살 가량의 아름다운 아가씨임을 알게 되었다. 지금까지 그렇게 아름답게 빛나는 갈색 눈은 본적이 없었다.

"지금까지 말한 내용을 진짜라고 믿어요?" 사람들이 서로 이야기를 주고받는 동안, 나는 그녀에게 물었다.

"무슨 말씀이죠?"

"살해당한 여자 말이오."

"무슨 소리인지 모르겠어요. 저는 그저 자리에 앉아있었을 뿐이에요. 혼령과 접신한 부분에 대해서는 전혀 알 수 없답니다." 그녀의 말이 사실일까? 그녀의 짙은 눈동자가 진실해 보였으므로 나는 그녀를 의심하지 않았다. 그날 밤 숙소로 돌아왔을 때, 솔직히 말하면, 잠자리에 들기까지 꽤 많은 시간이 걸렸다. 몹시 심란하고 초조해진 나는 다시는 심령 모임 따위에는 얼씬도 하지 않겠다고 맹세까지 한 뒤에야 옷을 벗고 서둘러 침대에 누웠다. 불경한 모임에 가는 일은 다시는 없을 터였다.

난생 처음으로 가슴 램프를 끌 수 없었다. 방안에 유령들이 가득하고, 살인자와 희생자로 이루어진 오싹한 유령 커플이 집까지 따라와서 나를 차지하려고 실랑이를 벌이는 것 같았다. 나는 이불을 머리 위까지 잡아당겼다. 밤이 춥기는 했지만, 어쨌든 잠을 청했다.

열두시 정각! 예수가 태어난 축복의 날이었다. 나는 거리의 뾰족탑에서 천천히 들려오는 시계 소리를 세면서 꼬리를 무는 다른 첨탑 시계의 메아리에 귀를 기울였다. 그렇게 불 켜진 방에 깨어 있자니, 크리스마스 새벽에 나 혼자만이 아니라는 생각이 들었다.

내가 왜 갑자기 잠에서 깼는지 생각하는 동안, 멀리서 '이리 오세요.'하는 소리가 들려온 것 같았다. 그와 동시에 이불이 천천히 벗겨지더니 바닥으로 떨어졌다.

"폴리, 당신이요?" 나는 교령회를 떠올리고 소리쳤다. 영매가 접신 상태에서 말한 혼령의 이름이었다.

침대 다리를 두드리는 또렷한 세 번의 소리, "그렇다"는 신호였다.

"나한테 말 할 수 있소?"

"예." 목소리라기보다 메아리 같은 소리가 대답했다. 나는 소름이 돋았지만, 용기를 내려고 애썼다.

"내가 당신을 볼 수 있소?"

"아니오!"

"만질 수는 있소?"

곧바로 가볍고 차가운 손이 내 이마를 만지고 얼굴을 스쳐갔다.

"대체 원하는 게 뭐요?"

"오늘밤 제가 들어갔던 아가씨를 구해 주세요. 그것이 그녀를 쫓아갔는데, 당신이 서두르지 않으면 변을 당할 거예요."

곧 침대에서 일어난 나는 겁에 질려 옷가지를 더듬었는데, 폴리가 옷 입는 걸 도와주는 느낌이 들었다. 탁자에는 실론에서 사온 칸디언 족의 단검이 놓여 있었다. 골동품으로서의 가치와 디자인 때문에 사온 그 낡은 단검을 낚아챈 나는 집을 나선 뒤, 보이지 않는 가벼운 손이 이끄는 대로 눈 덮인 한적한 거리를 따라 갔다.

영매가 어디에 사는지 몰랐지만, 가벼운 손길에 이끌려 휘몰아치는 눈발 속에서 몸을 웅크린 채 모퉁이를 돌고 지름길을 밟아갔다. 마침내 조용한 광장에 도착해서 정면에 있는 집 한 채를 보았을 때, 직감적으로 그 집으로 들어가야 한다는 생각이 들었다.

거리 맞은편에서 한 남자가 희미하게 불 켜진 창문을 올려다보고 있었다. 그러나 그 사람의 모습을 정확히 볼 수 없었고, 살펴볼 만한 여유도 없었다. 나는 곧장 현관 계단을 뛰어올라 집으로 들어갔다. 보이지 않는 손은 여전히 나를 앞으로 잡아끌었다.

문이 저절로 열렸는지, 아니면 그것이 먼저 열어두었는지는 모르겠지만, 나는 건물 안으로 들어갔다. 꿈결처럼 통로를 지나 계단을 올랐고, 희미한 불빛이 새어나오던 침실로 들어갔다.

그녀는 침실에서 흉악한 발톱 같은 것에 움켜잡힌 채 몸부림치고 있었다. 발톱 외에 뚜렷한 형체가 보이지 않았다.

반쯤 옷이 벗겨진 그녀의 모습과 헝클어진 침대 시트가 한눈에 들어왔고, 형체 없는 억센 손아귀가 가녀린 그녀의 목을 움켜쥐고 있음을 깨달았다.

그 광경에 격분한 나는 그 잔혹한 앞발과 사악한 얼굴에 칸디언 단도를 휘둘렀다. 칼이 스칠 때마다 솟구친 핏줄기가 기분 나쁜 얼룩으로 주위를 물들였지만, 마침내 그것은 저항을 멈추더니 섬뜩한 악몽처럼 홀연히 사라졌다. 반쯤 질식된 상태에서 손아귀로부터 풀려난 그녀는 비명 소리로 건물을 깨웠고, 손에 들고 있던 이상한 동정 한 닢을 떨어뜨렸다. 나는 그 동전을 주워들었다.

할일을 끝냈다는 생각에 나는 그녀의 침실을 나와 계단을 내려갔다. 그녀의 비명 소리를 듣고 잠옷 바람에 그녀의 방 쪽으로 몰려들던 사람들은 경황이 없어 나를 의식하지 못했는지 나를 막아서거나 갈 길을 방해하지 않았다.

나는 한 손에 동전, 다른 손에 단검을 쥐고 거리를 달리다가 문득 창문을 올려다보던 남자가 떠올랐다. 그는 아직 그곳에 있을까? 그랬다. 하지만 그는 뭇매를 맞고 쓰러진 것처럼 흰 눈 위에 검은색 덩어리로 널브러져 있었다.

그가 누워있는 곳까지 다가가 살펴보았다. 죽은 것일까? 그랬다. 엎어진 그를 똑바로 돌려놓고 보니, 귀에서 귀까지 목이 깊숙이 잘려있었다. 얽은 자국이 있는, 창백하고 검은 얼굴에 흉악한 가면이 뒤덮여 있었고, 집게발처럼 생긴 양손에서 칸디언 단검에 베인 상처가 눈에 띄었다. 주변의 부드러운 흰색 눈은 심홍색으로 흥건히 물들어 있었다. 그때 1시를 알리는 시계 소리와 함께 멀리서 성탄절을 기다리는 찬송가 소리가 들려왔다. 나는 돌아서서 무작정 어둠 속으로 달려갔다.

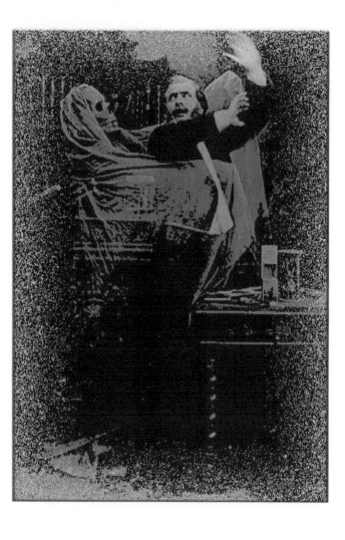

밀랍 인형
The Waxworks

앨프레드 맥클랜드 버레이지

앨프레드 맥클랜드 버레이지 Alfred McLelland Burrage, 1889-1956

영국 출신의 앨프레드 맥클랜드 버레이지는 작가였던 아버지와 삼촌을 따라 16세부터 글을 쓰기 시작했다. 제1차 세계대전 발발 전까지 작가로서 성공적인 경력을 쌓았지만 1916년 징집되어 서부전선에서 참전했다. 종전 후에도 집필 활동을 계속하여 여러 잡지와 신문에 많은 작품을 발표했다. 1950년에서 56년까지 《이브닝 뉴스Evening News》 한 곳에서만 40편 가량의 단편을 발표할 정도로 세상을 떠날 때까지 왕성한 창작열을 보여주었다.

특히 당대 평단과 독자들의 호평을 받은 초자연적인 주제에서 발군의 작품들을 남겼다. 『유령 이야기Some Ghost Stories』, 『전쟁은 전쟁이다War Is War』를 비롯해 최근에는 『단편집: 밀랍인형』, 『단편집: 경고의 속삭임』을 비롯한 작가를 재조명한 클래식 호러 단편집이 속속 출간되었다. 작가의 가장 널리 알려진 작품으로 여기에 소개하는 단편 「밀랍 인형The Waxworks」이 꼽히곤 한다.

「밀랍 인형」은 프랑스인 버전의 잭 더 리퍼를 소재로 한 걸작 단편이다. 프리랜서 저널리스트 휴슨이 돈이 될 만한 기삿거리를 찾아서 밀랍 인형 박물관의 "살인자 소굴" 전시관에서 밤을 새는 동안 섬뜩한 사건이 벌어진다. 초자연적인 공포를 잘 살려낸 작가로 인정받는 버레이지의 특색이 가장 잘 드러나는 단편이다. 히치콕 주간(Alfred Hitchcock Presents)의 시즌4, 에피소드 27의 원작이기도 하다.

매리너 밀랍인형 박물관의 제복 입은 직원들이 배회하는 마지막 관람객들을 안내하여 대형 유리 이중문을 나가게 하는 동안, 박물관 매니저는 자신의 사무실에 앉아서 레이먼드 휴슨과 면담을 하고 있었다.

　아직 젊은 편에 속하는 매니저는 보통 키에 체격이 건장한 금발의 남자였다. 그는 잘 차려 입었고 지나치게 치장을 하지 않고도 아주 맵시 있게 보이도록 안배하고 있었다. 레이먼드 휴슨은 어느 쪽도 아니었다. 그의 옷은 새것이었을 때는 괜찮은 것이었고 지금도 꼼꼼하게 솔질하고 다림질하긴 하지만 그것을 입은 주인이 세상과의 싸움에서 패배하고 있는 조짐을 보여주기 시작했다. 체구가 작고 마른 그는 안색이 창백했고 갈색 머리칼은 힘없이 헝클어져 있었다. 말이 제법 힘차고 달변이었음에도 불구하고 퇴짜 맞는 데 익숙한 사람처럼 방어적이고 눈치를 많이 봤다. 보통 이상의 재능을 가졌지만 자기주장의 부족으로 실패를 한 사람 딱 그렇게 보였다.

지배인은 이렇게 말하고 있었다.

"선생이 요청하신 내용은 전혀 새로운 것이 아니군요. 사실 다른 사람들에겐 거절했습니다. 대부분은 내기를 하려는 젊은 친구들이죠. 그런 사람들이 일주일에 세 번은 옵니다. 사람들이 우리 '살인자들의 소굴'에서 하룻밤을 보내게 허락한다면, 우리가 얻는 것은 없는 반면 잃는 것은 있죠. 그런 요청을 허락해서 젊은 멍청이들이 정신이라도 잃게 된다면 내 직위가 어찌 되겠습니까? 그러나 선생이 저널리스트라고 하니 상황이 꽤 달라지긴 하죠."

휴슨이 씩 웃었다. "저널리스들은 잃을 정신도 없다는 얘기처럼 들리네요."

"아니, 아닙니다." 매니저가 웃었다. "그게 아니라 보통 저널리스트들은 책임감 있는 사람들이라는 평을 받잖아요. 게다가 우리가 얻는 것도 있고요. 홍보 효과 말입니다."

"바로 그겁니다." 휴슨이 말했다. "그렇다면 협상의 여지가 있는 거로군요."

매니저가 다시 웃었다.

"아!" 그가 소리쳤다. "무슨 말을 사실지 알겠네요. 보수금을 두 배로 달라는 말 아닌가요? 마담 투소 박물관 측에선 자기네 '공포의 방'에서 혼자 잠을 자는 사람에게 100파운드를 주겠다고 했다죠. 우리가 그런 제안을 할 거라고는 기대하지 마시기 바랍니다. 음―, 그런데 어느 신문사라고 하셨죠, 휴슨 씨?"

"현재는 프리랜서입니다." 휴슨이 솔직히 말했다. "대여섯 신문사에 기고를 하고 있어요. 하지만 이번 건을 신문 지면에 싣는 건 어렵지 않아요. 《모던 에코》는 득달같이 지면에 내려고 할 겁니다. '매리너 박물관의 살인자들과 함께 한 하룻밤' 이를테면 말이죠. 이런 화젯거리를 마다할 신문사는 없어요."

매니저는 턱을 어루만졌다.

"아! 그런데 어떤 식으로 다룰 생각입니까?"

"그야 오싹하게 만들어야죠. 약간의 적절한 유머를 제외하곤 오싹하게."

매니저는 고개를 끄덕이면서 휴슨에게 시가 상자를 권했다.

"아주 좋습니다, 휴슨 씨." 그가 말했다. "《모닝 에코》지에 이번 이야기가 실리게 하세요. 그런 다음 이곳에 들러서 요청하면 5파운드 지폐를 주겠습니다. 그런데 선생이 지금 하겠다는 일이 보통 어려운 것이 아닙니다. 나는 휴슨 씨에 대해 믿음을 갖고 싶고, 또 휴슨 씨가 자기 자신에 대해 믿음을 가졌으면 합니다. 나라면 그런 일을 하지 않겠지만 말이죠. 나는 저 인형들이 옷을 입은 것도 봤고 입지 않은 것도 봤어요. 또 저것들을 어떻게 만드는지 그 과정에 대해서도 속속들이 알고 있죠. 사람들이 있는 시간이라면 구주희(볼링의 핀같이 생긴 9개의 나무 기둥을 세워 놓고 공을 굴러 쓰러뜨리는 경기─옮긴이)의 나무기둥들 사이를 다니듯이 1층의 그 인형들 사이를 걸어 다닐 수 있지만 혼자서 그 틈에서 자는 건 사양할 거니까요."

"그건 왜죠?" 휴슨이 물었다.

"글쎄요. 딱히 이유가 있는 건 아닙니다. 나는 유령을 믿지 않아요. 설령 믿는다고 해도, 유령들이 자기들의 밀랍인형이 있는 이런 지하실이 아니라 자기들이 당한 범죄 현장이나 자기들의 시신이 누워있던 장소에 출몰할 거라고 생각합니다. 시도 때도 없이 노려보는 듯한 시선의 인형들 속에서 밤을 지새울 수는 없다, 그뿐이죠. 어쨌든 저 인형들은 인간의 가장 저열하고 섬뜩한 유형을 대변하고 있으니까요. 그리고 내가 공개적으로 밝히는 속마음은 아니지만, 솔직히 인형들을 보러 오는 사람들은 대개 그리 고상한 동기를 가지고 있지 않아요. 전체적인 분위기가 불쾌한데, 혹시 선생도 그 분위기에 영향을 받을지 모릅니다. 미리 경고하는데 선생은 몹시 불편한 밤을 보내게 될 겁니다."

휴슨도 불편함을 감수해야한다는 것쯤은 거기서 밤을 보낼 생각을 하는 순간부터 각오하고 있었다. 휴슨은 그 광경을 상상하자니 매니저를 향해 아무렇지 않게 미소를 머금고 있는 상황에서도 속으로는 진저리가 났다. 그러나 그에겐 부양해야할 처자식이 있었고, 지난달에는 자투리 기사로 생계를 꾸리느라 그나마 저축해둔 돈이 빠르게 줄어들었다. 놓쳐서는 안 되는 기회였다. 《모닝 에코》의 특별 기사 고료에다 덤으로 5파운드를 더 벌수 있는 기회니 말이다. 그 정도 돈이면 1주일은 비교적 부유하고 호화롭게 지내고, 2주일까지는 최악의 걱정에서 벗어나 지낼 만 했다. 게다가 기사를 잘 쓴다면, 정규직 제안을 받을 수도 있을 터였다.

"범법자와 신문기자의 길은 어려운 법이죠." 휴슨이 말했다. "이 박물관의 살인자 소굴을 호텔 침실과 비할 바는 아니기 때문에 불편한 밤은 이미 각오하고 있어요. 그러나 여기 있는 밀랍인형들이 나를 썩 불안하게 만들 진 않을 것 같군요."

"선생은 미신을 믿지 않나요?"

"전혀." 휴슨이 웃었다.

"하지만 선생은 저널리스트잖아요. 분명히 상상력이 풍부할 텐데요."

"나와 일하는 신문사 편집인들은 내게 상상력이라고는 아예 없다고 늘 불평하더군요. 이 바닥에서는 빤한 사실은 그리 높게 쳐주지 않으니까요. 게다가 신문사들은 독자에게 버터 바르지 않은 빵을 제공하는 걸 탐탁찮아 하죠."

매니저가 미소를 머금고 일어섰다.

"맞습니다." 그가 말했다. "관람객이 모두 나간 것 같네요. 잠깐만 기다리세요. 아래층 인형들을 휘장으로 덮지 말라고 지시하고 야간당직자들에게 선생이 여기 머물 거라고 미리 알려줘야 하니까요. 그 다음에 선생을 아래층으로 안내하여 구경을 시켜 드리겠습니다."

그는 전화기를 들더니 지금 한 말을 그대로 전달하고서 곧 전화를 끊었다.

"선생이 지켜주셔야 할 조건이 하나 있습니다. 담배를 피우지 말아 주십사 부탁할 수밖에 없어서요. 오늘 저녁때 살인자 소굴에서 화재 소동이 있었거든요. 누가 화재 경보를 냈는지는 모르겠으나 착각을 했던 겁니다. 다행히도 그때 아래층에 사람이 거의 없어서 망정이지 자칫 패닉 상태에 빠질 뻔 했습니다. 자, 준비가 되셨으면 한번 가볼까요."

휴슨은 매니저를 뒤따라서 6개의 전시실을 통과했는데, 전시실마다 직원들이 영국의 왕과 여왕들, 현재와 과거의 장군들이며 저명한 정치가들 요컨대 명성이든 악명이든 불멸로 남을 만한 인간 군상들을 휘장으로 씌우느라 바삐 움직이고 있었다. 매니저는 한

번 멈춰 서고는 제복 입은 남자에게 '살인자 소굴'에 안락의자를 가져다 놓으라는 등의 말을 했다.

"이 정도가 우리가 선생에게 해줄 수 있는 최선입니다." 그는 휴슨에게 말했다. "선생이 잠시나마 눈을 붙일 수 있었으면 합니다."

그는 벽에 나 있는 어느 입구를 지나더니 불빛이 어두운 계단을 앞장서 내려갔다. 지하 교도소로 내려가는 듯한 불길한 분위기가 풍겼다. 계단을 내려가자 나타난 복도에는 몇 가지 예비적 공포물 이를테면 이단 심문의 유물, 중세의 성에서 가져온 고문대, 낙인찍는 인두, 엄지손가락 죄는 기구를 비롯해 한때 인간이 인간에게 가했던 잔학함의 기념물들이 놓여 있었다.

그 복도 너머에 살인자의 소굴이 있었다. 그곳은 둥근 천장으로 이루어진 불규칙한 형태의 방이었다. 젖빛 유리 너머에서 전기 불빛이 희미하게 실내를 비추고 있었다. 의도적으로 으스스하고 불편하게 만들어서 그 분위기 때문에 방문객들이 말할 때 속삭이게 만드는 그런 방이었다. 어딘지 예배당의 분위기가 느껴졌지만, 그건 경건한 기도가 아니라 저열하고 불경한 숭배를 위한 예배당인 셈이었다.

밀랍 살인자들은 낮은 받침대 위에 서 있었고 그들의 발마다 숫자가 적힌 명찰이 붙어 있었다. 그들이 살인자의 모형이라는 것을 모른 채 다른 곳에서 봤더라면 아마도 굼떠 보이는 선원 정도로 생각했을 것 같다. 특히 행색의 꾀죄죄함 때문에라도 그렇게 생각할 만 했고, 유행에 둔한 사람들이 봐도 패션의 변화를 새삼 일깨워주는 증거로 여길 만 했다.

최근의 악명 높은 인간들이 오래된 "인기인들"과 먼지 낀 어깨를 나란히 하고 있었다. 영국의 살인자 서텔이 역시 영국의 살인자 프레더릭 바이워터스를 마치 진열장을 통해 보다가 얼어붙은 듯한 몸짓으로 서 있었다. 돈을 훔쳐서 신사 흉내나 내겠다고 살인을 저지른 서툴고 보잘 것 없는 속물 일명 열차 살인자인 퍼시 레프로이 메이플턴도 거기 있었다. 거기서 5미터도 채 떨어지지 않은 거리에 바이워터스와 공모하여 남편을 죽이고 교수형 당함으로써 정숙한 중산층 부인들의 분노를 가라앉혔던 관능적인 로맨티스트, 톰슨 부인이 앉아 있었다. 그 극악한 무리 중에서도 유일하게 타협의 여지없이 철저히 사악해 보이는 찰스 피스는 통로 건너의 노면 손(약혼녀를 살해하고 시신을 훼손해 유기한)을 비웃고 있었다. 가장 최근에 추가된 브라운과 케네디는 다이어 부인과 패트릭 마흔 사이에 서 있었다. 매니저는 휴슨과 함께 주변을 둘러보면서 그 사악한 유명인들 중에서도 흥미로운 몇몇을 가리켜 보였다.

"저건 크리픈입니다. 선생도 알 겁니다. 벌레 한 마리 죽이지 못할 것처럼 보이는 작고 하찮은 놈이죠. 저건 암스트롱. 범죄와는 거리가 먼 점잖은 신사처럼 보이지 않나요? 저기 늙은 장 피에르 바키도 있군요. 저 턱수염만 봐도 알 수 있을 겁니다. 그리고 이건 물론―"

"저건 누구죠?" 휴슨이 매니저의 말을 끊고서 한쪽을 가리키며 작은 목소리로 물었다.

"아, 그쪽으로 가려던 참입니다." 매니저가 가볍고 작은 목소리로 말했다. "와서 자세히 한번 보세요. 우리의 최고 스타죠. 교수형당하지 않은 유일한 놈이죠."

휴슨이 가리킨 형체는 키가 150센티미터가 될까 말까한 작고 홀쭉한 남자였다. 밀랍으로 만든 작은 콧수염과 커다란 안경, 망토 달린 외투가 눈에 띄었다. 어딘지 프랑스인의 특성이 지나치게 과장된 모습이라서 휴슨은 인물 캐리커처를 떠올렸다. 휴슨은 온순하게 생긴 그 밀랍 얼굴이 왜 그리도 혐오스러운지 그 이유를 정확히 말할 수 없었다. 그러나 그는 이미 한발 뒤로 물러서 있었고, 매니저와 함께 있는 상황임에도 불구하고 그 형체를 다시 쳐다보기까지 큰 노력이 필요했다.

"그러니까 누구냐고요?" 휴슨이 물었다.

"부넷 박사입니다." 매니저가 말했다.

휴슨은 미심쩍은 듯 고개를 저었다. "들어본 이름 같은데요. 하지만 이름과 연결되는 것이 떠오르지 않네요."

매니저가 웃었다. "선생이 프랑스인이었다면 더 잘 기억했을 겁니다. 이자는 오랫동안 파리의 공포 자체였죠. 낮에는 치료를 하고 밤에 발작을 일으킬 때면 살인행각을 벌였습니다. 완전한 악마적 쾌락을 위하여 살인을 했고, 언제나 같은 방법 즉 면도칼을 사용했습니다. 마지막 범행에 단서를 남기는 바람에 경찰의 추격을 받았습니다. 하나의 단서가 다른 단서로 이끌었고, 머잖아 경찰은 우리의 잭 더 리퍼와 맞먹는 그 프랑스인을 체포할 것이고, 10여건의 주요 혐의로 정신병원 아니면 단두대로 보내기에 충분한 증거도 확보한 것 같았죠.

그런데 그런 상황에서도 이 친구는 경찰이 상대하기엔 너무도 영리했습니다. 추격의 고삐가 가까이 죄어오는 것을 깨닫고는 감쪽같이 종적을 감추어버렸답니다. 그 후로 문명국가의 경찰들이 계속 이자를 추격하고 있죠."

휴슨은 몸을 부르르 떨면서 안절부절 하지 못했다.

"진짜 이자가 마음에 들지 않네요." 그가 솔직하게 말했다. "억! 눈이 왜 저래!"

"그래요, 이 인형은 약간 걸작에 속합니다. 저 눈이 선생을 파고 드는 것 같지 않나요? 뛰어난 사실주의라고 할까요. 부뎃은 최면 술을 사용했거든요. 희생자들을 해치우기 전에 최면을 걸었을 겁 니다. 사실 그렇지 않고서야 이렇게 왜소한 남자가 그런 무시무시 한 짓을 벌이기는 불가능했을 겁니다. 희생자들이 저항한 흔적이 전혀 없었죠."

"움직인 것 같아요." 휴슨이 목멘 소리로 말했다.

매니저는 씩 웃었다.

"아마 밤이 끝나기 전에 착시를 한 번 이상 경험하게 될 겁니 다. 거기 속아서는 안 됩니다. 착시가 심할 때는 위층으로 올라가 면 됩니다. 건물에는 경비원들이 있으니까 그들을 만나게 될 겁니 다. 경비원들이 주변에서 움직이는 소리가 들려도 놀라지 마세요. 불빛을 더 환하게 해드리지 못해 미안합니다. 이게 전등을 전부 가동한 상태거든요. 여러 이유 때문에 이곳을 최대한 어둡게 관리 하고 있어요. 자, 저랑 사무실로 돌아가서 불침번을 시작하기 전에 위스키나 한잔 하죠."

휴슨을 위하여 안락의자를 가져다준 야간 근무자는 익살스러운 면이 있었다.

"선생님, 이걸 어디에 놓을 까요?" 그가 싱글벙글 웃으면서 물었다. "가만히 앉아있기가 지루해지면 크리픈과 얘기라도 나눌 겸 여기에 놔둘까요? 선생님이 원하는 장소를 말해 보세요."

휴슨은 미소를 지었다. 그는 근무자의 농담을 반겼다. 적어도 그 순간만큼은 그 농담 덕분에 휴슨이 원했던 평범한 느낌이 들었기 때문이다. 휴슨은 그 근무자에게 밤 인사를 건넸다. 생각보다는 쉬웠다. 그는 중앙 통로에서 약간 옆쪽에 안락의자—플러시 천을 덧댄 묵직한 의자—를 옮겨 놓았다. 일부러 방향을 돌려놓아서 등받이가 부넷 박사의 인형 쪽으로 향하게 놔두었다. 딱히 말할 수 없는 이유 때문에 다른 인형들에 비해 부넷 박사가 훨씬 더 마음에 들지 않았다. 의자를 배치하느라 바삐 움직이다보니 마음이 한결 가벼워졌지만, 근무자의 발소리가 멀리 사라지고 깊은 정적이 실내를 뒤덮자, 그는 앞에 놓인 시련이 만만치 않다는 걸 깨달았다.

흔들림 없는 희미한 불빛을 받으며 늘어서 있는 형체들이 기괴하리만큼 사람을 빼닮아서 정적과 정지는 부자연스러워 보였고 심지어 오싹하기까지 했다. 휴슨은 숨소리와 옷자락의 부스럭거림이 그리웠고, 군중 속에 가장 깊은 침묵이 드리워질 때조차 들려오는 오만가지 미세한 소음이 그리웠다. 보이는 모든 것은 정지되어 있었고 들리는 모든 것은 침묵이었다. '바다 밑바닥이 딱 이럴 거야.' 그는 내심 내일 이야기를 어떻게 써야할지 확신이 서지 않았다.

그는 꽤 용감하게 불길한 형체들을 마주보았다. 그래봐야 밀랍 인형에 불과했다.

모든 것을 그런 식으로 생각하는 한 만사가 순조로울 거라고 다

짐해보았다. 그러나 그 생각으로도 부넷 박사의 밀랍 눈에서 야기되는 거북함으로부터 오랫동안 벗어나 있게 하진 못했다. 그 눈길이 바로 등 뒤에서 느껴졌다. 왜소한 프랑스인 인형의 눈길이 자꾸 떠올라 그를 고문했다. 고개를 돌려 그 눈길을 마주보고 싶어서 좀이 쑤셨다. 결국 휴슨은 의자의 방향을 살짝 돌리고 뒤쪽을 쳐다보았다.

'허! 벌써부터 신경이 곤두서기 시작했잖아. 지금 고개를 돌려서 저 옷 입은 인형을 쳐다본다면 내가 겁쟁이라는 걸 인정하는 셈이야.' 그는 생각했다.

그런데 그의 머릿속에서 다른 목소리가 말을 걸었다.

"네가 고개를 돌려 그자를 보지 않는 건 무서워서 그런 거야."

두 개의 목소리가 잠시 동안 소리 없이 싸웠고 결국 휴슨은 슬쩍 의자를 돌려서 뒤를 돌아보았다. 뻣뻣하고 부자연스러운 자세로 서 있는 많은 인형들 중에서 유독 작고 오싹한 그 의사 인형이 도드라져 보였다. 아마도 그 인형을 직사하는 늘 같은 밝기의 조명 때문인 것 같았다. 휴슨은 악마의 재능을 지닌 어느 장인이 밀랍으로 표현한 온화함의 모방에 그만 움찔했고, 그 눈동자와 시선이 마주친 고통의 순간이 지나자 반대 방향으로 고개를 다시 돌렸다.

"저자도 나머지 너희들처럼 밀랍인형에 불과해." 휴슨은 도전적으로 중얼거렸다. "너희는 전부 그래봐야 밀랍인형이라고."

물론 그것들은 밀랍인형에 불과했다. 다만 밀랍인형은 움직이지 않는다. 그가 직접 약간의 움직임이라도 목격해서가 아니라 잠시 뒤를 보는 순간 앞쪽에 있는 인형들 사이에 아주 미묘한 변화가 생겼다는 느낌 때문이었다. 이를테면 크리픈이 왼쪽으로 살짝 방향을 튼 것처럼 보였다. 아니면 크리픈의 원래 위치까지 의자의 방향을 틀지 않았기 때문에 생긴 착시일지 모른다는 생각도 들었다. 그리고 필드와 그레이도 있었는데, 그 중에 하나가 분명히 손을 움직였다. 잠시 숨을 참았던 휴슨은 무거운 것을 들어 올리듯이 다시 용기를 끄집어 올렸다. 그는 신문사 편집인들의 말을 떠올리면서 쓴 웃음을 지었다. "이런데도 내가 상상력이 없다고들 했겠다!" 그는 지그시 숨을 참고서 말했다. 그리고 호주머니에서 공책을 꺼내 빠르게 써내려갔다.

"비망록. 인형들의 쥐죽은 듯한 정적과 비현실적인 정지. 마치 해저에 있는 느낌. 부뎃 박사의 최면을 거는 듯한 눈. 보지 않는 사이에 인형들이 움직이는 것 같음."

그는 갑자기 공책을 덮고 겁에 질려서 오른쪽 어깨 너머를 획 쳐다보았다. 움직임을 보거나 듣거나 하진 못했으나 마치 제육(6)감이 그걸 알아챘다고 해야 할까. 휴슨은 레프로이의 맥 빠진 얼굴을 똑바로 쳐다보았다. 화답하듯 공허하게 미소 짓고 있는 그 인형은 이렇게 말하려는 것 같았다. "나 아냐!"

물론 레프로이가 아니었다. 그들 중 그 누구도 아니었다. 그것은 휴슨 자신의 신경과민이었다. 아니면? 가만, 그가 다른 곳에 주의를 둔 순간 크리픈이 또 움직인 것 같은데, 아닌가? 대체 저 작은 남자를 믿을 수가 있어야지! 휴슨이 쳐다보지 않는다 싶으면 그 틈을 노리고 자세를 바꾸니 말이다. 인형들이 전부 그랬다. 그거 하나는 알겠다고 휴슨은 혼잣말했다. 그는 의자에서 반쯤 일어섰다. 썩 좋지 않았다. 그는 떠날 생각이었다. 그가 안보는 사이에 이때다 싶어 움직이는 그 많은 인형들과 밤을 지새우고 싶지 않았다.

휴슨은 다시 의자에 앉았다. 그것은 너무도 비겁하고 우스꽝스러웠다. 그것들은 기껏해야 밀랍인형이었고 움직이지 못했다. 그 생각만 끝까지 견지한다면 모든 것이 순조로울 터다. 그런데도 왜 주변의 침묵이 그리도 불안한 걸까? 대놓고 침묵을 깨고 벌어지지는 않고 있지만 그래도 미묘한 낌새가 있었다. 그가 어디를 보든 시야의 경계 바로 너머에…….

그는 휙 고개를 돌려서 부뎃 박사의 온화하면서도 사악한 시선을 마주보았다. 그 다음에는 돌발적으로 고개를 휙 젖혀서 크리픈을 노려보았다. 하! 그때 크리픈을 거의 잡을 뻔 했다! "조심하는 게 좋을 거야. 크리픈, 그리고 너희들 전부. 어떤 놈이든 움직이다가 걸리면 박살이 날 줄 알아! 알아 들어?"

가야 해, 그는 속으로 말했다. 이미 기사를 쓸 만큼 그것도 열 꼭지는 쓸 만한 경험을 했잖은가. 그런데 왜 가지 않는 거지? 《모닝 에코》는 그가 얼마나 오랜 시간 박물관에 머물렀는지 알 턱이 없고, 그의 이야기가 괜찮기만 하다면 신경 쓰지도 않을 터다. 그러나 위층에 있는 야간 경비원들은 그를 조롱할 것이다. 그리고 매니저는 (장담이야 못하지만) 아마도 휴슨에게 절실한 5파운드를 줄 것인지를 두고 꼬투리를 잡을지도 모른다. 휴슨은 로즈가 잠을 자고 있을지 아니면 깬 채로 누워서 생각, 이를테면 그를 생각하고 있을지 궁금해졌다. 그가 무슨 상상을 했는지 알게 된다면, 그녀는 웃어대겠지…….

이건 좀 지나치지 않은가! 살인자들의 밀랍인형이 휴슨의 눈을 피해 움직이는 것만 해도 나쁜데 숨까지 쉰다니 참을 수 없었다. 뭔가가 숨을 쉬고 있었다. 아니면 휴슨 자신의 숨소리가 멀리서 들려오는 것처럼 느껴지는 걸까? 경직된 채 앉아서 귀를 기울이고 긴장하던 그는 마침내 긴 한숨을 토해냈다. 아니나 다를까 그 자신의 숨소리였다. 뭔가가 그가 귀를 기울이는 것을 알고 곧바로 숨을 참은 것이 아니라면……

휴슨은 휙 고개를 돌려서 험악한 눈으로 주위를 휘둘러보았다. 시선이 닿는 곳마다 공허한 얼굴들이 있었고 시선이 닿는 곳마다 일순간 움직거리는 손발이며 소리 없이 열렸다가 다문 입술이며 지적으로 찡그리는 인간의 표정 따위가 스친 것만 같았다. 그들은 마치 수업 중에 선생님의 등 뒤에서 속닥거리고 꼼지락거리거나 낄낄대다가 선생님이 돌아보면 천연덕스럽게 얌전빼는 짓궂은 학생들 같았다.

그럴 리가 없다. 절대 그럴 리가! 그는 뭔가를 붙잡아야 했다. 그의 정신을 기댈 수 있는 일상적인 세계에 속한 무엇, 한낮의 런던 거리에 있는 그 무엇을 움켜잡아야 한다. 그는 레이먼드 휴슨, 성공하지 못한 저널리스트이며 살아서 숨 쉬는 사람인 반면, 그를 둘러싼 형체들은 한낱 인형에 불과하니 움직일 수도 없고 속삭일 수도 없다. 그것들이 살인자들을 쏙 빼닮은 인형이라고 한들 뭐가 문제란 말인가? 그것들은 그저 밀랍과 톱밥으로 만들어져서 병적인 구경꾼과 오렌지를 빨아먹는 여행객들의 오락을 위하여 거기 세워져 있는 것이다. 한결 낫군 그래! 가만, 어제 오페라 《팔스타프》에 나온 대사라며 누군가 재밌는 얘기를 해주었는데, 그게 뭐였더라?

그는 그 이야기 전부가 아니라 일부만 기억해냈다. 부뎃 박사의 시선이 그를 재촉하고 도발하여 결국은 그가 돌아보게 만들었기 때문이다.

휴슨은 고개를 절반만 돌렸다가 아예 의자까지 획 돌림으로써 최면을 거는 그 오싹한 눈의 소유자를 정면으로 마주보게 되었다. 휴슨의 눈은 휘둥그레졌고, 처음엔 공포로 앙다물었던 입은 입가 꼬리가 호통을 칠 것처럼 올라갔다. 휴슨의 말소리가 백 개의 불길한 메아리를 일으켰다.

"빌어먹을, 너 움직였겠다!" 그가 소리쳤다. "그래, 너 움직였잖아, 이 염병할 놈. 내가 봤다고!"

그러더니 그는 마치 북극의 눈 속에서 꽁꽁 언 채로 발견된 사람처럼 꼼짝도 하지 않고 앉아서 앞쪽을 응시했다.

부뎃 박사의 동작은 느긋했다. 그는 버스에서 내리는 여성처럼 고상한척 조심하며 받침대에서 진열대로 내려섰다. 진열대의 높이는 지면에서 60센티미터 정도였고, 그 가장자리 위로 플러시 천에 덮인 밧줄이 원호 모양의 곡선을 그리며 매달려 있었다. 부뎃 박사는 그 밧줄을 아치 형태로 들어 올리더니 그 밑을 지나 진열대에서 내려왔다. 그러고는 진열대 가장자리에 걸터앉아서 휴슨을 마주보았다. 그는 고개를 끄덕이고 미소를 머금더니 이렇게 말했다. "안녕하쇼."

"구태여 말할 필요까진 없겠지만,"

그는 외국인의 억양이라고는 거의 느껴지지 않는 완벽한 영어로 말을 이었다.

"당신과 이 박물관의 훌륭한 매니저가 나누는 대화를 엿들을 때까지는 오늘밤 동료와 함께 있는 기쁨을 누릴 거라고는 생각지 못했소. 당신은 내 명령 없이는 움직이지도 못하고 말하지도 못하지만 내 말을 똑똑히 들을 순 있소. 뭐랄까, 당신은 예민하다고 해야 할까요? 선생은 지금 환영을 보고 있는 게 아니오. 나는 저 경멸스러운 인형들 중에서 하나가 기적적으로 살아난 것이 아니란 말이오. 내가 바로 진짜 부뎃 박사요."

그는 말을 멈추고 기침을 하더니 두 다리의 위치를 바꾸었다.

"양해해 주시오." 그가 다시 말했다. "몸이 조금 뻣뻣해서 말이오. 설명을 해드리리다. 구태여 말한다면 선생을 피곤하게 만들 이런저런 상황 때문에 나는 영국에서 사는 편이 낫게 되었소. 오늘 저녁에 이 박물관 건물 가까이 왔다가 한 경찰관이 나를 지나치게 이상한 눈초리로 본다는 생각이 들었소. 경찰관이 나를 쫓아와 곤란한 질문들을 할 것 같아서 나는 사람들 속에 섞여서 이 안으로 들어왔소. 돈을 더 내고서 지금 우리가 만난 이곳에 입장했는데, 탈출 방법이 될 만한 좋은 수가 떠올랐소.

나는 불이야 하고 소리를 질렀고, 멍청이들이 전부 계단으로 몰려갔을 때 내 인형에서 지금 내가 있는 망토 달린 외투를 벗겨냈소. 외투를 입고서 내 인형을 뒤쪽 진열대 밑에 숨긴 뒤 인형이 있던 받침대 자리에 내가 올라선 것이오. 그때부터 정말이지 피곤한 저녁을 보냈다오. 그래도 다행인 건 사람들이 나를 계속해서 쳐다보진 않으니 이따금씩 심호흡도 하고 굳은 자세를 풀 기회도 있긴 했소. 어느 꼬맹이가 내가 움직이는 걸 보고 소리를 질러대는 일도 있었소. 녀석은 아마 집에 가자마자 회초리를 맞고 바로 잠자리에 들었을 게요.

매니저가 나에 대해 한 말 그러니까 당혹스럽게도 의도치 않게 엿듣게 된 그 말은 편향되긴 했지만 그렇다고 다 틀린 건 아니오. 세상은 내가 죽었다고 생각하는 편이 좋겠지만, 나는 분명히 죽지 않았소. 매니저가 내 취미에 대해 그러니까 부득불 최근에는 횟수가 뜸해지긴 했으나 그래도 오랫동안 내가 탐닉해온 취미에 대해 한 말은 현명하게 묘사된 건 아니어도 대체로 맞는 말이었소. 세상은 수집가와 비수집가로 나뉘요. 우린 비수집가에게는 관심이 없소. 수집가들은 개인 취향에 따라 돈부터 담뱃갑속의 그림카드에 이르기까지 또 나방부터 성냥갑에 이르기까지 뭐든 수집하지요. 나는 목을 수집합니다."

그는 또 말을 멈추고는 탐탁찮음과 관심이 뒤섞인 눈으로 휴슨의 목을 톺아보았다.

"우리를 오늘밤 함께 있게 한 기회에 감사해야겠소." 그는 말을 이었다. "불평한다면 배은망덕하게 보일 게요. 나는 개인적 안전이라는 동기 때문에 최근 몇 년간은 활동을 자제해 왔소. 그래서 꽤나 특이한 내 변덕을 만족시킬 기회가 온 것에 고마울 따름이오. 그러나 선생이 사적인 평가를 너그러이 눈감아준다면, 나는 선생의 목이 말랐다고 말하겠소. 내게 선택의 여지가 있었다면 결코 선생을 택하진 않았을 거란 말이오. 나는 두툼한 목…… 두툼하고 붉은 목을 가진 남자를 좋아하오."

그는 주머니를 뒤져 뭔가를 꺼내 젖은 집게손가락에 대어보더니 이번에는 왼쪽 손바닥에 대고 부드럽게 문질러 보았다.

"이것은 프랑스산 소형 면도칼이오." 그는 군더더기 없이 담백하게 말했다. "영국에서는 많이 사용하진 않지만 선생은 아마 알고 있을 것 같군요. 그렇죠? 면도날을 나무에 대고 갈지요. 보다시피 날이 아주 가늘어요. 깊숙이 잘라내지는 못할 텐데, 직접 보시구려. 예의바른 이발사들이 하는, 자잘하면서도 정중한 질문을 해야 겠소. 선생, 이 면도날이 마음에 듭니까?"

그가 일어섰다. 작지만 위협적인 악마가 사냥하는 표범의 조용하고 은밀한 걸음으로 휴슨에게 다가왔다.

"선생, 턱을 조금 들어주시겠소?" 그가 말했다. "고맙소. 조금 더. 조금만 더. 이거 참, 고맙소이다! 메르시, 무슈(Merci, Monsieur, 고맙소, 선생). 메르시…… 메르시……."

실내의 한쪽 끝 위로 젖빛 유리의 두터운 채광창이 있는데, 그리로 낮에는 위층으로부터 약간의 햇빛이 창백하게 들어왔다. 해가 뜬 후 그 창백한 햇빛과 약한 전등불이 섞이기 시작했고, 그렇게 섞인 빛은 구태여 공포의 기운을 가미할 필요가 없는 현장에 섬뜩함을 더하였다.

밀랍인형들은 무심하게 각자의 자리에 서서 머잖아 사람들이 겁먹은 표정으로 자기들 사이로 오가며 뱉어낼 찬탄과 저주를 기다리고 있었다. 그 한복판인 중앙통로에 휴슨이 안락의자에 깊숙이 등을 기대고 가만히 앉아 있었다. 그의 턱은 이발사의 손길을 기다리는 것처럼 위로 젖혀 있었다. 목은 물론이고 몸 어디에도 생채기 하나 없었음에도 불구하고 그는 싸늘하게 죽어 있었다. 그의 고용주들이 그에게 상상력이 없다고 한 평가는 틀린 것이었다.

두뎃 박사는 자신의 받침대에서 죽은 남자를 냉담하게 쳐다보고 있었다. 그는 움직이지 않았고 그럴 수도 없었다. 어차피 그는 한낱 밀랍인형에 불과하지 않은가.

불확실한 상속녀
The Uncertain Heiress

이자크 디네센

이자크 디네센 Isak Dinesen, 1885~1962

본명은 카렌 블릭센(Karen Christenze von Blixen-Finecke). 덴마크 코 펜하겐 인근 룸스테드룬드 출신의 세계적 작가. 영미권에서 필명 이자크 디네 센으로 널리 알려져 있다. 디네센은 1885년에 군인이자 정치가인 아버지와 부유한 집안의 어머니 사이에서 태어났다. 부모님의 이혼 후 엄한 분위기의 외가에서 성장하면서 자유에 대한 열망이 커졌고, 화가를 꿈꾸기도 했다. 케냐에서 결혼하고 나이로비 인근에서 커피 농장을 시작했다. 1925년 이혼한 남편에게서 옮은 매독이 그녀를 평생 괴롭혔다. 커피 농장의 실패와 연인 피 치 해튼의 사고사까지 겹치자 그녀는 1931년 아프리카를 떠나 덴마크로 귀국 한다.

이후 집필에 몰두하고 이자크 디네센이라는 필명으로 『일곱 개의 고딕 이 야기Seven Gothic Tales』를 발표하고 호평을 얻었다. 이어서 아프리카의 경 험을 바탕으로 집필한 『아웃 오브 아프리카Out of Africa』로 작가로서 입지 를 굳혔다. 두 차례 노벨상 후보에 올랐지만 번번이 고배를 마셨는데, 수상자 들은 헤밍웨이와 존 스타인벡이라는 쟁쟁한 작가들이었다. 『겨울 이야기』, 영 화화된 「불멸의 이야기」와 「바베트의 만찬」이 포함된 단편집 『운명의 일화 Anecdotes of Destiny』 등도 대표작으로 꼽힌다.

「불확실한 상속녀」는 이자크 디네센이 쓴 잭 더 리퍼 단편이다. 주류 문단 에서 각광을 받던 작가와 펄프 잡지에서 부활하던 잭 더 리퍼의 만남은 그 자체만으로 흥미롭다. 《새터데이 이브닝 포스트The Saturday Evening Pos t》(1949년 12월 10일)에 발표됐는데, 정작 작가 본인은 이 작품을 마음에 들어 하지 않았다고 한다. 아이러니하게도 작가의 유명한 단편 「바베트의 만 찬」이 거절당하고 그 대신에 선택된 작품이 이 「불확실한 상속녀」라고 한다. 이 단편은 나중에 「세네카 삼촌Uncle Seneca」으로 제목이 바뀌어 작품집에 수록되었다.

복선을 감안하더라도 잭 더 리퍼를 다루는 방식이 모호해 보일 수 있다. 공포를 원하는 독자들에겐 추천하기 어려운 작품이다. 반면에 공포가 아닌 방 식으로 잭 더 리퍼를 다루는 대가의 색다른 일면을 접하기에는 좋은 작품이 다.

명배우의 딸인 멜파머니 멀록은 마음을 어지럽히는 편지 한 장을 받았다. 그것은 이모가 보낸 초대장이었는데, 이모의 시골저택 즉 웨스트코트 장원에 와서 2주간 함께 보내자는 내용이었다.

　멜파머니가 그 초대장을 받은 1906년 11월 28일은 공교롭게도 수요일이었다. 그녀는 청구서와 소환장에 익숙한 반면 초대장에는 낯설었다. 그녀는 이렇게 혼잣말을 했다. "이 편지를 사흘간 가지고 있을 거야. 토요일에 아버지한테 보여주면 어떡해야할지 답을 말해주실 거야. 에우렐리아 이모가 나한테 편지를 쓰기까지 18년이 걸렸어. 그러니 내가 답장을 할 때까지 사흘을 못 기다릴까."

　목요일, 멜파머니는 이런 생각이 들었다. "웨스트코트 장원까지 어떻게 간담? 아버지와 나는 언제나 가난했고, 그걸 자랑스러워했잖아. 자기들 편한 거만 생각하는 사람들이랑 그것도 2주 동안 빈둥거리며 호사롭게 지내는 건 못 할 짓이야."

금요일에는 이런 생각이 들었다. "어떻게 에우렐리아 이모가 나를 초대할 수 있지? 내가 이모의 초대를 받아들인다면 그건 아빠를 배신하는 거야. 이모 가족은 부자라는 것 빼고는 잘난 것도 없으면서 언제나 아빠를 무시하고 냉대했어. 그렇게 모질고 무정한 사람들의 때늦은 동정심을 내가 이제 와서 받아줘야 하나?"

토요일, 그녀는 편지를 다시 읽어본 뒤에 그것을 느릿느릿 서랍 속에 도로 집어넣었다. 세 번째 질문이 절로 떠올랐다.

"왜지?" 그녀는 자문했다. "에우렐리아 이모가 날 초대한 이유가 뭘까? 혹시 내 손가방을 주워주면서 우산을 건넸던 그 청년과 무슨 관련이 있는 걸까? 그날 후로 그 남자를 세 번 만났고, 그때마다 그의 얼굴에서 강한 인상을 받았어. 아주 묘한 이유 때문에 말이지. 그 남자 얼굴이 나랑 꼭 닮았다는……."

그녀는 일어서서 심각한 표정으로 거울을 바라보았다. 주근깨 있는 창백한 얼굴, 넓은 이마와 감청색 눈동자 그리고 눈부신 빨강 머리.

그녀는 생각했다. '그 남자의 머리칼은 붉은색이라기보다 금발에 더 가까웠어. 그리고 구릿빛 얼굴에 난 주근깨도 달라 보였고, 그런데 눈이며 코며 입은 영락없이 나랑 빼닮았단 말이야. 나도 그 남자처럼 근사하게 차려입었다면, 멋지게 보였겠지. 내게 그런 사촌이 있다고 하면 가당찮은 얘기일까? 못된 이모 얘기는 귀에 못이 박히게 들어왔지만 사촌 얘기는 한 번도 못 들었으니까.'

일요일 아침이 되자, 그녀는 애초에 의도했던 대로 하지 않아서 죄책감이 들었다. 그녀는 침대에 있는 아버지에게 아침식사와 함께 에우렐리아 이모의 편지를 가져갔다. 펠릭스 멀럭은 그 편지를 읽더니 안색이 파리해졌다. 편지를 다시 한 번 읽었을 때는 안색이 붉으락푸르락해졌다. 그러고는 편지를 쭉 내밀었다.

"이때다, 싶은 거로군. 그 여자가 그렇게 생각한다 이거지." 그는 지독한 경멸감으로 말했다. "귀한 플로렌스 가의 후손과 이모가 서로를 알아야하는 시점이 왔다고 말이야! 내가 병들고 세상으로부터 배신을 당했으니 이때다 싶어서 속되고 호화로운 것을 미끼로 내 자식을 꾀어가겠다는 거로군."

"나는 아빠를 절대 떠나지 않을 거예요. 이모의 초대를 받아들이지 않을 거라고요."

그녀의 아버지는 잠시 말이 없었다. "이때다!" 그는 같은 말을 천천히 되뇌었다. "그 교활한 여자의 눈에 전에도 한번 기회가 있었어. 6년 전에 네 엄마가 죽었을 때, 그 여자가 편지를 써서는 나더러 내 딸을 자기한테 넘기라고 했어. 너한테 집과 교육을 제공하겠다고 말이야. 6년 동안 네가 응석받이로 컸다면 지금 네 모습이 어땠을지 상상해 보거라. 신성한 윌리엄 셰익스피어의 이름도 그의 겸손한 해석자인 이 아비의 이름도 듣지 못하고 컸다면 지금 어떤 모습일 런지!"

멜파머니는 자랑스레 미소를 머금었다.

그의 아버지는 이번에도 잠시 침묵했다가 편지를 내려놓고는 딸을 바라보았다. "가거라! 이 초대를 받아들이렴. 그리고 돌아와서 그들의 돈이 얼마나 경멸스러운 것인지 그래서 우리의 위대한 이상 세계에서 굶어죽는 편이 차라리 낫다는 것을 내게 말해다오. 그래, 가거라. 그리고 돌아와서 네가 그들을 얼마나 경멸하고 부끄러워하는지 말해주렴!" 그는 격정적으로 말을 마쳤다.

멜파머니가 그 마을 역에 도착한 것은 쥐죽은 듯 고요한 12월의 어느 밤이었다. 멋진 쌍두마차가 그녀를 마중 나와 있었다. 불이 밝혀진 높다란 창문들이 있는 대저택에 이르자, 기품 있는 집사가 마차에서 내리는 그녀를 부축해주었다.

응접실의 난로 앞 의자에 앉아있던 에우렐리아 이모가 일어서서 조카를 맞이했다. 그녀는 바스락거리는 검은색 드레스를 입고 있었다. 주름지고 처진 얼굴이지만 우산을 들고 있던 청년뿐 아니라 멜파머니 자신의 얼굴과도 판박이였다. 그녀는 멜파머니를 물끄러미 쳐다보다가 이내 와락 껴안고는 울음을 터뜨렸다.

"잃어버렸던 플로렌스. 내가 널 다시 만난 거 맞지?" 그녀가 울먹였다.

방은 따뜻했고 은은한 불빛이 비추었으며 온실 식물의 냄새로 가득했다. 푹신푹신한 카펫, 실크 커튼, 묵직한 금박 액자에 들어있는 커다란 그림들이 멜파머니로서는 상상하기 어려울 정도로 완벽하고 안전한 마술의 원을 만들어놓고 있었다. 그 안으로는 그 어떤 걱정근심도 빚 독촉장이나 성난 집주인도 들어올 수 없을 터다. 이 안에서 살고 있는 사람들은 무슨 생각을 할까? 생각이라는 걸 하긴 할까?

이 순간 멜파머니는 자신의 꿰맨 신발과 낡은 드레스에 자부심을 느꼈다. 그것들은 그녀의 자격증명서였다. 그릇된 상류 사회를 향해 마땅한 의무를 요구하는 엄한 징세원처럼 그녀는 그 집의 현관 문지방을 넘었다.

에우렐리아 이모의 아들 앨버트가 난롯가에 있던 그들에게 다가왔다. 멜파머니는 그가 비바람 속에서 만났던 남자임을 알아보았다. 그는 그 방과 완벽한 조화를 이루고 있었다. 야회복 차림의 그가 어찌나 유쾌하게 보이던지 다른 상황에서 만났더라면 그녀는 그와 닮았다는 것을 기쁘게 여겼을 터다. 그녀와 살갑게 악수를 나눈 그는 서로 구면이라는 것을 인정하면서 살짝 얼굴을 붉혔다.

멜파머니는 그 순간 그녀의 초청이 앨버트 때문임을 확신했다. 그런데 그는 왜 자신의 어머니에게 그녀를 초청하라고 부탁했을까? 그는 젖은 옷을 입은 채 쓸쓸히 지쳐있던 그녀를 봤더랬다. 그리고 자신과 그녀의 닮은 외모에 놀랐을 터다. 그는 그녀의 뒤를 밟았고 주변에 그녀에 대해 물었을 터다. 지금 그는, 그녀가 느끼기에, 행여 깨질까 조심해야하는 소중하고 약한 물건처럼 그녀를 대하고 있었다.

그는 그녀를 당혹스럽게 만들었다. 그녀가 그를 바라보았을 때 마치 거울을 보는 것 같았기 때문이고, 그녀가 시선을 피했을 때는 그의 시선이 그녀의 얼굴에 느껴졌기 때문이다.

저녁식사 직전에 단정하게 차려입은 노신사 한 명이 그녀에게 소개되었다. 그들은 그를 세네카 삼촌이라고 불렀다.

그날 밤, 에우렐리아 이모는 난로 앞에서 자기보다 열 살 어린 여동생에 대해 말했다. 그녀는 멜파머니의 어머니가 배우와 사랑의 도피 행각을 벌였을 때 격분한 부모님을 진정시키려고 애썼다. 플로렌스의 아기가 태어났을 때, 그녀는 동생의 산후조리를 위하여 속히 가고 싶었으나 제부가 오지 말라고 했다. 이제는 조카가 태어난 그날을 정확히 기억하지도 못할 정도라고 했다.

"제가 태어난 날은 말이죠. 1888년 8월 7일이에요." 멜파머니가 말했다.

그 말을 들은 세네카 삼촌이 새처럼 반짝이는 눈으로 그녀를 갑자기 날카롭게 쏘아보는 것이었다.

멜파머니는 다음날 아침에 커다란 사주식 침대의 실크 누비이불 속에서 아주 늦게 일어났다. 세상의 종말이 온 것처럼 우중충하고 고요한 날이었다. 하녀가 은쟁반에 맛깔스러운 아침을 차려왔다. 그녀는 태어나서 그날까지 침대에서 아침식사를 해본 적이 없었다. 그녀는 차를 따르고 따끈한 머핀에 버터를 바르면서 차가운 연립주택에 혼자 있을 아버지를 떠올렸고 그가 그녀를 그곳에 보낸 임무를 떠올렸다. 그 임무는 온갖 가구와 실크로 가득한 이곳의 세계에서 그녀가 충격을 받을 거란 아버지의 예상보다는 더 어려운 것이리라.

이어진 한 주 동안 멜파머니는 자신이 흡사 깃털침대에서 망치로 두들겨 맞아야하는 운명에 빠졌다는 느낌이 종종 들었다. 집안의 식솔 전체가 그녀를 다정하고 살갑게 대했다. 오래전부터 그 집에서 일해 온 하인들은 그녀를 최대한 편안하게 해주려고 최선을 다했다. 에우렐리아 이모는 늘 방을 오가면서 꽃꽂이를 하거나 바느질을 했는데, 그러는 동안 자신이 그토록 아꼈던 플로렌스와 쏙 빼닮은 조카를 곰살궂게 바라보곤 했다. 그녀의 재잘거림은 마치 멜파머니의 옛 존재를 아주 기분 좋게 씻어내는 작은 냇물처럼 하루 종일 흐르고 또 흘렀다. 이모는 조카의 아버지와 집에 대해 묻지 않았다. 그녀는 과거 속에서 살고 있었다. 그녀는 동생과 같은 집에서 보냈던 행복했던 어린 시절과 소녀시절에 대해 말하곤 했다. 때로는 앨버트에 대해 말하기도 했다. 세상에 그토록 착하고 다정한 아들을 둔 엄마는 자기 밖에 없나보다! 그녀가 살아있는 유일한 목적은 그 소중한 아들의 행복을 보기 위함이었다.

앨버트는 사촌을 데리고 드라이브를 나가서 이곳저곳 볼만한 풍경으로 안내해주었다. 그는 자기가 키우는 말들의 이름을 알려주었고, 개들에게 데려가 날마다 훈련시킨 묘기들을 보여주어 그녀를 기쁘게 만들었다.

멜파머니는 이모와 사촌의 그런 노력에 얄궂은 미소를 지어 보였다. 그러나 그들이 실제 아버지의 말처럼 음모가이자 유혹자라고 믿기는 어려워졌다.

저택의 모든 방마다 외조부모와 이모할머니들의 초상화가 있었다. 멜파머니는 자신이 그들의 피를 물려받았음을 알고 있었다. 에우렐리아 이모와 앨버트가 자신과 얼마나 닮았는지를 깨달을 때마다 새삼 놀라곤 했다. 그리고 이제는 그들처럼 될지 모른다는 생각에 당혹스러웠다. 그녀는 그런 생각을 떨쳐버리려고 애썼지만 어느 새 다시 떠올랐다. 방안에 있는 꽃을 보고 침대에서 아침을 먹는 것이 즐겁다는 사실을 부인할 수 없었다. 그녀는 앨버트의 개들을 좋아했다. 특히 작고 검은 스패니얼을.

그녀는 마음을 다잡고 추스르기 위하여 집 이야기를 자주 하기 시작했다. 방들이 얼마나 추운지, 계단이 얼마나 어두운지 또 그녀가 얼마나 늦게까지 일을 하는지에 대해 말했다. 그녀는 황홀경에 취한 것처럼 아버지의 말투를 본 따서 그런 집의 모든 것에 더없이 만족한다고 의기양양하게 선언했다.

입을 벌린 채 귀를 기울이던 에우렐리아 이모는 눈물을 쏟으며 용서를 구했다. 더 일찍 멜파머니를 구하러 가지 못했다고. 앨버트도 입술을 꼭 다문 채 멜파머니의 얘기를 들었고, 다음날 그녀에게 런던으로 돌아갈 때 검은 스패니얼을 데려가는 게 어떠냐고 제안했다.

상황이 이렇다보니 멜파머니는 세네카 삼촌에게서 피난처를 찾았다. 그 노신사는 처음엔 그녀와 함께 있는 걸 조금 어색해 했다. 그러나 어느 새 그녀가 혼자 있을 때마다 슬며시 자신의 방에서 나오더니 다정하게 말을 건넸다. 말을 많이 하지 않을 때는 상대의 말을 들어주는 완벽한 청자가 되어 주었다.

멜파머니는 다른 사람보다 그 노신사와 함께 있을 때 더 행복했다. 그는 그녀를 딱하게 여기지 않았기 때문이다. 번번이 그가 그녀의 삶을 부러워한다는 생각까지 들었다. 그는 굶주리는 게 어떤 느낌이냐고, 그것이 고통이라고 할 만한 느낌이냐고 물었다. 비좁은 뒷마당과 가파르고 어두운 계단에 대해 자세히 알고 싶어 했으며, 쥐에 큰 흥미를 보였다. 그는 예전에 런던의 최빈민 지역 지도를 구해서 연구한 적이 있는 것 같았다. 그런 지역의 거리와 광장의 명칭들을 많이 알고 있었으니 말이다. 멜파머니는 낙담한 채로 이렇게 생각했다. 이 돈 많은 노년의 독신남에겐 가난이 매혹적이고 환상적인가보다. 빈민가의 가난한 꼬마가 바라보는 장난감 가게의 진열장처럼.

그러나 그녀는 세네카 삼촌에게 화를 낼 수 없었다. 그가 그녀에게 묻고 듣는 모습이 어린아이처럼 천진했기 때문이다. 어쩌면 그의 간절함이 실상 호기심보다는 좀 더 고결한 동기에서 비롯된 것이라는 생각마저 들었다. 그녀가 아주 가난하고 비참한 사람들에 대해 말할 때 그는 종종 불안한 모습으로 손을 조금씩 떨곤 했다. "그런 사람들이 있어선 안 되지." 그가 말했다.

멜파머니는 에우렐리아 이모로부터 세네가 삼촌이 그녀의 친척이 아니라는 것을 알게 되었다. 사별한 이모부 한 명이 재혼을 했는데 그 두 번째 결혼에서 둔 외아들이 바로 세네카 삼촌이었다. 그 소년은 귀엽고 재능이 있었다. 그리고 의학공부를 하여 의사가 되겠다는 포부를 밝혀 가족을 깜짝 놀래 주었다. 그러나 그는 섬세한 젊은이였고, 가족은 그 고된 직업을 포기하도록 그를 설득했다.

어느덧 늙은 남자는 현재 에우렐리아 이모의 집에 살면서 집 밖을 나가는 일이 거의 없었다. 멜파머니의 눈에 비친 그는 앨버트에게는 그리 관심이 없는 듯 보였으나 에우렐리아 이모한테는 깊은 존경심과 배려심으로 대했다. 멜파머니는 그가 여성에 대해 높은 이상을 품은 진정한 기사도를 갖춘 남자라고 생각했다. "나는 영국이 여성의 지배를 받는 시대에 태어나고 자란 특권을 누렸지. 그때가 내 인생의 황금기였어." 그는 그런 말을 하기도 했다.

그는 여러 가지 소소한 취미로 시간을 보냈다. 나비를 수집했고 새를 박제하는데 능했다. 바느질도 했고 십자수를 난롯가로 가져와서 하기도 했다. 그에게는 자신의 두 손을 찬찬히 응시하는 기묘하면서도 대수롭지 않은 버릇이 있었다. 그는 큰 재산을 상속받았고, 그 재산은 해가 갈수록 늘어가고 있었다. 그리고 앨버트가 그 재산을 상속받을 것으로 알려졌다.

세네카 삼촌이 멜파머니의 자신감을 북돋워주고 있기는 했으나, 그래도 그녀는 그 가족 안에서 자신이 있을 자리는 없다는 느낌을 받았다. 사흘 후에는 런던으로 돌아갈 터다. 떠나기 전에 그녀는 여전히 그 저택에서 이방인이고 여전히 그들의 적이자 판관임을 분명히 해야 했다.

그녀는 두세 번 선언적인 연설을 준비했지만 입 밖으로 내지는 못하는 바람에 스스로 겁쟁이라고 자책했다. 마침내 일요일 저녁 그녀는 자신의 의무를 이행하는데 성공했다.

에우렐리아 이모는 조카의 떠남을 앞두고 한동안 슬픈 기색이었다가 곧 다시 올 거라는 기대로 기뻐했다.

"아뇨." 멜파머니가 불쑥 말했다. "아니에요, 아우렐리아 이모. 저는 다시 오지 않을 거예요. 여기 있는 모든 것은 안락하고 완벽해요. 저한테는 너무 안락하고 완벽하죠. 저만 편하게 사는 건 참을 수 없어요."

"착하구나. 아빠를 편하게 모시고 싶어 하다니." 에우렐리아 이모가 말했다.

"편하게라뇨!" 멜파머니가 소리쳤다. "에이, 큰 오산이네요! 제가 사는 목적은 아빠의 불멸을 위해서니까요!" 그녀는 잠시 말을 멈추었다. "이 집에서는 숨이 막혀요." 그녀는 과장된 투로 말을 이었다. "저로서는 미래에 대한 생각 없이 오로지 찰나를 위해서 사는 건 비정상이고 미친 짓이에요."

"맬리야. 우리 모두가 지금보다 더 좋고 영원한 미래를 꿈꾸고 있단다. 그리고 여기 이 땅에서 우리의 소중한 후손들이 살기를 바라고 있어." 에우렐리아 이모가 말했다.

"어련하시겠어요! 여러분 모두는 더 좋고 안정된 미래 그러니까 지금 이곳에서 여러분이 사는 것과 똑같은 삶을 생각하겠죠. 걱정 근심 없는 편안한 삶, 오늘과 똑같은 내일, 즐거움이라고는 없는 무미한 대화, 개들이랑 산책이나 하는 그런 삶 말이죠. 여러분이

이 지상에서 누릴 미래, 저는 그걸 싸구려 불멸이라고 말하겠어요. 저의 아빠야말로 불후의 명성을 누릴 테고요! 화가와 조각가의 걸작과도 같은 아빠의 그 위대한 배역들이 아빠의 죽음과 함께 모조리 사라질 거라고, 설마 제가 그렇게 체념할 거라고 생각하세요?"

"아, 그래도 어쩔 수 없잖니. 인간은 모두 죽어야 한다는 걸 인정해야지." 에우렐리아 이모가 말했다.

"아뇨!" 멜파머니가 울부짖었다. "아니, 천만에요!" 그녀는 점점 창백해지는 안색으로 숨을 깊이 들이 쉬었다. "아빠는요." 그녀는 아주 천천히 말했다. "런던에 막역한 친구 분이 있어요. 이탈리아 출신의 위대한 조각가랍니다. 그 친구 분은 아빠의 연기를 전부 봤고 아빠 본인만큼이나 그 배역들을 높이 평가하고 있어요. 아빠의 연기 때문에 그 친구분은 아빠의 명성을 수백 년 동안 보존하기 위한 기념비 생각을 떠올리게 된 거죠. 그건 영광스러운 예술작품이죠. 오이디푸스 왕부터 도편수에 이르기까지 아버지가 창조해낸 배역들을 전부 조각상으로 볼 수 있단 말이죠. 그 모든 것이 아버지만큼 우뚝 서 있게 될 거고요. 멋진 머리칼을 기르고 커다란 망토를 걸친 채 두 팔을 뻗은 모습 말이에요." 그녀는 한동안 말을 멈추었다. "그게 바로 제가 사는 목적이에요."

"가여워라." 에우렐리아 이모가 말했다. "너는 지금 무슨 말을 하고 있는지도 모르고 있구나! 그건 실제 사회 경험이 없는 사람의 몽상에 불과한 거야. 너는 설령 굶어죽을 정도로 아껴도 기념상 같은 걸 만들 만한 돈은 절대 모으지 못해! 내 말 잘 들으렴. 우리 가족묘에 묘비를 세우는 데만 3천 마운드가 들어!"

"3천 파운드가 든다고 뭐 대순가요?" 멜파머니가 소리쳤다. "6

천 파운드가 들면 어때서요? 에우렐리아 이모, 저를 현실 감각이 없는 사람이라고 하지 마세요. 아버지와 베나티 씨는 기념상의 형태와 설명이 담긴 소책자를 만들었어요. 저는 그 책의 출판에 드는 돈만 모으면 돼요. 책이 출판되자마자 영국에서 아버지의 무대를 본 적이 있는 사람들은 전부 기념상에 대해 기뻐하고 자랑스러워 할 거예요. 그리고 그건 아버지의 불후의 명성을 위해 산 저의 기쁨이자 자랑일 테고요."

또 다시 잠깐 동안 침묵이 흘렀다.

멜파머니는 사람들의 머리 위쪽에 시선을 두고 말을 해왔다. 이번에는 그들을 똑바로 바라보았다. 이야기를 듣고 있던 세 사람은 가만히 앉아 있었다. 에우렐리아 이모와 앨버트의 얼굴에는 방금 전까지 종종 그랬듯이 온화한 당혹감과 연민이 묻어 있었다. 반면에 세네카 삼촌은 매우 집중해서 듣고 있었다. 그는 자신의 손을 쳐다보고 있었다.

"명성." 세네카 삼촌이 천천히 말했다. "불후의 명성."

'세네카 삼촌. 나를 이해하는 사람은 삼촌뿐이야.' 멜파머니는 생각했다.

멜파머니는 머리를 꼿꼿이 들고 침실로 향했으나 잠을 푹 자지는 못했다. 에우렐리아 이모와 앨버트의 슬프고 수심에 찬 얼굴들이 자꾸 눈앞을 아른거렸다. 멜파머니는 끝내 그들의 표정을 바꾸어놓지 못했다.

다음날 늦은 아침, 그녀가 홀로 내려갔을 때 앨버트가 거기 있었다.

"이봐. 너는 어젯밤에 아버지의 기념상에 대해 말했잖아. 네가 만약 오늘 3천 파운드를 얻게 되면, 그걸 기념상에 사용해 주겠니? 그러면 네가 행복해지겠어?"

멜파머니는 그를 정색하면서 쳐다보았다. "그러니까. 오빠 가족들이 내 아버지에게 느끼는 알량한 죄책감을 없애려고 내게 3천 파운드를 주시겠다?"

앨버트는 그녀의 말을 듣고 골똘해졌다. "그게 아니야. 솔직하게는 말 못해. 내가 펠릭스 이모부의 기념상을 만들고 싶다고는 솔직히 말 못하겠어. 하지만 그렇게 하면 네가 행복해지는지 알고 싶어."

"내가 행복해지냐고" 멜파머니가 천천히 말했다. 그녀를 행복하게 만들려고 그토록 열정적이었던 사람이 있었던가, 그녀의 기억에서 지금까지 그런 사람은 한 명도 없었다.

"이봐." 앨버트가 말했다. "빗속에서 너를 처음 보는 순간부터 나는 너를 행복하게 만들고 싶었어. 아주 이상한 일이지만 말이야. 책들을 보면 첫눈에 반하는 사랑 얘기가 나오지만 진짜 그런 일이 벌어질 거라고 생각하는 사람은 없을 걸. 게다가 이건 나 자신의 모습을 보고 첫눈에 반한 셈이잖아."

멜파머니는 거대한 승리의 물결이 온몸을 훑고 지나감을 느꼈다. 젊고 부자고 게다가 잘생기기까지 한 앨버트가 그녀에게 마음과 재산까지 바치고 있지 않은가. 그리고 잠시 후엔 그녀가 그 모든 것을 거절해버릴 터였다. 그것은 아버지가 상상했던 것보다 훨씬 더 근사한 전리품을 가지고 돌아갈 수 있다는 의미였다. 그 생각이 어찌나 짜릿하던지 그녀는 아무 말도 입 밖에 낼 수가 없었다.

"나는 단번에 네가 사람들이 말하는 '더 나은 나의 일부'라는 걸 느꼈어. 다른 여자들은 낯설지만 너는 나랑 닮았어. 난 모든 것을 가졌어. 너를 보는 순간, 내가 가진 전부를 너에게 줘야한다고 생각했어. 그래야만 내가 가진 것이 드디어 쓸모가 있고 삶의 즐거움이 될 것 같았거든. 네가 멋진 옷을 입고 근사한 너의 방에 있는 모습을 보고 싶어. 네가 너의 개와 함께 있는 모습을 보고 싶어. 그리고 네가 아버지의 기념상도 갖게 되길 바라."

멜파머니는 여전히 아무 말도 하지 않고서 그저 맑고 초롱초롱한 눈으로 앨버트를 바라볼 뿐이었다. 앨버트는 계속해서 말했다.

"나라는 사람은 늘 외로웠다고나 할까. 단 한 번도 진정한 친구가 없었어. 그런데 지금 너를 만난 거야. 내가 결혼하고 싶어질 거라고는 꿈에도 생각하지 않았어. 내가 너랑 결혼하고 싶다고 어머니한테 말했을 때, 어머니는 너무 기뻐서 울음을 터트리셨어. 내가 진짜 행복해질 거라고는 꿈도 꾸지 않았어. 그건 너무 낯선 거니까. 그런데 지금 너를 조금이라도 행복하게 해줄 수 있다면 나는 너무도 행복해 질 거야."

멜파머니는 곧바로 대꾸하지는 않았다. "아니, 앨버트 오빠. 오빠는 날 행복하게 해 줄 수 없어. 나는 오빠의 멋진 옷을 원하지 않아. 내 방을 원하지도 않아. 나는 내일 아버지한테 돌아갈 거야."

앨버트의 안색이 점점 창백해졌다. 그는 창가로 갔다가 제자리로 돌아왔다. "네가 아버지한테 돌아가는 건 아닌 것 같아. 너는 런던에서 행복하지 않을 거야. 내 말 들어, 멜파머니. 너도 나를 사랑하게 될 거야. 이렇게 말하는 게 너무 이상하고, 또 내가 이런 말을 여자에게 하게 될 줄 몰랐지만 아무튼 너도 날 사랑하게 될 거야."

멜파머니는 그때까지 원래의 계획을 떠올리면서 침착하게 말해 왔다. 그러나 그녀가 자기를 사랑하게 될 거라는 앨버트의 말을 듣자, 그녀의 다리가 후들거렸다. 목구멍이 조여와 한 마디 말도 할 수 없었다. 그녀는 침착해지려고 어렵사리 아버지의 얼굴을 떠올렸다. 효과가 있었다. 잠시 후에 그녀는 말을 할 수 있게 됐으니까.

"내가 오빠를 사랑하게 된다면," 그녀가 아주 천천히 말했다. "오빠한테서 아버지의 기념상에 쓸 돈은 한 푼도 받지 않을 거야. 왜냐면 오빠가 감탄과 존경의 마음으로 돈을 주는 게 아니라는 걸 아니까. 지금 이 순간 내가 오빠를 사랑한다면," 그녀는 자신의 것이라고 하기엔 너무 이상한 느낌이 드는 목소리로 계속 말했다. 마치 저절로 말이 나오는 것 같았다. "나는 내일 집에 돌아간 후로 다시는 오빠를 만나지 않을 거야. 그리고 내 힘으로 아버지의 기념상에 필요한 3천 파운드를 모을 때까지 절대 오빠의 편지도 뜯어보지 않을 거야."

두 젊은 남녀는 일분 정도 서로 얼굴을 바라보았다. 둘 다 몹시도 창백하고 심각한 얼굴이었다. 이윽고 그녀는 그를 지나쳐서 집 밖으로 나갔다.

그녀는 한참을 걸었다. 그녀가 전쟁에서 이겼고 맡은 임무를 완수했다는 확실한 생각이 들 때까지 걸었다. 모든 일이 잘 됐고, 다 끝났다는 생각이 들 때까지.

이윽고 그녀는 발길을 멈추었다. 현기증은 말끔히 사라진 후였다. 이제는 주변에서 냉기가 느껴졌다. 너무 멀리까지 걷는 바람에 길을 잃고 만 것이었다. 게다가 날이 점점 어두워지고 있었다. 그녀는 발길을 돌리고 지금까지 걸어온 길을 기억해 내려고 애썼다.

길을 찾지 못했다. 주변에는 온통 높은 울타리가 많았고, 그녀는 그 울타리를 따라 걸으면서 출입문을 찾아보았다. 그녀는 지금 밖을 헤매고 있건만 모두들 울타리 안에 있는 걸까? 불현 듯 그녀가 웨스트코트 장원과 그곳의 사람들을 싸잡아 비난했던 것이 떠올랐다. 혹시 저택 자체가 그녀의 말을 알아듣고 골탕을 먹이는 건 아닐까?

마침내 그녀는 공원의 나무들 사이로 불빛을 발견하고 그쪽으로 향했다. 그녀는 가로수 길에서 자기를 향해 다가오는 형체를 보고 소스라치게 놀랐다. 순간적으로 안개 속에서 굉장한 거구로 보였던 그 형체는 점점 작아졌다. 그는 손에 커다란 우산을 들고 있는 세네카 삼촌이었다.

그는 그녀를 알아보고 기뻐하는 것 같았다. "내가 얼마나 걱정했다고. 네가 돌아오질 않으니 말이다. 곧 눈이 올 거 같아서 우산을 가져왔다."

멜파머니는 세네카 삼촌이 어느 정도로 집 밖을 나오지 않는지 또 어느 정도로 추위를 두려워하는지 알고 있었다. 그녀는 그의 친절에 아련히 감동했고, 동시에 아주 오래 전 한 신사가 우산을 건넸던 기억 때문에 또 아련히 아팠다.

"에우렐리아는 피치 못하게 이웃을 만나러 나갔어. 앨버트가 마차로 데려다 주려고 함께 나갔으니. 우리 둘이 차를 직접 준비해야 겠구나." 세네카 삼촌이 말했다. 그들은 같은 우산을 함께 쓰고 가로수 길을 나란히 걸어갔다.

두 사람이 돌아왔을 때 난로 앞에 차가 준비되어 있었다. 분홍색 갓이 씌워진 램프들이 은도금한 도자기 찻잔에 빛을 던졌다. 정원사가 온실에서 헬리오트로프를 가져다 놓은 것이 분명했다. 실내에 진하고 향긋한 냄새가 가득했다.

세네카 삼촌은 두세 번 가볍게 기침을 했는데, 램프 불빛에서 보니 얼굴에 열이 오르는 것 같았다. 가로수 길에서 너무 오래 기다린 나머지 그 무모한 외출의 대가로 감기에 걸린 것 같았다.

그는 자신의 의자를 난로 가까이 옮기고는 이렇게 말했다. "덧신 장화를 신고 나갔어야했는데 깜박했구나. 지금 가서 신발을 갈아 신어야겠어."

그러나 그는 움직이지 않았다. 그는 한동안 잠자코 자신의 두 손을 물끄러미 쳐다보다가 찻잔 너머로 멜파머니를 보면서 미소 지었다. 응접실에 오랫동안 침묵이 흘렀다. 멜파머니는 몹시 지친 데다 자신의 생각에만 골몰해 있었다.

"나 같은 구석방 늙은이가 세상물정에 밝은 젊은 아가씨와 얘기를 나누는 건 영광이고 기쁨이지. 아마 사람들은 거의 모든 주제를 놓고 너와 대화를 하겠지."

"맞아요." 그의 말을 제대로 듣지 못한 멜파머니가 건성으로 대답했다.

"사람들은 너랑 주정쟁이와 아편쟁이들 얘기도 하겠지?" 그가 쾌활하게 말했다.

"맞아요." 그녀는 좀 전의 대답을 되풀이했다.

"그래, 그래." 그는 더 쾌활해져서 말했다. "소매치기와 강도 얘기도 하겠지?"

"맞아요." 그녀가 말했다.

"더 나쁜 얘기도 하겠지." 그가 이번에는 조금 머뭇거리면서 말했다. "그러니까 더 깊은 밑바닥에 있는 뭐랄까 존재해서는 안 되는 그런 자들에 관한 얘기, 그렇지?"

"맞아요." 그녀는 여전히 딴 생각에 팔린 채 대답했다.

"살인자들 얘기도?" 세네카 삼촌이 물었다.

묘한 교리문답과도 같은 그 대화에서 마침내 멜파머니의 주의를 끄는 뭔가가 있었다. 그녀는 천천히 눈을 들어서 노인의 얼굴을 쳐다보았다.

"혹시 윌리엄스가 누구인지 아니? 2주 전에 두 가족을 모조리 죽여 버린 남자 말이다."

"예, 들어본 것 같아요." 멜파머니가 대답했다.

"존 리 그러니까 교수형도 시킬 수 없는 그자에 대해서도 아니? (존 리는 살인죄로 교수형에 처해졌지만 세 차례나 교수대에서 살아남은 것으로 유명해진 실존인물—옮긴이)"

"예, 들어본 것 같아요." 멜파머니가 대답했다.

"그러면 잭 더 리퍼는?" 세네카 삼촌이 물었다.

"알아요." 멜파머니가 대답했다.

세네카 삼촌이 갑자기 킥킥거리는 바람에 멜파머니가 그를 빤히 쳐다보았다. "미안하구나. 무례하게 굴 생각은 없었다. 네가 잭 더 리퍼를 안다고 하니까 재밌어서 그랬던 거야. 지금까지 아무도 모르고 있으니까."

침묵이 흘렀다.

"내가 잭 더 리퍼야." 세네카 삼촌이 말했다. "네가 에우렐리아에게 1888년 8월 7일에 태어났다고 말했을 때 나는 아주 강한 인상을 받았단다. 그게 일이 시작된 날이었으니까." 그는 잠시 생각에 잠겼다가 말을 이었다. "그리고 아무도 몰라. 런던에 있는 사람 그 누구도 모른다고. 사실 이 세상 그 누구도 모르지. 참 이상한 기분이야. 네가 인파로 가득한 길을 걸어오는 거야. 아무도 너를 쳐다보지 않아. 그런데 그 사람들 모두가 너를 찾아내려고 안달이거든." 그는 또 재채기를 하고는 큼지막한 흰색 손수건에 코를 풀었다. "나는 많은 사람들을 알고 지낸 적이 없단다. 주변에서 우리 가족은 가장 특별했지. 그때는 모든 사람들이 나를 알아봤다고 해도 무방할 거야. 사람들은 나를 '잭'이라고 불렀어. 뱃사람에 어울리는 팔팔한 느낌이 드는 이름이야. 세네카보다 더 팔팔하잖아. 그렇게 생각하지 않니? 그 다음에는 '더 리퍼'였어. 그렇게 활발하거나 뭐랄까 영리해 보이진 않지? 사람들이 나를 그렇게 불렀을 때 처음에는 기분이 좋았단다. 꽤 근사한 이름이라고 생각했거든. 그런데 아무도 몰라…… 너처럼 젊은 요즘 사람들은……." 그는 생각에 잠겨서 말했다. "뭔가 진짜 기분이 좋을 때 젊은 사람들이 '리핑(ripping, 멋진)'이라고들 말하지? 두 번째는 말이야." 세네카 삼촌은 또 뜸을 들이다가 말을 이었다. "8월의 마지막 날에 그랬지. 세 번째는 그로부터 일주일 뒤에 그랬고. 그렇게 금방 다시 일을 하려면 냉정하고 침착해야 해. 그렇게 생각하지 않니? 세 번째는 아주 솜씨 좋게 끝냈지. 나중에 시간이 되면 그 세 번째에 대해 좀 더 자세히 말해주마."

"그 일에 관해서 약간 이상한 상황이 있었어." 그가 계속 말했다. "사람들은 어디서나 잭에 대해 말했지만 내게 말을 한 사람은 거의 없었다는 거지. 내 가족도 잭에 대해 많은 말을 했지만 나한 테는 일언반구 하지 않았어. 잭에 관한 신문 기사를 읽고는 신문을 치워버리곤 했지. 당시에 신문마다 '잭 더 리퍼는 누구인가?', '잭 더 리퍼는 어디에 있는가?' 따위의 큼지막한 헤드라인이 달리곤 했거든. 나는 차를 마시면서 그런 기사들을 읽었는데, 언제고 그 헤드라인의 질문에 답할 수가 있었지. '그는 여기 있다.'라고 말이야. 한 신문에 이런 기사가 난 적이 있지. '칼을 쓰는 상당한 숙련도는 실제적인 해부학 지식을 지닌 자를 가리키고 있다.' 또 어떤 신문에는 이런 기사가 났어. '장갑을 끼고 범행을 저질렀을 가능성이 있다.' 실제로 잭이 그랬지."

그는 잠시 말없이 앉아 있었다.

"그 모든 것은 내 꿈과 함께 시작됐어. 나는 늘 현실처럼 생생한 꿈을 꾸곤 했어. 언제부턴가 내가 그랬다는 꿈을 꾸기 시작했지. 꿈에서 나는 한밤에 거리를 걸었고, 그 거리에 있던 사람들에게 그렇게 했어. 밤마다 그런 꿈을 꾸었어. 그리고 나는 그 거리를 찾아내기 위해서 런던의 이곳저곳을 걸어 다니기 시작했어. 지도도 샀지. 내 꿈은 점점 더 생생해져갔고, 결국 나는 내가 그럴 수밖에 없었다는 걸 깨달았어."

그는 다시 침묵했다.

"이름!" 세네카 삼촌이 입을 열고는 갑자기 멜파머니를 똑바로 쳐다보았다. "네가 어젯밤에 그 이름을 말했지. 불후의 명성을 누려야하는 사람이라고 하면서 말이야. 사람에게 바쳐야 마땅한 불후의 명성이 바로 여기에 있어. 내 가족은 종종 나를 놀렸지. 내가 거울 보는 걸 좋아한다고 말이야. 그때 나는 자주 거울 속을 들여다봤거든. 거울 속에 있는 사람, 나를 마주보던 그 사람을 보면서."

그는 한참동안 미동도 하지 않았다. 멜파머니도 가만히 앉아 있었다. 그녀는 그의 얼굴에서 시선을 뗄 수조차 없었다.

"네 아버지는 진정으로 위대한 배우였단다. 우리는 맥베스 공연 때 네 아버지를 보러갔어. 3막과 4막 사이였나 그랬지 아마. 물론 셰익스피어는 전체적으로도 언제나 훌륭하지. 하지만 그런 그도 실수를 하는 법이지. '아라비아의 향기를 다 가져와도 이 작은 손이 향기로워지진 않을 거야.'" 그는 자신의 두 손을 바라보았다. "그건 실수야. 향기로워질 거니까. 나는 어젯밤에 너를 이해하게 됐단다. 에우렐리아와 앨버트는 그러지 못했지만. 나는 네 아버지가 기념상을 원할 거라는 걸 이해했지. 그분한테는 기념상이 연기나 마찬가지일 테니까. 그분한테는 절대 그게 현실일리 없으니까. '사람들이 교수형집행인의 손을 지닌 나를 쳐다보듯이.' 그분도 자신의 이름을 기리게 할 기념비가 있어야겠지. 이상한 일이야." 그는 잠깐 뜸을 들이고 말했다. "내가 다 늙어서 내가 다닌 장소를 알고 있는 너 같은 아가씨를 만나다니 말이야. 그리고 마치 나처럼 버너스 스트리트를 따라 걸어가곤 했던 너를 만나다니 말이지. 내가 자네를 만나 얼마나 행복했는지 몰라, 멜파머니 양……. 아무도 모르니까."

그의 얼굴 표정이 돌변했다. 얼굴에 약간의 경련이 일었고, 휘둥그레진 눈이 멜파머니와 시선을 맞추려고 했다. "이런, 벌써 돌아들 왔군 그래. 우리끼리 30분만 더 있었더라면 좋았을 걸."

길에서 마차 소리가 들려왔다. 현관문이 열렸고 목소리들이 홀을 울렸다.

멜파머니는 의자에서 일어났다. 서재를 지나서 자신의 침실로 향하는 계단을 천천히 올랐다. 그녀는 침대에 몸을 던지고 베개에 얼굴을 묻었다. 그리고 뜨거운 물을 가져온 하녀에게 머리가 아파서 저녁식사를 하러 내려가지 못하겠다고 말했다.

다음날 그녀는 런던으로 돌아갔다. 에우렐리아 이모는 마중할 때보다도 더 따스한 포옹과 작별의 입맞춤으로 조카를 배웅해주었다.

"얘야, 이곳에서 너를 만나게 돼서 얼마나 좋았는지 모르겠구나. 네가 웨스트코트 장원으로 다시 오기를 손꼽아 기다리마."

앨버트는 멜파머니에게 살갑게 악수를 청했으나 안색은 창백했다. 세네카 삼촌은 모습을 보이지 않았다. 감기로 몸져누워 있었다.

마차와 기차 안에서 멜파머니는 자신의 아버지와 집만 생각했다. 돌아와 보니 집안이 엉망이었다. 난롯불은 꺼졌고 그녀의 아버지는 추위를 피해 침대에 누워 있었다.

펠릭스 멀럭은 딸의 얘기를 듣게 되기를 고대하면서 몸에 밴 햄릿의 대사처럼 약간의 신랄한 조소도 미리 준비하고 있었다. 그런데 막상 딸의 이야기를 한마디 한마디 설명을 요구하면서 듣고 있자니 낙담이었다.

"허허." 그가 소리쳤다. "그러니까 그 사람들이 내게 돈을 주겠다고 말했다는 거로구나. 너로서는 영문 모를 돈을!"

"아뇨." 멜파머니가 말했다. "그런 말을 한 게 아니고요."

"네가 만약에 네 엄마의 쇠고집을 닮지 않았다면," 그는 약간 쓴웃음을 짓고 말했다. "물론 그 주근깨도 닮지 않았다면 말이다. 너는 아마도 너의 사촌 앨버트가 너를 사랑하게 만들었을 게다. 그랬다면 얼마나 달콤한 복수더냐! 나를 거부만 했던 그 집을 물려받는다면 그 얼마나 완벽한 명예의 회복이더냐!"

그 생각은 그를 기쁘게 했다. 그날 저녁 내내 그는 적진에서 거둔 전리품과 혁혁한 전과를 자세히 읊조리면서 혼자 즐거워했다.

런던으로 돌아온 직후 한주 동안은 멜파머니에게 너무도 긴 시간처럼 느껴졌다. 12월의 추위는 그녀가 처음 겪어보는 외로움의 일부가 되었다. 앨버트를 생각하기조차 힘들었다. 아버지의 기념상을 생각하기조차 힘들었다. 실은 아무 것도 생각할 수 없었다.

그러던 어느 날 밤, 그녀는 모처럼 행복하고 포근한 느낌 속에서 잠을 깼다. 그녀는 침대에서 상체를 일으켰다. 불현듯 이 지상에서 그녀의 유일한 피난처와 행복은 앨버트의 품에 있다는 것을 깨달았기 때문이다.

그 생각이 그녀를 압도했다. 그 생각으로 온몸이 아렸다. 불후의 명성이니 그런 것은 아무래도 상관없었다. 뼛속 깊이 그녀가 갈망하는 것은 안락하고 근심걱정 없는 삶, 오늘과 똑같은 내일, 즐겁지 않은 무의미한 대화 그리고 개들과 함께 하는 산책이었다.

그녀는 밤새 어두운 방, 작은 침대에 앉아 있었다. 얼굴은 눈물로 범벅이 되어 있었다. 런던이라는 도시에서 이 세상에서 자기 자신이 너무도 초라한 존재로 느껴졌다.

"내가 확신할 수 있는 거라고는," 그녀는 마음 속 깊이 절규했다. "이 삶이 하찮고 덧없다는 것뿐이야. 앨버트를 두 번 다시 만나지 않겠다고 맹세했던 건 바로 나야. 그가 편지를 보내도 절대 뜯어보지 않겠다고 말한 건 바로 나라고. 그랬으니 그는 절대, 절대 편지를 쓰지 않을 거야."

그 점에서 그녀는 틀렸다. 크리스마스이브, 그녀는 사촌으로부터 편지 한통을 받았던 것이다.

앨버트가 보낸 편지의 내용은 다음과 같다.

웨스트코트 장원에서

1906년 12월 22일

사촌동생 멜파머니에게

내가 편지를 썼다고 화를 내지는 않을까 걱정이구나. 그러나 조만간 우리 변호사 페트리 씨가 네게 편지를 보낼 예정이라 내가 미리 언질을 해줘야할 것 같아서 말이야. 그러니 네가 이번 한번만 내 편지를 용서해주었으면 해.

무엇보다 먼저 세네카 삼촌의 부고 소식을 전해야겠어. 독감에 걸리셨어. 평소에 건강 하나는 끔찍이도 챙기던 분인데 어쩌다가 독감에 걸렸는지 도무지 모를 일이야. 사흘 동안 고열에 시달리다가 이상하게 변하셔서 예전의 삼촌 같지가 않았어. 결국 너무도 조용하게 세상을 떠나셨어.

너는 여기에 와 있는 동안 삼촌한테 아주 다정하게 대해주었어. 삼촌이 말년에 너로 인해 즐거운 시간을 보냈으니 네가 기쁘게 여기길 바라. 네가 런던으로 돌아간다는 말을 듣고 삼촌이 무척 속상해 하시더라. 고열에 시달리는 내내 자리에서 일어나서 너를 따라가겠다고 말하시곤 했어. 하지만 정신이 오락가락 하셨어. 너를 따라가서는 듣도 보도 못한 거리 이름을 대면서 그곳에서 너를 찾아낼 거라는 말을 계속 하시더라고.

그런데 지난 목요일에 열이 떨어지자 아무 말 없이 한참을 누워 계시더군. 그냥 혼자서 즐거운 생각에 잠기신 것 같았어. 저녁때 삼촌이 페트리 씨를 불러달라고 하셨어. 페트리 씨가 도착하자, 세네카 삼촌은 유언장을 새로 작성하고 싶다고 하셨어.

페트리 씨가 다음 주에 너를 만나러 갈 때니까 그때 자세한 얘기를 전부 들을 수 있을 거야. 내가 크리스마스 전에 이 편지를 쓰는 것은 세네카 삼촌이 모든 재산을 네게 상속했다는 희소식을 전하고 싶어서야. 네가 떠나기 전날 밤에 응접실에서 얘기를 나누었던 작은 이모부의 기념상을 이제 만들 수 있을 거야. 네가 그날 밤에 했던 말들을 곧이곧대로 지키려고 하지 않았으면 해. 마음이 바뀌었기를 바라. 여기서 말하지만 내 마음은 변함이 없고 앞으로도 절대 변하지 않을 거야.

세네카 삼촌의 유언장에 별난 조항이 하나 있다고 페트리 씨가 말해 줄 거야. 그 조항에 따르면, 너는 네 아버지의 기념상을 세워야하는데, 네 손으로 직접 주춧돌을 놓아야 해. 그리고 주춧돌 위에 기념상이 올라갈 테니까 당연히 눈에 보이지 않겠지만, 아무튼 주춧돌에 이런 글귀를 새기라고 되어 있어. "J. T. R을 기리며."

그게 무슨 의미인지에 대해서는 나도 너만큼이나 아는 것이 없어. 이 대목을 읽으면서 네가 아주 얄궂은 미소를 짓고 있는 게 내 눈에 보일 정도야. 어딘지 로맨틱하거나 어쩌면 친구나 연인의 이름을 뜻하는 거라고 생각하기 십상이니까. 그런데 세네카 삼촌은 다른 사람에게는 도무지 관심이 없는 외로운 노인인데다 친구 한 명 없고 그분의 인생 전체가 너무나 진부하고 평범해서 로맨스와는 어울리지 않아 보이잖아. 그래도 너는 여기에 있는 동안 삼촌과 얘기하는 걸 좋아했던 것 같아서 하는 말인데, 사람들이 그분의 마지막 소원에 대해 뭐라고 하든 또 자신의 묘비를 작은 이모부의 기념상 일부로 영원히 남게 해달라고 한 것에 대해 왈가왈부하든 너는 개의치 않을 거라고 믿어.

최근까지—실은 내가 너를 만나기 전까지—나는 세네카 삼촌에게 로맨틱한 일이 생길 거라고 누가 그런다면 코웃음을 치고 말았을 거야. 솔직히 말해서 그런 일은 삼촌의 꿈속에서나 일어날 수 있다고 확신해왔으니까. 삼촌은 늘 지나칠 정도로 자신의 꿈에 민감했거든. 최근 몇 년 동안은 꿈에 대해서 그다지 많은 말씀을 하지 않았지만, 내가 어렸을 때만 해도 삼촌은 자신의 꿈에 대해 그리고 그 꿈속에서 한 일에 대해 한참동안 말해주곤 했었어.

그런데 사람들은 자기 자신에게 진짜 로맨틱하고 멋진 일이 벌어지게 되면, 그런 일이 좀 둔감한 타인들에게도 일어날 수 있겠거니 생각하게 되나봐. 그들의 꿈도 현실이 될지 모르잖아. 그래서 지금은 나도 세네카 삼촌이 생전에 만났던 어쩌면 오래 전에 세상을 떠난 여성들에게 뭔가 의미를 전하고 싶어 할 수도 있겠구나 생각해.

내가 예상했던 것보다도 더 많이 세네카 삼촌을 그리워할 것 같으니 묘한 일이야. 사실 오늘 삼촌이 골똘하게 자신의 손을 바라보곤 하던 사소한 습관이 떠올라서 무척 슬퍼.

네게 쓰고 싶은 말이 아주 많았는데……. 하지만 네가 답장을 줄 테까지는 그러지 말아야겠지.

알람벨

The Alarm Bell

도널드 헨더슨

도널드 헨더슨^{Donald Henderson, 1905~1947}

런던 출생의 영국 작가다. 젊은 시절부터 여러 필명으로 소설을 썼다. 증권 중개 사무소에서 일하기도 했고 배우로 활동하기도 했다. 2차 세계대전 동안 영국 BBC 방송국의 제작진으로 일하는 등 경력이 다채로웠지만 시종일관 작가로서의 꿈을 추구했다. 1943년 본명으로 발표한 심리 스릴러 『볼링 씨 신문을 사다Mr. Bowling Buys a Newspaper』가 영국에서 큰 호평을 받았다. 이 작품은 텔레비전 드라마와 영화로 만들어졌다.

범죄자의 시점을 취하고 있는 독특한 작품으로 종전 직후에 비슷한 형태의 두 번째 소설 『살인에 안녕Goodbye to Murder』을 발표했다. 작가로서 명성과 성공의 가도에 오른 그를 갑자기 막아 세운 것은 1947년 폐암으로 인한 때 이른 죽음이었다. 오랫동안 잊혔던 작가는 최근 영국의 출판사 하퍼콜린스(HarperCollins)에서 초창기 사이코패스의 이미지를 잘 살린 『벨벳 느낌의 목소리A Voice Like Velvet』를 출간하면서 재조명됐다. 『벨벳 느낌의 목소리』는 작가 특유의 범죄자 시점을 취한, 잭 더 리퍼 단편 중에서 걸작으로 꼽히는 「알람벨 The Alarm Bell」을 수록하고 있다.

「알람벨」은 2차 세계대전이라는 혼돈 속에서 미스터리 범죄 소설로 일약 두각을 나타냈던 헨더슨의 잘 알려지지 않은 걸작 단편이다. 1945년 엘러리 퀸 미스터리 매거진(Ellery Queen's Mystery Magazine)에 처음 발표된 이후 여러 호러 선집에 꾸준히 수록되고 있다. 마치 예술가의 독백을 듣는 듯한 섬세한 내레이션과 냉철하면서도 잔인한 살인 행각은 오늘날 부각되고 있는 사이코패스의 면모를 유감없이 보여준다.

외투를 입을 만큼 춥지는 않았다. 그래도 그는 새벽 시간이고 약간 쌀쌀했기에 낡은 방수 외투를 걸쳤다. 어찌됐든 그는 외투를 즐겨 입는 편이 아니었다. 또 어찌됐든 금방이라도 비가 올 것처럼 찌푸린 날씨였지만 요즘은 늘 날씨가 그 모양이니 새로울 것도 없었다. 그는 볼품없는 방수외투의 이상하리만큼 작은 호주머니에 커다란 두 손을 찔러 넣고 평소처럼 지저분한 셰퍼드 부시의 거리로 나갔다. 어디에도 목동(셰퍼드, shepherds)이나 덤불(부시, Bush)의 흔적은 없고 그저 나무 몇 그루가 전부였으나 길을 조금 돌아서 잔디밭을 가로질러 간다면 산책하기 꽤 좋을 것 같다는 생각은 종종 해왔다. 그러나 지금까지 그렇게 이른 시간에 나온 적이 없었기 때문에 실제로 길을 돌아가 본 적도 없었다. 그는 아침 식사를 하면서 독서를 즐겼고(실은 언제나 뭔가를 읽는다. 이를테면 셰익스피어 같은) 그렇게 일찍 집을 나섰는데도 길을 돌아서 일터로 가지 않는 건 아주 나쁘다고 생각했다. 고민만하다가 날 새겠어!

웩! 구역질나는 삶 그리고 넌덜머리나는 일과 늘 똑같은 기분을 떠올리던 그는 툴툴 불평을 내뱉었다. 그래서 이번만은 길을 돌아가 보기로 하고 모퉁이 끝에 있는 바라크 건물처럼 생긴 술집 "셰퍼드 부시 궁전"(정작 술집 앞에는 간판이 없다)을 느린 걸음으로 조용히 지나갔다. 잔디밭은 지난여름에 사람들이 앉았던 자리 때문에 녹색보다는 갈색에 더 가까웠다. 가을 낙엽과 헐벗은 것처럼 보이는 나무들 그리고 일찍부터 자기들끼리 신이 나서 까불거리는 개들이 꽤 많았다.

그는 거구의 몸집과는 딴판으로 가볍고 조용히 움직였는데, 큼지막한 손은 두툼하고 털이 많은 손목까지 방수외투의 작은 호주머니 속에 들어가 있었다. 일터 방향으로 향하던 그는 도중에 붉은 집들이 있는 황량하고 작은 거리로 들어섰다. 그는 언제나 그런 "가정집"들은 어떨까 생각하곤 했다. 우유배달원이 아직 오지 않은 집들, 어디 얽매이지 않은 사람 한 두 명이 얽매이지 않은 목적지를 향해 또 길을 떠나는 그런 집들. 런던이 깨어나는 뒤척거리는 소음과 멀리 열차의 냄새와 덜컥거림 그런데 느닷없이 울리는 벨소리.

따르르르르

그 소리는 지저분한 녹색 블라인드가 쳐진 작은 집에서 들려왔다. 그는 깊은 생각에 빠져 있었으나(누구나 깊이 생각할 권리를 가지고 있다. 살면서 생각할 거리가 너무 많잖은가?) 그렇게 골몰하고 있는 것이 무엇인지 그 자신도 모르고 있었다. (누구나 깊이 생각하면서도 정작 무엇을 생각하는지 모를 권리도 가지고 있다.)
예기치 못한 벨소리에도 불구하고 그는 점점 더 깊은 생각에 빠져
들었다. 길거리에서 또는 다른 곳에서 사람들이 그렇게 딴 생각에
팔려 있다가—이를 테면 그 자신은 해당되지 않지만 배우라든가
작곡가 같은 사람들이—버스에 치이곤 하는 것이다. 그 벨소리도
그렇고 평소와 달리 돌아가는 아침 길도 예상치 못한 일이니 오늘
도 랜들 가족이 살아있다고 장담할 수 있는 사람이 있을까? 그러
나 그 집의 자명종 소리는 꺼졌고, 그 절호의 순간에 그가 본 것
은 슬그머니 창문을 들어올리는—정말이지 사람들은 창문과 출입
문을 잠그는데 더욱더 신경을 써야할 것이다—자신의 두 손이었다.

그는 방수외투를 입은 거구의 조용한 사내였고, 낯설고 텅 빈
거리에서 낯선 창문 앞에 서 있었다. 그는 빛바랜 녹색 블라인드
를 슬며시 젖히고 안을 들여다보았다. 안은 칠흑처럼 어두웠다.

그는 물론 그 집안에 누가 있는지 아니면 누가 살고 있기는 한
지 알 수 없었다. 그가 아는 것이라고는 경찰도 다른 누구도 그
거리에 없다는 것이다. 그는 그곳에 한 가족이 사는지는 알지 못
했으나 적어도 누군가 이를테면 자명종이 깨워서 또 다시 일터로
보내야할 누군가는 그곳에 틀림없이 있다고 생각했다. 자명종은
변덕스러운 물건이다. 정말 그렇다. 신경질적인 물건이다. 신중하
게 다음날 아침 7시에 알람 시간을 맞출 때는 그것이 쉬는 날까지
그것도 한낮까지는 울리지 않을 것 같은 기분이 들기 마련이다.
그가 방안의 어둠속을 뚫어져라 쳐다보고 있는 이유도 그 때문이
었다. 혹시 그 어둠 속에 일을 하러 가기 위하여 일어나야할 사람
이 있지는 않을까 해서…….

혹시 사람들이 있어도 오늘은 일하러 가지 않나보다. 아예 이제부터는 일을 하지 않아도 될 걸! 그야말로 횡재 아닌가! 간밤에 자명종을 맞춰놓고 기도를 제대로 했나 보군.

그는 소리 없이 어두운 방으로 미끄러져 들어갔고 블라인드를 조용히 도로 늘어뜨려 놓음으로써 거리에서 자신의 모습이 보이지 않게 했다. 실내의 퀴퀴하고 안 좋은 냄새, 그런데 그때 누군가의 숨소리가 들려왔다. 별안간 흥분이 고조되었다. 그의 커다란 손이 부드럽게 더듬거리기 시작했다. 그러다 두 손이 가만히 늘어지더니, 기다렸다. 그러나 그 손들은 숨소리를 향해 더듬어가기 시작했다. 그의 두 손은 길고도 마른 언덕을 지나고 있었는데, 아마도 남자 그것도 아주 젊은 남자의 목구멍 같았다.

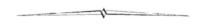

금세 끝났다. 너무 무기력했다. 짜릿함이라곤 없었다. 그 젊은이는, 실제로 젊은이가 맞다면, 침대에 널브러져 있었고 이제는 숨을 쉬지 않았다. 그때 갑자기 흥분이 되살아났다. 굉장했다. 가만, 침대에 또 한 명이 있잖아! 그녀가 용수철처럼 상체를 일으키더니 비명을 질렀다.

"거기 누구예요? 거기 누가 있는 거예요?"

겁에 질리고 놀란 목소리였다. 그녀가 또 소리치기 시작했다.

"밥?"

다행히 그녀는 그의 가까이 있어서 곧 입을 틀어막을 수 있었다. 그래도 그녀는 마치 침대에서 폴짝 뛰어내린 사람처럼 바닥에 또렷하고 인상적인 쿵 소리를 내기까지 꽤나 발길질을 해댔다.

그야 당연히 몰랐겠지만 그 집의 가장은 랜들 씨였다.

랜들 씨는 지저분한 침대 가장자리에 앉아서 자신의 창백하고 무른 발을 내려다보고 있었다. 그는 셔츠 바람에 잠을 자다가 깼는데 백발이 쭈뼛 서 있었다. 그 노인네 식욕 꽤 돋우는 걸! 나이 든 근육질 몸에 문신을 했고, 턱에는 온통 뻣뻣한 흰 수염이 뒤덮여 있었다. 그리고 침대 옆 탁자 위를 뒤덮고 있는 것은 싸구려 궐련이었다. 그가 자신의 발을 물끄러미 내려다보는 모습은 어쩌면 그 발을 꿰뚫고 바닥까지 꿰뚫어 아래층의 베라와 밥을 보려고 하는 것 같았다.

그는 베라의 비명 소리를 들었다고 생각했으나 이내 베라와 밥이 결혼한 지 고작 일주일 밖에 되지 않으니 그럴 만 하다고 생각을 고쳤다. 게다가 그럴만한 것과는 별개로 베라는 늘 밥에게 소리를 질러대고 있었다. 그 멍청한 녀석이 어쩌다가 저런 괴물한테 혹해서 결혼까지 했는지 도통 모를 일이었다. 그러나 이제 와 어쩌랴. 그는 랜들 가문의 일원이었고, 그 집 남자들은 여자 보는 눈이 젬병이잖은가! 홀아비가 단연 최고였다. 지난 2년은 천국이나 다름없었다. 다시 침대에서 담배를 피울 수 있으니 그게 어딘가!

"너희들 다 괜찮은 거냐?"

그는 아래층을 향해 막연하게 말했다. 그리고 막연하게 혹시 강도가 들은 건 아닐까 의심했다. 그러나 또 소리를 지르는 사람은 없었고, 베라도 잠잠했기에 그는 역시 신혼의 깨가 쏟아지는 소리로구나 싶었다. 그런데 아래층 어딘가에서 뭔가 움직이는 소리, 어딘지 조지 삼촌의 방에서 나는 소리 같은 것이 들려왔다. 드잡이를 벌이는 소리 같았다. 누군가 위층으로 차 한 잔 가져다 줄 정도의 기력이 남아있기를 기대해 보자.

랜들 씨는 또 다른 궐련에 불을 붙이고 그대로 침대 가장자리에 앉아서 계단을 오르는 발소리가 들려오기를 그것이 차 한 잔을 의미하는 것이기를 기다리고 있었다.

그는 아래층의 조지 삼촌을 떠올리면서 과연 그 게으른 남자가 차 한 잔 생각을 하긴 할까 의심스러워졌다.

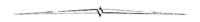

조지 삼촌이 아니었다! 그는 훨씬 더 절박한 문제를 생각하고 있었다.

(그는 자신의 침대 옆 자명종이 울렸을 때 처음에는 뭔가 섬뜩한 위험을 알리는 경보 같다고 생각했다. 그것은 그가 어리마리 잠이 덜 깼고 간밤에 엄청나게 술을 퍼마셨기 때문이었다. 제일 먼저 떠오른 생각은 화재 경보였고, 그 다음에야 아직 술기운에 취하고 졸린 머릿속에 그것이 다가오는 살인자라는 생각이 스쳤다. 여전히 비몽사몽간에 그는 앙상한 팔을 뻗어 단추가 떨어진 파란 줄무늬 파자마를 찾았다. 지명종이 증오스러웠고 물론 살인자도 증오스러웠다. 그때 불현 듯 술 취한 친구와 나눈 대화 그러

니까 사람들에게 이유 없이 종종 낯설고도 기묘한 비극들이 벌어진다고 한 얘기가 떠올랐다.)

도저히 설명할 수 없는 일들이 벌어지는 이유는 무엇인가? 이를테면 밤새 기습을 받은 가족 10명이 전부 몰살당했는데, 그들이 왜 그런 일을 당했는지에 대해 단서도 없고 짐작조차 가지 않는 사례들 말이다. 그리고 영화 「산 루이스 레이의 다리^{The Bridge of San Luis Rey}」의 등장인물들에게 벌어지는 그런 일들 말이다. 왜 그런 일이 벌어지는 걸까?

조지 삼촌은 그때 잠이 확 깨는 것을 느꼈다. 몇 초 전에 외침이 들려왔는데, 그는 베라가 또 차를 가져다주기를 바라는 거라고 생각했고 화가 치밀어 올랐다.

그는 오늘은 차를 가져다주지 않겠다고 마음먹으면서 일어섰다. 적어도 처음에는 거절하고(그는 자신이 방세를 한 번도 내지 않았다는 것을 기억해야만 했다.) 방문 너머로 베라에게 왜 직접 차를 가져다 마시지 않느냐고 소리부터 쳐볼 생각이었다. 아니면 밤에게 시키던가? 그것도 아니면 지하방에서 하숙하는 시드를 시키지 그래? 정어리 장수인 시드는 누구나 이미 들어본 적이 있는 지루한 이야기들을 해대긴 하지만 그래도 이미 이 가족의 일원이 되어 있었다.

베라를 생각하면서 화가 났던 그는 단추 떨어진 파자마를 입고 문가로 갔다. 그는 문을 열었고 그 자리에 서서 그대로 얼어붙었다.

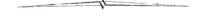

그는 자신의 삶에서 가장 섬뜩한 광경을 보았다. 커다란 방수외투 속에서 그를 바라보는 두 개의 눈동자가 있었다. 그러나 그게 다가 아니었다. 두 눈동자가 그를(야윈 몸을 벌벌 떨고 있는 그를) 바라보고 있는 동안, 방수외투에서 빠져나온 털북숭이 손목에 이어 커다란 손이 시드를 붙잡고 있었다. 그 손들은 시드가 지겨워 졌다는 듯이 그를 놓아버렸다. 잿빛으로 변한 시드의 눈구멍은 흰 자위만 채워져 있었고, 깨문 혀에서(평소에 그렇게 말이 많던) 피가 나고 있었다. 마치 크고 무시무시한 고양이가 갑자기 끽 소리도 내지 못한 채 마르고 껑충한 몸을 벌벌 떨고 있는 괜찮은 먹잇감을 발견하고서 입에 물고 있던 생쥐를 떨어뜨린 것 같았다.

정말이지 꼭 그랬다. 조지 삼촌은 언제든 비명을 지를 준비가 되어 있었지만 그렇게 하지 못했다. 자신의 목젖에 가해지는 강하고 불쾌한 압박 때문이었다. 게다가 그 압박은 더욱 강해졌고, 조지 삼촌은 이미 죽어있는 시드를 보았고 열려있는 문을 통하여 역시 죽어있는 베라와 밥을 보았다. 셋이었다. '그렇다면, 내가 네 번째로군.' 조지 삼촌은 그 생각을 하다가 소스라쳤다. 그리고《뉴스 오브 더 월드》토요일판을 못 읽게 생겼다는 생각이 떠올랐다. 그의 머릿속이 빙빙 도는 상황에서도 어떡하든 위층의 랜들 노인에게 텔레파시로 경고를 보내려고 애썼다. 그런데 머릿속이 터져 버릴 것 같았고 힘을 잃은 무릎에서 오싹한 변화가 느껴졌다.

늙은 랜들 씨는 연신 입에 문 궐련을 이번에도 다 피운 난 뒤 어딘지 극도로 불안해지기 시작했다. 저 인간들은 침대에서 계속 뒹굴 거면 자명종은 왜 맞춰놓은 거지? 그는 흡사 성난 늙은 황소처럼 침대가장자리에 앉아 있었다. 그는 평생을 부두에서 일해 온 터라 늙긴 했어도 튼튼했다. 한참이 지나도 계단을 올라오는 삐걱거림 같은 것은 들려오지 않으니 호통이라도 크게 쳐버릴까 생각 중이었다. 그는 우윳병을 든 우유 배달원이 점점 가까이 오고 있는 소리를 들을 수 있었다. 늙으면 다 들리는 법이다. 그러니 우유가 아직 안 왔다느니 그런 소리는 하지 못하겠지.

랜들 씨가 화를 터뜨리기 직전, 계단을 밟는 작은 삐걱거림이 들려왔다. 화가 조금 누그러졌다. 이윽고 평소와는 달리 조심스럽게 방문을 노크하는 소리가 들려왔다. 그는 큰 소리로 말했다. "어, 들어 와." 그러고는 침대 발치에 있는 낡은 실내복을 찾으려고 몸을 돌렸다. 결혼 전까지 세상 새침했던 베라가 혹시 기겁을 할까봐 옷을 입으려는 것이었다. 곧이어 문이 열리는 소리가 들리더니 베라의 손이 그의 목덜미 앞쪽을 움켜잡자 그는 깜짝 놀랐다. 문득 베라의 손치고는 너무 억세다는 것과 손목에 수북한 털 그리고 방수외투의 익숙지 않은 냄새가 느껴졌다.

그는 힘껏 침대 가장자리 밖으로 뛰쳐나가서는 공격자를 맞은편 벽까지 밀어붙였다. 그러나 별 소용이 없었다. 그의 목구멍을 틀어쥔 쇳덩어리는 꿈쩍도 하지 않았다. 게다가 그는 상대의 힘에 뒤로 밀려났고 그 바람에 탁자와 램프와 궐련들이 시끄러운 소리와 함께 바닥으로 넘어지고 떨어졌다. 갈색 방이 빙빙 돌기 시작했다.

방수포 남자는 정면에서 랜들 씨의 목을 강철 같은 손으로 옥죄고 있었다. 헐떡이는 두 남자가 엎치락뒤치락하면서 방문 밖으로 나가떨어지더니 조붓한 계단참에서 가까워지는 우윳병 소리에 맞춰 필사적으로 싸웠다. 그들은 이내 뒤엉킨 채 비좁은 계단으로 굴러 떨어졌고 그 과정에서 계단 난간이 부서졌다. 계단 밑에서 나이든 랜들 씨는 기진맥진 가쁜 숨을 몰아쉬었고 창백하게 질려 갔다.

방수외투 남자는 결국 뒷문 근처에서 랜들 씨의 숨통을 끊어놓고서 서둘러 그 작은 집을 가로질러 앞문으로 향했다. 그는 거리로 나갔다. 우유배달원의 말과 수레를 제외하고 거리는 텅 비어 있었다. 우유배달원의 모습도 보이지 않아서, 그는 울타리에 몸을 기대고 숨을 돌렸다. 정말이지 굉장한 경험이었다. 그는 크게 심호흡을 하면서 서 있었다.

우유배달원은 랜들 가족으로부터 부탁받은 대로 여느 때처럼 뒷문을 열고서 우유병들을 밀어 넣고 있었다. 그러다가 랜들 씨를 봤다.

그 다음엔 그 집의 하숙인 시드도 봤다.

그 다음엔 조지 랜들 삼촌도 봤다.

그 다음엔 베라와 밥 랜들도 봤다.

우유배달원의 안색은 파리하게 질렸고, 벌어진 입은 두 번 다시 닫힐 것 같지 않았다. 휘둥그레진 눈이라고 다를 것 같지는 않았다.

그는 집을 빙 돌아 거리로 달려갔다. 눈에 띄는 사람이라고는 멀리 떨어진 곳에서 출근 중인 방수외투를 입은 남자 한 명 밖에 없었다. 그는 그 남자를 향해 헐레벌떡 달려가서 22번지, 녹색 블라인드가 쳐져 있는 집에서 다섯 명이 목 졸려 죽어 있다고 말했다. 그러니 당장 가서 경찰을 불러오라고, 자기는 다시 돌아가서 그 집을 지키고 있겠다고 말했다. 그러고는 그는 왔던 길을 다시 달려갔다.

방수외투를 입은 남자가 깜짝 놀라더니 곧장 경찰을 찾으러 갔다. 경찰을 발견한 그는 몹시 놀라고 불안한 듯 우유배달원에게서 들은 말을 그대로 옮겼다. 그가 녹색 블라인드가 쳐져 있는 그 집의 주소를 말해주자, 경찰은 어떤 말도 곧이곧대로 믿지 않는다는 듯이 신중한 말투로 이렇게 반문했다.

"살인이라고요?" 경찰은 제법 민첩하게 그 집으로 향해갔다.

방수외투 남자는 멀어져 가는 경찰의 뒷모습을 지켜보았다. 그는 소설을 제외한 멜로드라마에는 메스꺼움과 혐오를 느꼈다. 그는 이상하다는 듯이 자명종에 대해 생각하기 시작했다. 자명종은 왜지? 아니 이 사람아, 시간만 나면 뭔가에 대해 생각을 하는데 왜 그러는 거야? 자명종이라……

아뿔싸! 자명종은 그에게 시간을 떠올리게 만들었다. 이 아침에 대체 뭘 하고 있는 거지? 길을 멀리 돌았다. 멍청한 짓이었다. 다시는 그러지 않을 것이다. 직장에 지각을 한 것은 고사하고 일가족 전체가 간밤에 살해당했다는 우유배달원의 말로 이미 꼴사나운 날이 시작되지 않았는가! 그는 인파 속으로 섞이면서 왜 그런 엄청난 일들이 벌어지는지 자문했다. 하긴, 이 세상의 추하고 사악한 소행들은 오로지 광기 때문이지. 경찰은 범인이 살인을 저지르고도 자신이 무슨 짓을 했는지조차 모르고 있다는 유력한 가설을 세우고 있다. 그런데 광기 때문이라고 해도 그 가설은 좀 지나친 감이 있잖은가!

일터에 도착한 후 그는 머릿속에서 그 사건을 모조리 지워버렸다. 그는 그 사건과는 무관한데다 최근에 벌어지는 살인사건이 얼마나 많은가.

그는 일을 하다가 종이 울리는 소리를 들었다. 그는 슬픈 남자였고, 그 종소리는 그의 머릿속에서 아주 어렴풋이 뭔가를 깨워냈다. 그러나 그는 약간 생뚱맞게 자신이 좋아하는 셰익스피어를 떠올리고는 혼자 씩 웃었다. 그는 미소를 머금고 생각했다. '종소리가 날 부르는구나!' 그러고는 그는 연극대사처럼 속으로 되뇌었다.

'듣지 마라, 던칸! 그건 널 천국으로 부르는 조종 소리니까. 아니 지옥으로!'

가장 위험한 게임

The Most Dangerous Game

리처드 코넬

리처드 코넬^{Richard Connell, 1893-1949}

미국 작가이자 저널리스트. 1893년 뉴욕 포킵시Poughkeepsie에서 태어 났다. 하버드 대학에 입학하여 전통의 풍자잡지인 《하버드 램푼The Harvard Lampoon》에서 활동했다. 제1차 세계 대전에 참전하여 프랑스에서 복무했고, 이때도 군 관련 신문의 편집을 맡았다. 종전 후에는 단편을 쓰는데 집중했고, 극작가와 저널리스트로서도 성공을 거두었다.「 1942년 프랑크 카프라가 연출 한「존 도를 찾아서Meet John Doe」의 원작 단편「명성A Reputation」으로 아카데미 상 원작상(1957년에 폐지됨) 후보에 오르기도 했다. 300편이 넘는 단편과『미친 연인The Mad Lover』(1927),『해상 살인Murder at Sea』 (1929),『플레이보이Playboy』(1936) 등의 장편이 있다.

「가장 위험한 게임」(1924)은 러처드 코넬에게 가장 큰 명성을 안겨준 단 편이다. 1932년 동명의 영화로 만들어져 유명세를 더했고, 이후 CBS 라디오 의 서스펜스 시리즈 등 다수의 영화와 드라마로 만들어졌다. 이후 속속 등장 한 사냥을 다룬 영화「배틀 로얄」,「프레데터」,「헝거 게임」등에 영감을 준 것으로 알 려졌다.

잭 더 리퍼와는 직접적인 관련은 없으나 연쇄살인의 묻지마 범죄와 살인 본능에 치중한 사 이코패스를 잘 보여주는 작품이다. 1980년대 여자들을 납치해 총과 칼로 사냥을 하듯 살해한 실존 연쇄살인범 로버트 한센(2014년 사망)과 자주 비교되기도 하고, 역시 실존 연쇄살인범인 일명 "조디악 킬러"가 이 작품을 언급한 것으로도 많이 알려지는 등 사연과 영향 또한 인상적 이어서 "영어로 쓰인 가장 인기 있는 단편 the most popular short story ever written in English"으로 불린다.

"저 오른쪽 어딘가에 큰 섬이 있어." 휘트니가 말했다. "꽤 이상 야릇한—"

"섬이라니?" 레인스포드가 물었다.

"옛날 해도에는 '배 잡는 섬'이라고 되어 있지." 휘트니가 대답했다. "이름만 들어도 짐작이 가잖아, 안 그래? 뱃사람들은 그 섬을 유난히 무서워하지. 이유는 모르겠어. 일종의 미신이랄까—"

"안 보이는데." 레인스포드가 말했다. 그는 손에 만져질 듯 두툼하고 따뜻한 암흑처럼 요트를 짓누르는, 눅눅한 열대의 밤을 꿰뚫어 보려고 애쓰고 있었다.

"자네 시력 좋잖아." 휘트니가 웃으면서 말했다. "400미터 너머 갈색 덤불 속에서 움직이는 말코손바닥사슴^(현존하는 사슴 중에서 가장 큰 종, 몸 색깔은 회색을 띤 갈색—옮긴이)을 쏘아 맞추는 자네도 카리브 해의 달 없는 밤에는 4킬로미터 밖을 못 보는군."

"4미터 밖도 못 봐." 레인스포드가 인정했다. "어! 이거, 물기 먹은 검은 벨벳 같군."

"리우데자네이루는 밝을 거야." 휘트니가 확신했다. "며칠 후면 도착하겠지. 재규어 사냥총이 퍼디 사에서 나온 거였으면 좋겠어. 아마존에서 멋진 사냥을 해 보자고. 훌륭한 스포츠잖아. 사냥 말이야."

"세상에서 가장 좋은 스포츠지." 레인스포드가 맞장구쳤다.

"사냥꾼한테 좋은 거지." 휘트니가 말을 고쳤다. "재규어가 아니라."

"휘트니, 실없는 소리 마." 레인스포드가 말했다. "자네는 큰 사냥감을 쫓는 사냥꾼이지 철학자는 아니니까. 누가 재규어 기분까지 신경 쓰겠어?"

"아마 재규어는 그럴 걸." 휘트니가 말했다.

"쳇! 놈들한테는 지능이 없어."

"그래도 한 가지는 알 걸. 공포. 고통에 대한 공포와 죽음에 대한 공포."

"헛소리." 레인스포드가 웃었다. "휘트니, 날씨가 더워서 마음까지 흐물흐물해진 모양이야. 현실을 직시하라고. 이 세상은 두 가지 부류, 즉 사냥꾼과 사냥감으로 이루어져 있지. 다행히 자네와 난 사냥꾼이야. 그 섬 아직 안 지난 것 같나?"

"어두워서 모르겠어. 지나왔으면 좋겠군."

"왜?" 레인스포드가 물었다.

"악명이 자자한 섬이니까."

"식인종?" 레인스포드가 슬쩍 떠보았다.

"그럴 가능성은 희박해. 식인종도 그렇게 황량한 곳에서는 살지 못할 테니까. 하지만 뱃사람들 사이에서 전해지는 얘기가 있긴 해. 선원들이 오늘 신경질적으로 보이지 않았나?"

"그 말을 듣고 보니, 좀 이상했어. 닐슨 선장까지—"

"그래, 악마한테서 담뱃불을 빌려달라고 할 만큼 강심장인 그 스웨덴 영감까지 그랬잖아. 내가 그 무표정한 눈에서 그런 표정을 본 건 처음이었어. 선장이 내게 한 말이라고는 '선생, 이곳은 뱃사람들 사이에서 악명이 자자해요.', 그게 다야. 그러고는 아주 심각하게 이렇게 말하더군. '뭔가 느껴지지 않소? 마치 이 주변의 공기에서 살기가 느껴지는 것처럼 말이오.' 지금, 내가 이렇게 말한다고 해서 웃지는 말게. 난 그때 갑자기 냉기 같은 것을 느꼈어.

바람 한 점 없었어. 바다는 창유리처럼 평평했고, 우린 그 섬 근처를 항해하고 있었어. 내가 느꼈던 건, 정신적인 냉기. 갑작스러운 공포라고 할까."

"상상에 불과해." 레인스포드가 말했다. "미신을 믿는 선원 하나가 배 전체에 공포를 감염시킬 수 있지."

"그럴지도 모르지. 그런데 뱃사람들은 종종 위험을 미리 알아채는 육감이 있는 것 같아. 악이라는 것에 소리와 빛처럼 파장이 있어서 종종 그것을 알아낼 수 있다는 생각이 들어. 말하자면 악한 장소는 사악한 진동을 퍼뜨릴 수 있다는 거야. 아무튼 이 지역에서 벗어나고 있으니 다행이야. 후우, 난 이제 자야겠어."

"난 안 졸려." 레인스포드가 말했다. "후갑판에 가서 담배나 한 대 더 피울까 해."

"그럼, 난 이만 잘게. 아침에 보자고."

"그래, 잘 자."

레인스포드가 거기 앉아있을 때, 어둠을 뚫고 요트를 빠르게 움직이는 엔진의 낮은 진동음과 프로펠러가 일으키는 물보라와 잔물결 소리만 들려왔다.

갑판의자에 기대앉은 레인스포드는 자기가 각별히 좋아하는 브라이어 파이프를 한가로이 뻐끔거렸다. 밤의 나른함이 엄습해왔다. '너무 어두워.' 그는 생각했다. '눈 뜨고도 잠을 잘 수 있을 만큼. 밤을 눈꺼풀 삼아ㅡ'

그가 깜짝 놀란 것은 갑작스러운 소리 때문이었다. 소리가 들려온 곳은 오른 쪽, 이런 일에 능숙한 그가 잘못 들었을 리 없었다. 그는 또 한 번 그리고 다시 한 번 소리를 들었다. 어둠 속, 저 어딘가에서 누군가가 세 차례 총을 발사했다.

벌떡 일어난 레인스포드는 얼떨떨한 상황에서 재빨리 난간으로 움직였다. 총성이 들려온 방향으로 눈을 부릅떴지만, 눈앞에 두툼한 담요가 가로막고 있는 기분이었다. 더 높은 곳에서 보기 위해 난간 위에 올라서서 중심을 잡았다. 물고 있던 담배 파이프가 밧줄에 부딪쳐 그의 입에서 빠져나갔다. 그는 파이프를 잡으려고 몸을 쭉 내밀었다. 지나치게 몸을 내뻗는 바람에 중심을 잃는 순간, 그의 입에서 단말마의 거친 비명이 튀어나왔다. 카리브 해의 뜨뜻한 물이 그의 머리를 덮치고 비명을 집어삼켰다.

그는 사력을 다해 수면으로 올라와 소리를 지르려고 했다. 그러나 질주하는 요트에서 일렁이는 물결에 얼굴이 잠겼고, 바닷물이 벌어진 입안으로 들어와 숨이 막혔다. 그는 멀어져가는 요트의 불빛을 쫓아 필사적으로 팔을 저었지만, 15미터도 채 못 가서 포기하고 말았다. 그는 냉철함을 되찾았다. 곤경에 빠진 것이 이번이 처음은 아니었다. 요트에 있는 누군가가 그의 외침을 들었을지도 모르지만, 요트가 질주해나갈수록 그 일말의 가능성은 점점 더 희박해졌다. 그는 옷을 벗으려고 버둥거리면서 온 힘을 다해 소리를 질렀다. 요트의 불빛은 희미해져서 곧 사라질 듯한 반딧불이 같았다. 이윽고 불빛은 어둠에 완전히 묻히고 말았다.

레인스포드는 총성을 떠올렸다. 그는 총성이 들려온 오른쪽을 향해 끈질기게, 동시에 체력까지 안배하면서 천천히 그리고 신중하게 헤엄쳤다. 바다와의 싸움은 영원히 끝나지 않을 것 같았다. 그는 팔을 젓는 횟수를 세기 시작했다. 앞으로 백 번 정도 더 저을 수 있을 것 같았다. 그때였다.

레인스포드는 소리를 들었다. 어둠 속에서 들려온 소리, 그것은 극도의 고통과 공포에 사로잡힌 짐승이 날카롭게 울부짖는 소리였다.

그는 그런 소리를 낸 짐승이 무엇인지 알지 못했다. 알려고도 하지 않았다. 그저 새로이 힘을 북돋워 소리가 난 방향으로 헤엄쳐갔다. 그는 또 소리를 들었다. 그 소리는 이내 요란하고 짧은 금속성의 다른 소음이 들린 후 뚝 그쳤다.

"권총을 쏜 거야." 레인스포드가 연신 헤엄을 치면서 중얼거렸다.

꿋꿋이 헤엄쳐가기를 10분, 또 다른—그 무엇보다 반가운—소리가 들려왔다. 바위 많은 해안에 부딪친 파도가 낮게 또 크게 으르렁거리는 소리였다. 바위가 보이는가 싶었는데 바로 코앞이었다. 밤이라 파도가 잠잠해져 있기 망정이지 하마터면 바위에 부딪쳐 박살이 났을 것이다. 그는 남은 힘을 다해 휘도는 물살에서 빠져나왔다. 험준한 바위들이 들쭉날쭉 어둠을 뚫고 튀어나와 있는 것 같았다. 그는 바위를 두 손으로 번갈아 붙잡으며 올라갔다. 숨이 차고 두 손은 까진 채, 평평한 꼭대기에 닿았다. 절벽의 가장자리까지 울창한 밀림이 펼쳐져 있었다. 레이슨포드는 뒤엉킨 나무와 덤불에 어떤 위험이 도사리고 있다 해도 그때만큼은 아랑곳 하지 않았다. 바다라는 적으로부터 무사히 벗어났고, 극도의 피로감이 몰려든다는 것이 그가 아는 전부였다. 그는 밀림의 끝자락에 벌러덩 누웠다가 한번 뒤척이고는 자신의 생애에서 가장 곤한 잠에 빠져들었다.

그는 눈을 떴을 때 태양의 위치로 봐서 늦은 오후라는 것을 알았다. 잠을 푹 잔 덕분에 한결 가뿐했다. 슬슬 허기가 느껴졌다. 그는 기분 좋게 주위를 살펴보았다.

'권총이 있는 곳에 사람이 있지. 사람이 있는 곳엔 음식이 있기 마련.' 그는 생각했다. 그런데 이런 금단의 지역에 대체 어떤 사람들이 있을까 의아해졌다. 빽빽한 야생의 밀림이 천연의 모습 그대로 해안을 에워싸고 있었다.

촘촘히 얽혀있는 잡초와 나무 사이에서 길의 흔적은 보이지 않았다. 해안을 따라 가는 것이 더 수월했다. 레인스포드는 바닷가를 따라 비틀비틀 걸어갔다. 그리고 그리 멀리 가지 않아서 발길을 멈추었다.

분명히 커다란 짐승이 상처를 입고 덤불 속에서 몸부림을 쳤다. 밀림의 잡초는 짓뭉개져 있었고, 이끼는 아무렇게나 흩어져 있었다. 잡초 일부분은 붉게 물들어 있었다. 그리 멀지 않은 곳에서 반짝이는 작은 물체가 눈길을 잡아 끌자, 레인스포드는 그것을 집어 들었다. 빈 탄약통이었다.

"22구경." 그가 말했다. "이상하군. 아주 큰 짐승이었을 게 분명한데. 이런 소형무기로 큰 짐승과 상대하다니 배짱이 두둑한 사냥꾼인걸. 맹수가 대든 게 틀림없어. 처음 들려온 세 발의 총성은 사냥꾼이 맹수의 성질을 바짝 돋운 후에 상처를 입힌 소리였을 거야. 마지막 한 발은 여기까지 놈을 추적해왔다가 숨통을 끊어버린 소리였어."

그는 땅을 자세히 살펴보다가 원하는 것을 찾아냈다. 사냥 부츠의 발자국. 발자국은 절벽을 따라 그가 가려는 방향으로 찍혀 있었다. 그는 발길을 재촉했다. 썩은 통나무나 느슨한 돌에 미끄러져도 상관없었다. 이 섬에 밤이 내려앉기 시작했다.

레인스포드가 불빛을 발견한 것은 바다와 정글이 쓸쓸한 어둠에 잠기기 시작할 때였다. 해안선이 활처럼 휘어진 지점으로 들어서자 불빛이 보였다. 불빛이 많기에 처음엔 마을을 찾아낸 줄 알았다. 그런데 천천히 다가가 보니 놀랍게도 그 불빛은 전부 한 채의 거대한 건물에서 빛나고 있었다. 높은 건물 여기저기에 뾰족탑들이 어둠을 향해 솟구쳐 있었다. 그의 눈은 으리으리한 성채의 윤곽을 더듬었다. 건물은 깎아지른 듯한 절벽 위에 세워져 있었다. 세 개의 면은 절벽에 닿아 있었고, 가파른 절벽 밑동을 어둠속에서 탐욕스레 핥아대는 바다가 있었다.

"신기루겠지." 레인스포드는 생각했다. 그러나 대못이 박힌 높은 철문을 여는 순간, 그것은 이미 신기루가 아니었다. 돌계단도 물론 진짜였다. 곁눈질하는 이무기 모양의 노커(문을 두드릴 때 사용하는 쇠고리—

^{옮긴이}가 달려 있는, 거대한 문도 물론 진짜였다. 그런데도 이 모든 것은 비현실적인 분위기에 휩싸여 있었다.

그가 노커를 들어 올리자, 한 번도 사용한 적이 없는 것처럼 삐거덕 소리가 났다. 노커를 놓자, 그가 깜짝 놀랄 만큼 요란한 소리가 울렸다. 안쪽에서 발소리가 나는 것 같았다. 그러나 문은 열리지 않았다. 레인스포드는 다시금 묵직한 노커를 들어 올렸다가 떨어뜨렸다. 이번에는 문이 느닷없이 홱 열렸고, 레인스포드는 안에서 쏟아지는 황금색의 현란한 불빛에 그만 눈을 깜박거리며 서 있었다. 레인스포드의 눈에 맨 먼저 들어온 것은 난생 처음 보는 —튼튼한 체격에 검은 수염을 허리까지 늘어뜨린—거인이었다. 그의 한 손에는 총열이 긴 연발 권총이 들려 있었고, 그 총구는 레인스포드의 심장을 똑바로 겨누고 있었다.

헝클어진 턱수염 너머에서 두 개의 작은 눈이 레인스포드를 응시하고 있었다.

"놀라지 마시오." 레인스포드는 거인의 경계심이 풀리기를 바라며 미소를 머금고 말했다. "나는 강도가 아닙니다. 요트에서 떨어졌소. 난 뉴욕에서 온 생어 레인스포드라고 합니다."

위협적인 눈빛은 변하지 않았다. 거인은 마치 석상처럼 흔들림 없이 연발권총을 겨누고 있었다. 그가 레인스포드의 말을 알아들었는지, 아니면 제대로 듣기나 했는지 알 길이 없었다. 그는 아스트라한^(러시아의 아스트라한 지방과 중근동 지방에서 나는 새끼 양의 털가죽—옮긴이)으로 가장자리를 장식한, 검은 제복을 입고 있었다.

"난 뉴욕에서 온 생어 레인스포드입니다." 레인스포드가 다시 말했다. "요트에서 떨어졌소. 배가 고파요."

거인은 그저 엄지손가락을 올려 권총의 공이치기를 당기는 것으로 답했다. 그런데 난데없이 그가 총이 없는 빈손을 이마에 대고 거수경례를 붙이는 것이었다. 그러고는 뒤꿈치를 착 붙이고 차렷 자세를 취했다. 널찍한 대리석 계단을 내려오는 또 한 사람, 야회복을 입은 호리호리하고 자세가 곧은 남자였다. 그가 레인스포드에게 다가와 손을 내밀었다.

그는 이국적인 억양을 약하게 함으로써 정확함과 신중함까지 가미된, 교양 있는 목소리로 말했다. "그 유명한 사냥꾼, 생어 레인스포드 씨를 내 집에서 뵙다니 크나큰 기쁨이고 영광이오."

레인스포드는 습관적으로 남자와 악수를 나누었다.

"티베트에서 눈 표범을 사냥한 얘기가 나오는 댁의 책, 나도 읽었소." 남자가 말했다. "난 자로프 장군이오."

레인스포드가 그 남자에게서 받은 첫인상은 대단한 미남이라는 것이었다. 두 번째 인상은 그의 얼굴에 기괴하기까지 한, 독특한 특징이 있다는 것이었다. 키가 컸고, 머리카락이 새하얀 것으로 봐서 중년이 넘은 나이였다. 그러나 두툼한 눈썹과 끝이 뾰족한 군대식 콧수염은 레인스포드가 헤쳐 온 밤처럼 새까맸다. 두 눈 또한 검고 아주 맑았다. 튀어나온 광대뼈, 오뚝한 콧날, 홀쭉하고 까무잡잡한 얼굴. 그것은 명령을 내리는데 익숙한 남자, 요컨대 귀족의 얼굴이었다. 장군은 제복 차림의 거인을 보면서 신호를 보냈다. 거인은 권총을 치우고 경례를 붙인 후 물러났다.

"이반은 엄청나게 힘이 센 친구입니다." 장군이 말했다. "하지만 불행히도 귀머거리에 벙어리지요. 단순하긴 한데, 자기 동족들과 마찬가지로 약간 사납다는 게 걱정이오."

"러시아 인입니까?"

"코사크 인이오." 장군이 말했다. 그는 웃음을 지었고, 붉은 입술과 뾰족한 이가 드러났다. "나도 그렇소. 어서 들어오시오." 그가 말했다.

"여기서 수다를 떨 수는 없지요. 이야기는 나중에 합시다. 지금 댁에게 필요한 건 옷과 음식과 휴식이니까요. 내가 그걸 다 제공하겠소. 여긴 더없이 아늑한 곳이지요."

이반이 다시 나타나자, 장군은 그에게 소리는 내지 않고 입술만 움직여서 뭔가를 말했다.

"이반을 따라가시죠, 레인스포드 씨." 장군이 말했다. "댁이 왔을 때 난 마침 저녁 식사를 하려던 참이었소. 댁을 기다리겠소. 내 옷이 댁한테 맞을 것 같소만."

레인스포드가 말 없는 거인을 따라간 곳은 천장에 대들보가 가로지르는 커다란 방으로, 남자 여섯이 누워도 넉넉할 만큼 크고 닫집이 달린 침대가 있었다. 이반이 야회복을 내 놓았다. 레인스포드는 옷을 입으면서, 그것이 주로 공작 이상의 귀족들만 전담하는 런던의 한 재봉사가 만든 옷임을 알아챘다.

그가 이반의 안내를 받고 들어선 식당은 여러모로 인상적이었다. 중세풍의 웅장한 분위기가 풍겼다. 오크나무로 만든 판벽, 높은 천장, 사십 명이 앉아 식사를 할 수 있을 만큼 거대한 식탁에 이르기까지 봉건 영주의 연회장을 방불케 했다. 식당 내부에는 많은 동물들—사자, 호랑이, 코끼리, 엘크(크고 넓은 뿔을 지닌 매우 큰 사슴의 일종—옮긴이), 곰—의 머리가 붙박여 있었다. 레인스포드가 지금껏 보지 못한 그야말로 완벽한 표본이었다. 그 커다란 식탁 앞에 장군이 혼자 앉아 있었다.

"레인스포드 씨, 칵테일 한잔 하시오." 그가 권했다. 칵테일 맛
은 기막히게 일품이었다. 레인스포드는 리넨, 컷글라스, 은그릇,
도자기 등의 식기류도 최고급품임을 알아챘다.

그들은 아주 귀한 러시아 요리라는 보르시치—거품 낸 크림을
곁들인 풍성하고 붉은 수프—를 먹었다. 자로프 장군이 사과하듯
말했다.

"우린 문명의 쾌적한 시설들을 갖추려고 최선을 다하고 있소.
부족한 것이 있더라도 너그러이 봐주시오. 아시다시피, 우리가 사
는 방식이 결코 평범하진 않지요. 샴페인이 장기간 배편에 실려
오느라 맛이 상하지는 않았는지, 어떻소?"

"천만에요."

레인스포드가 힘주어 말했다. 그는 장군이 더없이 사려 깊고 정
중한 집주인이자 진정한 세계인이라고 생각했다. 그러나 장군에게
는 사소하긴 하나 어딘지 레인스포드를 거북하게 만드는 특징이
있었다. 레인스포드가 음식을 먹다가 고개를 들 때마다 그를 자세
히 관찰하듯 살피고 있는 장군의 시선을 마주치곤 했던 것이다.

"혹시." 자로프 장군이 말했다. "내가 댁의 성함을 알고 있어서
많이 놀랐을 겁니다. 난 영어, 불어, 러시아어로 된 사냥 책을 모
조리 읽어 봤소. 내 삶에서 유일한 열정이 있는데, 레인스포드 씨,
그게 바로 사냥이오."

"머리 표본들이 굉장합니다." 레인스포드가 특히 맛있는 필레미
뇽^(소고기의 값비싼 안심이나 등심 부위를 일컫는 프랑스의 조리용어—옮긴이)을 먹으면서
말했다. "저렇게 큰 남아프리카 들소는 처음 봤습니다."

"아, 저 녀석이요. 네, 괴물 같은 놈이었소."

"장군님을 공격했습니까?"

"나를 나무에 집어던졌소." 장군이 말했다. "두개골이 부서졌지요. 하지만 내가 끝내 저 맹수를 잡고 말았소."

"늘 생각합니다만," 레인스포드가 말했다. "남아프리카 들소는 큰 사냥감 중에서도 가장 위험하지요."

장군은 잠시 아무 말도 하지 않았다. 그는 붉은 입술로 묘한 미소를 머금고 있었다. 그가 천천히 말했다.

"아니지요. 레인스포드 씨, 댁이 틀렸소. 남아프리카 들소가 가장 위험한 사냥감은 아니오." 그는 와인을 한 모금 마셨다. "이 섬에 있는 내 보호지에서는," 그는 여전히 느릿느릿 말했다. "더 위험한 사냥감을 사냥하지요."

레인스포드는 무척 놀랐다.

"이 섬에 큰 사냥감이 있습니까?"

장군이 고개를 끄덕였다.

"이 세상에서 가장 대단한 사냥감."

"정말입니까?"

"아, 물론 원래부터 여기에 있던 것은 아니오. 내가 이 섬에 들여놓아야 하지요."

"장군님, 대체 무엇을 들여놓았다는 겁니까?" 레인스포드가 물었다. "호랑이?"

장군이 씩 웃었다. "아니." 그가 말했다. "호랑이 사냥이 식상해진 지가 벌써 몇 년 전이오. 놈들한테 더 바랄게 없잖소. 호랑이 사냥에는 더 이상 스릴도 진정한 위험도 없소. 레인스포드 씨, 난 위험을 좇는 사람이오."

장군이 호주머니에서 금제 담뱃갑을 꺼내더니, 은색 필터의 길고 검은 담배 한 개비를 손님에게 건넸다. 담배에 향수를 발라놓아서 향을 피우는 냄새가 났다.

"우린 중요한 사냥을 하게 될 거요. 선생과 나 말이오." 장군이 말했다. "선생과 함께 할 수 있다니 기쁘기 그지없소."

"하지만 무슨 사냥이기에—" 레인스포드가 말을 꺼냈다.

"말해 드리리다." 장군이 말했다. "선생도 즐거워할 거요. 자랑 같소만, 내가 보기 드문 일을 해냈다고 말해도 좋을 거요. 내가 새로운 흥분거리를 만들어냈다고 할까요. 포도주 한잔 더 하겠소?"

"고맙습니다."

장군은 두개의 잔을 다 채우고 말했다. "신은 어떤 사람들을 시인으로 만들지요. 어떤 이들은 왕으로, 또 어떤 이들은 거지로 만들었소. 신은 날 사냥꾼으로 만들었소. 내 손은 방아쇠를 잡을손이라고 아버님이 그러셨지요. 아버님은 크림반도^(흑해 북안의 반도로 우크라이나 공화국의 한 주—옮긴이)에 25만 에이커나 되는 땅을 가진 대부호였고, 대단한 스포츠 광이었소. 내가 고작 다섯 살 때, 아버님은 내게 참새를 잡으라며 모스크바에서 주문 제작한 소형 총을 주셨지요. 당신이 아끼시던 칠면조들을 내가 쏘아 죽였을 때도 아버님은 날 벌하지 않으셨지요. 오히려 내 사격술을 칭찬하셨소. 내가 카프카스 산맥에서 난생 처음 곰을 잡았던 게 열 살 때였소. 내 모든 삶은 사냥의 연장이오. 귀족 자제들이 그렇듯이 나도 군에 입대하여, 한동안 코사크 기병대 일개 사단을 통솔했소. 하지만 내 진정한 관심사는 언제나 사냥이었소. 난 장소를 가리지 않고 온갖 사냥감을 사냥했소. 내가 얼마나 많은 동물을 죽였는지 모를 정도로."

장군은 담배 연기를 내뿜었다.

"혁명 후에 나는 러시아를 떠났소. 황제의 무관이 거기 남아 있는 건 경솔한 짓이었으니까요. 대다수 러시아 귀족들은 전 재산을 잃었소. 난 다행히 재산의 상당부분을 미국 증권에 투자해 둔 덕분에 몬테카를로로 찻집을 열거나 파리에서 택시 운전을 할 필요가 없었소. 난 당연히 사냥을 계속했소. 선생의 고국인 미국의 로키산맥에서 회색곰, 갠지스 유역에서 악어, 동부 아프리카에서 코뿔소 등등. 들소한테 받쳐서 여섯 달 동안 꼼짝 못하게 된 것도 당시 아프리카에서 사냥하다가 벌어진 일이지요. 회복되자마자 난 재규어를 사냥하기 위해 아마존으로 출발했소. 거기 재규어들이 아주 교활하다는 소문을 들었으니까요. 그런데 아니었소." 코사크 장군이 한숨을 쉬었다. "빈틈이 없고 성능 좋은 라이플총을 지닌 사냥꾼에게 재규어는 아예 적수가 되지 못했소. 참담하리만큼 실망스러웠소. 끔찍한 생각이 떠오른 건, 깨질 듯한 두통으로 인해 텐트에 누워 있던 어느 밤이었소. 사냥이 지루해지기 시작한 거요! 그런데 사냥이 곧 내 인생이었소. 미국의 사업가들은 자기들의 인생이나 다름없는 사업을 포기하면 사람이 망가진다고 들었소만."

"네, 그렇습니다." 레인스포드가 말했다.

장군이 미소 지었다. "난 망가지고 싶지 않았소. 그가 말했다. "뭔가 해야만 했소. 보시오, 레인스포드 씨, 난 분석적인 성향을 지닌 사람이오. 그것이 바로 내가 사냥을 즐기는 이유지요."

"장군님 말씀이 맞습니다."

"그래서 말이오." 장군이 계속 말했다. "사냥에서 매력을 더 이상 느끼지 못하는 이유가 무엇인지, 자문해보았소. 레인스포드 씨, 선생은 나보다 훨씬 젊고 사냥 경험도 적겠지만, 그래도 그 이유를 짐작할 것 같소만."

"장군님이 말씀해 주시죠."

"단순하게 이런 거요. 사냥은 이제 '스포츠라는 명분'에서 벗어나 버렸소. 너무 쉬워진 거요. 난 언제나 사냥감을 손에 넣었소. 언제나 말이오. 완벽함보다 더 지루한 건 없소."

장군이 새 담배에 불을 붙였다.

"나와 상대할만한 동물이 더는 없었소. 이건 자랑이 아니라 분명한 확신이오. 동물이 가지고 있는 것이라고는 다리와 본능이 전부요. 본능은 이성의 적수가 되지 못하지요. 이런 생각을 떠올리던 그 순간은 참으로 비참했소."

레인스포드는 장군의 말에 빠져들어 탁자 너머로 몸을 쭉 내밀고 있었다.

"내가 무엇을 해야 하는지 영감이 떠올랐소."

장군이 말했다.

"영감이라뇨?"

장군은 난관에 직면했다가 그것을 성공적으로 극복한 사람 특유의 담담한 미소를 지었다.

"사냥을 위해 새로운 동물을 만들어내는 것."

"새로운 동물? 농담이겠죠."

"천만에요." 장군이이 말했다. "난 사냥에 관한한 절대 농담을 하지 않소. 새로운 동물이 필요했소. 그리고 그 중 하나를 발견했지요. 그래서 이 섬을 사들여 이 집을 지었고, 여기서 사냥을 하지요. 이 섬은 내가 원하는 목적에 딱 들어맞았소. 미로의 특성을 갖춘 밀림이 있고, 언덕이며 늪이며—"

"하지만 동물은요?"

"아," 장군이 말했다. "난 그 동물들 덕에 세상에서 가장 흥겨운 사냥을 하고 있소. 당분간은 그보다 놓은 사냥감은 없을 것이오. 난 매일 사냥을 하는데, 결코 지루해지는 법이 없지요. 나를 상대할만한 사냥감이 있기 때문이오."

레인스포드의 얼굴에 당혹감이 나타났다.

"나는 사냥을 위해 이상적인 동물을 원했소." 장군이 설명했다. "그래서 나 스스로 이렇게 물었소. '이상적인 사냥감의 특성은 무엇인가?' 그 해답은 물론, '용기, 교활함, 그리고 무엇보다 생각할 수 있어야 한다.'였소."

"하지만 생각할 수 있는 동물은 없습니다." 레인스포드가 반박했다.

"친구 분." 장군이 말했다. "하나 있잖소."

"에이, 아니겠지요, 설마—" 레인스포드는 놀라서 숨을 쉴 수 없었다.

"왜 아니겠소?"

"자로프 장군님, 진심으로 그런 말을 하실 리 없습니다, 이건 섬뜩한 농담입니다."

"왜 진심이 아니라는 거지요? 난 사냥에 관해 말하고 있소."

"사냥? 맙소사, 장군님이 말씀하시는 건 살인입니다."

장군이 사람 좋은 웃음을 터뜨렸다. 그는 짓궂은 표정으로 레인스포드를 바라보았다. "선생처럼 생각이 깨어있고 교양 있는 젊은

이가 사람 목숨의 가치 운운하는 비현실적인 생각을 하다니 믿고
싶지 않소. 선생도 전쟁을 겪었으니 틀림없이—"

"잔인한 살인을 용서할 수 없게 되었지요."

레인스포드가 장군을 말꼬리를 잘라 뻣뻣하게 끝맺었다.

장군이 크게 웃었다. "정말이지 웃기는 사람일세!" 그가 말했다.
"요즘 세상에 교육 받은 젊은이가 이렇게 순진하고, 뭐랄까, 빅토
리아 시대의 고리타분한 사고방식을 지니고 있다니, 아마 미국에
서도 선생 같은 사람을 찾기 힘들 거요. 리무진에서 코 담뱃갑을
찾는 격이지. 하긴, 선생의 조상들은 틀림없이 청교도일 거요. 많
은 미국인들이 그렇다고 알고 있소만. 나와 사냥을 하다보면 그런
생각들은 잊게 될 테니, 두고 보시오. 진정한 스릴이 선생을 기다
리고 있소, 레인스포드 씨."

"고맙지만 나는 사냥꾼이지 살인자가 아닙니다."

"허허." 장군은 아주 냉정하게 말했다. "또 그 불쾌한 단어를 쓰

시네. 하지만 선생의 도덕관념이 얼마나 헛된 것인지 내가 증명해 보이겠소."

"뭐라구요?"

"인생은 강자를 위한, 강자에 의한, 그리고 필요하다면 강자에게 정복당하는 것이오. 세상의 약자들은 강자들의 쾌락을 위해 존재하는 것이고 나는 강자에 속하오. 내가 왜 나만의 특권을 묵혀두어야 하지요? 내가 사냥하고 싶다면, 안 할 이유가 없잖소? 나는 세상의 쓰레기를 사냥하는 것이오. 동인도 선원, 흑인, 중국인, 백인, 혼혈인을 막론하고 화물선의 선원들은 스무 명 넘게 합쳐도 순종 말이나 사냥개 한 마리보다 못하니까."

"하지만 그들은 인간입니다." 레인스포드가 발끈했다.

"그렇소." 장군이 말했다. "그래서 그들을 이용하는 거요. 내게 쾌락을 주니까. 그들도 나름 생각이란 걸 하지요. 그래서 위험한 거요."

"그들을 어디서 데려오는 겁니까?"

장군은 왼쪽 눈꺼풀을 살짝 떨다가 눈을 찡긋해 보였다. "이곳은 배 잡는 섬이라고 불리지요." 그가 대답했다. "이따금씩 분노한 바다의 신이 사람들을 내게 보내주지요. 그리고 이따금씩, 하늘의 뜻이 썩 호의적이지 않을 때는 내가 직접 그 뜻을 거들기도 합니다. 나랑 창가로 가 봅시다."

레인스포드는 창문으로 다가가 바다를 내다보았다.

"잘 보시오! 저기!" 장군이 어둠 속을 가리키며 소리쳤다. 레인스포드의 눈에 보이는 것은 어둠 뿐, 그런데 그때 장군이 단추 하나를 누르자, 저 멀리 바다에서 불빛이 번뜩였다.

장군이 싱그레 웃었다. "불빛이 있는 곳이 해협이오. 불빛이 없는 곳에는 끝이 날카로운 거대한 암석들이 입을 떡 벌린 바다 괴물처럼 웅크리고 있소. 암석들이 배를 박살내는 건 내가 이 호두를 부수는 것처럼 쉽지요." 그는 호두 하나를 단단한 나무 바닥에 떨어뜨린 다음 뒤꿈치로 으깼다. "아, 그럼요." 그는 마치 질문에 답하기라도 하듯 아무렇지 않게 말했다. "전기가 들어오죠. 이곳을 문명화하려고 애쓰고 있으니까요."

"문명화한다고요? 그런 분이 사람 사냥을 합니까?"

장군의 검은 눈에 분노의 빛이 떠올랐지만, 그것도 순식간에 사라졌다. 그는 아주 유쾌하게 말했다. "허허, 정말 정의로운 청년이로세! 선생이 생각하는 그런 짓은 안 한다고 내가 약속하겠소. 그건 야만적이지. 난 그 손님들을 정성껏 대접하고 있소. 그들은 풍부한 음식과 운동을 제공 받고 있소. 건강 상태가 아주 좋지요. 선생이 내일 직접 보면 알 거요."

"무슨 말입니까?"

"우린 내일 훈련소에 가 볼 거요." 장군이 미소를 지었다. "이곳 지하실에 있소. 현재 훈련생은 열두 명 정도. 불운하게 저기 암석에 부딪친 스페인 범선, 산 루카에서 온 자들이오. 이런 말하기는 그렇지만, 아주 열등한 족속들이오. 하찮은 종자들 게다가 밀림보다는 갑판에 더 익숙한 자들이지요."

그가 한 손을 들어 올리자, 식사 시중을 들고 있던 이반이 진한 터키 커피를 가져왔다. 레인스포드는 할 말을 꾹 참고 있었다.

"아시다시피, 이건 일종의 게임이오." 장군이 부드럽게 말을 이었다. "내가 그들 중 한 명에게 사냥을 하자고 제안합니다. 식량과 아주 좋은 사냥칼을 주지요. 그리고 세 시간 먼저 출발하게 합니다. 나는 구경과 사거리가 가장 짧은 권총 하나만 무장하고 그 뒤를 쫓지요. 만약에 사냥감이 삼일 동안 나를 피해 다닌다면, 그때 상대가 이기는 거지요. 내가 그를 찾아낸다면—" 장군이 미소를 지었다. "그가 지는 거지."

"사냥감이 되는 걸 거부한다면 어떻게 됩니까?"

"아." 장군이 말했다. "물론 선택권을 줍니다. 원하지 않으면 게임을 하지 않아도 됩니다. 난 사냥을 원치 않는 자를 이반에게 넘기지요. 이반은 황제 니콜라스 2세의 치하에서 태형 집행자로 일하는 영예를 누렸고, 자기 나름 즐기는 스포츠가 있지요. 백이면 백, 레인스포드 씨, 백이면 백, 그들은 사냥을 택합니다."

"그들이 이긴다면 어떻게 됩니까?"

장군의 미소가 더 크게 번졌다. "지금까지 내가 진 적은 없소." 그러고는 재빨리 덧붙였다. "레인스포드 씨, 나를 허풍쟁이로 생각하지 않았으면 좋겠소. 그들 대부분은 문제를 일으켜봤자 아주 기초적인 수준에 불과하오. 간혹 애를 먹이는 상대가 있긴 하지요. 한번은 나를 이길 뻔한 상대도 있었소. 결국에는 내가 개들을 풀어야 했지요."

"개들이요?"

"이쪽으로 오세요. 보여 드리리다."

장군은 레인스포드를 창가로 이끌었다. 창문에서 새어나간 불빛이 깜박이며 아래의 뜰에 기괴한 무늬들을 만들고 있었다. 레인스포드는 뜰 여기저기를 움직이는 열 개 이상의 크고 검은 형체를 보았다. 그것들이 그를 향해 돌아섰을 때, 그 눈동자들이 녹색으로 번뜩였다.

"내 생각에는 꽤 괜찮은 종자들이오만." 장군이 말했다. "매일 저녁 7시에 녀석들을 풀어놓지요. 누군가 내 집으로 들어오려고 하거나 반대로 나가려고 했다가는 뼈아픈 후회를 하게 될 거요." 그는 폴리베르제르(1869년 프랑스 파리에 설립된 음악당—옮긴이)에서 불리던 노래 한 소절을 흥얼거렸다.

"자, 이번에는," 장군이 말했다. "새로 수집한 머리 표본을 보여 드리리다. 서재로 갈까요?"

"저어." 레인스포드가 말했다. "오늘 밤은 양해해 주시기 바랍니다. 자로프 장군님, 몸이 좋지 않아서요."

"아, 그렇소?" 장군이 근심어린 표정으로 물었다. "하긴, 멀리 헤엄쳐 왔으니 그럴 만도 하지요. 하룻밤 푹 주무셔야겠소. 내 장담하는데, 내일은 새로 태어난 기분이 들 겁니다. 그때 사냥을 하면 되잖소? 이번에는 꽤 괜찮은 상대가 하나 있어서—"

레인스포드는 서둘러 방을 빠져나가고 있었다.

"오늘 밤에 나와 함께 가지 못해 유감이오." 장군이 소리쳤다. "꽤 괜찮은 사냥이 될 거요. 크고 힘센 흑인이거든. 지략도 있는 것 같고. 레인스포드 씨, 그럼 푹 쉬시오."

침대도 더없이 부드러운 비단 잠옷도 훌륭한 것이었다. 몸 속속들이 피곤에 찌든 그였지만, 잠이라는 아편으로도 머리를 진정시킬 수 없었다. 누워 있는데 눈이 말똥말똥했다. 그러던 중, 방문 밖 복도에서 은밀한 발소리가 들려오는 것 같았다. 문을 열어보려고 했지만, 열리지 않았다.

그는 창가로 가서 밖을 내다보았다. 그의 방은 높은 탑 중에 한 곳이었다. 성채의 불빛이 꺼진 뒤라 어둡고 고요했다. 누르스름한 달빛의 파편뿐, 그런데 그 희미한 달빛 아래 뜰의 모습이 침침하게 드러났다. 거기, 어둠에 무늬를 짜 넣었다가 풀었다 하듯 검은 형체들이 소리 없이 움직이고 있었다. 그의 인기척을 들은 사냥개들이 뭔가를 기대하듯 녹색 눈으로 창가를 올려다보았다.

레인스포드는 침대에 다시 누웠다. 잠들기 위해 별의별 방법을 다 동원해 보았다. 간신히 선잠에 든 것은 날이 밝아올 무렵, 그는 꿈결처럼 저 멀리 밀림에서 권총의 어렴풋한 총성을 들었다.

자로프 장군은 점심 무렵에야 모습을 드러냈다. 시골의 대지주처럼 트위드 옷을 말끔하게 차려입고 있었다. 그는 레인스포드의 건강을 걱정했다.

"나요?" 장군이 한숨을 쉬었다. "썩 좋지 않소. 걱정이오, 레인스포드 씨. 어젯밤에 오래된 불만이 또 고개를 드는 것 같았소."

장군은 레인스포드의 궁금해 하는 눈빛에 이렇게 대답했다. "권태. 지루함 말이오."

장군은 크레페수제트^(디저트용 팬케이크—옮긴이)를 두 접시 째 담은 다음 말했다.

"어젯밤 사냥은 좋지 않았소. 그 녀석이 정신을 못 차리더군요. 싱겁게도 대놓고 흔적을 남겨 놓았으니까. 선원들은 그래서 문제요. 머리 나쁜 건 고사하고 숲에서 움직이는 방법까지 모르지요. 정말이지 멍청하고 뻔한 족속들. 아주 짜증스럽소. 레인스포드 씨, 샤블리(포도주) 한잔 더 하겠소?"

"장군님." 레인스포드가 단호하게 말했다. "지금 당장 이 섬을 떠나고 싶습니다."

장군이 두툼한 눈썹을 치켜 올렸다. 기분이 상한 모양이었다. "허허 친구 분." 그가 항의하듯 말했다. "온지가 얼마나 됐다고. 아직 사냥도 안 했고—"

"오늘 떠나고 싶습니다."

레인스포드가 말했다. 그는 자신을 탐색하는 장군의 무표정한 검은 눈동자를 마주보았다. 자로프 장군의 화색이 갑자기 밝아졌다.

그는 먼지 묻은 포도주병을 들고 그 귀하다는 샤블리를 레인스포드의 잔에 채웠다.

"오늘 밤." 장군이 말했다. "우린 사냥을 할 거요. 선생과 나."

레인스포드는 고개를 저었다.

"싫습니다, 장군님. 저는 사냥을 하지 않겠습니다."

장군은 어깨를 으쓱해 보이고는 온실 포도를 맛있게 먹었다.

"좋을 대로 하세요, 친구 분." 그가 말했다. "선택은 전적으로 선생이 하는 거니까. 하지만 이반보다는 나와 함께 하는 스포츠가 더 즐겁지 않겠소?"

그는 거인이 서 있는 구석을 향해 고개를 끄덕여 보였다. 이반은 인상을 찌푸리고 커다란 가슴 앞에 우람한 두 팔로 팔짱을 끼고 있었다.

"설마—" 레인스포드가 소리쳤다.

"친구 분." 장군이 말했다. "난 사냥에 관한한 항상 진심만 말한다고 하지 않았소? 이렇게 기막힌 방법이 어디 있겠소. 드디어 내 권총에 맞설만한 호적수를 위해 건배."

장군이 잔을 들어 올렸지만, 레인스포드는 잠자코 그를 노려보았다.

"해 볼 가치가 있는 게임이란 걸 선생도 알게 될 거요." 장군이 열정적으로 말했다. "우리 둘이 두뇌 대결을 펼치는 거요. 서로의 사냥 지식을 놓고 벌이는 한판 승부. 힘과 체력을 놓고 벌이는 승부 말이오. 야외에서 벌이는 체스! 이만한 내기니 해 볼만 하지 않소?"

"내가 이긴다면—"

레인스포드가 갈라진 목소리로 말했다.

"삼일 째 자정까지 내가 선생을 찾지 못한다면 기꺼이 패배를 인정하겠소." 자로프 장군이 말했다. "내 배로 마을에서 가까운 내륙까지 데려다주겠소."

장군은 레인스포드의 생각을 읽고 있었다.

"아, 나를 믿어도 좋소." 코사크 인이 말했다. "신사로서 또 스포츠맨으로서 약속하리라. 물론 선생은 그 대가로 이곳에 왔던 일에 대해 비밀을 지키겠다고 약속해야지요."

"그런 약속 따위는 하지 않겠습니다."

"아." 장군이 말했다. "정 그러시다면야…… 그런데 이런 이야기를 지금 할 필요는 없지 않겠소? 삼일 후에 뵈브클리코(샴페인)를 마시면서 의논하면 되지요. 물론 그러기 위해선 선생이—"

장군은 와인을 한 모금 마셨다.

그는 실제적인 일을 의논하는 분위기에 생기를 띠었다. "이반이 사냥복과 음식, 칼을 가져다 줄 겁니다. 난 모카신을 신으라고 권하겠소. 발자국을 덜 남기니까요. 또, 섬의 남동쪽 구석에 있는 큰 늪을 피하는 게 좋을 거요. 여기선 죽음의 늪이라고 부르지요. 거기 모래수렁이 있소. 한 멍청한 친구가 그 늪을 건너려고 한 적이 있소. 라자루스가 그 친구를 쫓아갔으니 애통한 일이오. 레인스포드 씨, 내 심정을 알 거요. 난 라자루스를 애지중지했으니까. 사냥개 중에서도 가장 뛰어난 녀석이었지요. 이런, 실례를 해야겠소. 점심 식사 후엔 항상 낮잠을 자거든요. 하지만 선생은 낮잠 잘 여유가 없을 것 같소. 지금 출발하고 싶을 테니까 말이오. 어두워지기 전까진 뒤쫓지 않겠소. 낮보다는 밤에 하는 사냥이 훨씬 짜릿하잖소? 오흐브아(나중에 봅시다), 레인스포드 씨. 오흐브아."

자로프 장군은 정중하게 허리를 깊이 숙인 뒤, 유유히 방에서 나갔다.

다른 문에서 이반이 들어왔다. 한쪽 팔에 카키색 사냥복과 식량 배낭, 긴 날 사냥칼이 담긴 가죽 칼집을 들고 있었다. 오른손은 붉은 허리띠에서 튀어나와 있는, 공이치기를 당겨놓은 권총에 놓여 있었다.

레인스포드는 두 시간 동안 덤불을 헤쳐 왔다.

"조심해야 해. 조심해야 해." 그는 이를 악물고 말했다.

저택의 대문이 등 뒤에서 쾅 닫혔을 때까지만 해도 머리회전이
제대로 되지 않았다. 처음에는 자로프 장군한테서 가능한 멀리 떨
어져야겠다고 생각했다. 그러기 위해 지금까지 그는 패닉 상태와
비슷한 뭔가에 쫓기듯 무작정 달려만 왔다. 이제야 마음을 추스른
그는 발길을 멈추고, 자기 자신과 이 상황을 면밀히 따져보았다.
직선으로 도주해봐야 부질없는 짓이었다. 결국에는 바다와 맞닥뜨
리게 될 것이었다. 그는 바닷물이라는 틀에 끼워진 그림 속에 있
었다. 그래서 그의 행동도 그 틀 안에서 취해져야 했다.

"따라오라고 흔적을 남겨두자."

레인스포드는 중얼거렸다. 그리고 지금까지 걸어온 험한 길에서
벗어나 길의 자취라고는 없는 광야로 들어섰다. 그는 복잡한 고리
모양으로 움직였다. 요컨대, 전진했다가 다시 되돌아오기를 반복했
다. 여우 사냥에 대해 알고 있는 모든 지식과 여우가 몸을 숨기는

방법까지 기억해냈다. 울창한 산등성이에 이르러 밤이 되자, 다리에서 힘이 빠졌고, 두 손과 얼굴은 여기저기 나뭇가지에 긁혀 있었다.

비록 체력이 남아 있다고 해도, 어둠 속을 헤매는 것은 정신 나간 짓이었다. 휴식을 취하는 게 우선이었다. "여우처럼 행동했으니, 이번에는 동화속의 고양이처럼 하는 거야." 가까이에 줄기가 우람하고 가지가 쭉 뻗은 거목 한 그루가 있었다. 일말의 흔적도 남기지 않으려고 조심하면서 나뭇가지의 사이를 기어오른 뒤, 굵은 가지 하나에 몸을 펴고 누우니 그런대로 쉴 만 했다. 휴식은 새로운 자신감과 안전하다는 느낌까지 주었다. 자로프 장군처럼 아무리 열성적인 사냥꾼일지언정, 여기까지 쫓아오진 못할 거라고 생각했다. 어두운 밀림을 헤치고 복잡한 흔적을 따라올 수 있는 것은 악마 밖에 없었다. 그런데 혹시 장군이 그 악마는 아닐까⋯⋯.

초조한 밤은 상처 입은 뱀처럼 느릿느릿 기어들었다. 쥐죽은 듯한 침묵이 밀림을 휘감았음에도, 레인스포드는 졸리지 않았다. 생기 없는 잿빛이 하늘을 수놓으며 아침을 향해갈 무렵, 놀란 새의 울음소리가 레인스포드의 주의를 잡아끌었다. 레인스포드가 지나온 구불구불한 길을 따라 수풀을 헤치며 천천히, 조심스럽게 다가오는 뭔가가 있었다. 그는 나뭇가지 에 납작 엎드린 채 태피스트리처럼 촘촘한 나뭇잎 사이로 그쪽을 응시했다⋯⋯. 접근해오는 한 남자.

자로프 장군이었다. 그는 눈앞의 땅에 시선을 집중하면서 움직이고 있었다. 그가 나무 가까운 곳에서 쪼그려 앉더니 땅을 살폈다. 레인스포드는 퓨마처럼 아래로 몸을 던지고 싶은 충동이 일었으나, 장군의 오른 손에 들려있는 금속 같은 것이 눈에 들어왔다. 소형 자동 권총이었다.

사냥꾼은 난처한 듯 고개를 절레절레 흔들었다. 그러고는 일어서서 검은 담배 한 개비를 꺼내들었다. 향 피우는 듯한 매캐한 연기가 레인스포드의 콧구멍까지 풍겼다.

레인스포드의 가슴이 철렁 내려앉았다. 장군의 시선이 땅에서 나무를 따라 조금씩 올라왔다. 레인스포드는 금방이라도 튕겨질 듯 온 몸의 근육을 긴장시킨 채 얼어붙어 있었다. 그러나 장군의 날카로운 시선은 레인스포드가 누워 있던 나뭇가지 바로 아래서 멈추었다. 장군의 갈색 얼굴에 미소가 번졌다. 그는 아주 신중하게 담배 연기를 고리 모양으로 만들어 허공에 뿜었다. 그러고는 나무에서 돌아서서 왔던 길을 아무렇게나 돌아갔다. 그의 사냥 부츠에 밟히는 수풀의 워석거림이 점점 멀어져갔다.

레인스포드의 폐에서 참았던 숨결이 뜨겁게 밀려나왔다. 제일 먼저 떠오른 생각 때문에 욕지기가 나고 온 몸이 마비되는 것 같았다. 장군은 밤에도 숲속의 흔적을 따라올 수 있다. 그는 찾아내기 불가능한 흔적까지 따라올 수 있다. 무서운 능력의 소유자임이 분명하다. 이 코사크 인이 사냥감을 놓칠 가능성은 극히 희박하다. 그리고 두 번째 떠오른 생각은 더욱 섬뜩했다. 그의 몸속으로 싸늘한 공포의 전율이 훑고 지나갔다. 장군이 왜 웃었을까? 왜 돌아간 것일까?

레인스포드는 그 질문에 대해 스스로 찾은 이성적인 답을 받아들이고 싶지 않았다. 그러나 그 해답은 지금 아침 안개를 밀어내는 태양처럼 명명백백한 것이었다. 장군이 그를 농락하고 있었다! 오락을 하루 더 즐기기 위해 그를 놓아준 것이다! 이 코사크 인이 고양이라면, 레인스포드는 생쥐였다. 이 순간 레인스포드는 공포의 의미를 오롯이 깨달았다.

"기죽지 마. 절대."

그는 나무에서 미끄러져 내려와, 다시 숲 속으로 들어갔다. 결연한 표정으로 정신력을 일깨우려고 애썼다. 그는 숨어있던 나무에서 270미터 떨어진 곳에서 멈춰 섰다. 거기에는 죽은 거목 한 그루가 그보다 더 작지만 살아있는 나무에 불안하게 기대어 있었다. 레인스포드는 식량 자루를 던져두고 칼을 뽑아 온 힘을 다해 일을 시작했다.

마침내 일이 끝나자, 그는 30미터쯤 떨어진 곳에 넘어져 있던 통나무 뒤에 주저앉았다. 오래 기다릴 필요가 없었다. 고양이가 또 생쥐를 희롱하기 위해 다가오고 있었다.

자로프 장군은 사냥개처럼 정확하게 접근해왔다. 짓밟힌 풀 한 포기, 휘어진 잔가지, 이끼에 가려진 희미한 흔적마저 그의 예리한 검은 눈을 피하지 못했다. 그는 추격에만 몰두한 나머지, 레인스포드가 만들어놓은 것을 미처 발견하기도 전에 먼저 발을 갖다 댔다.

방아쇠 역할을 하는 크고 돌출된 가지에 그의 발이 닿은 것이다. 그 순간에도 장군은 위험을 직감하고 원숭이처럼 민첩하게 뒤로 펄쩍 뛰었다. 그러나 충분히 빠르지는 못했다. 살아있는 나무의 잘려나간 가지 부분에 조심스럽게 기대어 있던 죽은 나무가 떨어지면서 장군의 어깨를 스치듯 후려쳤다. 그가 조금만 방심했어도 나무에 깔렸을 터이다. 장군은 비틀거리면서도 쓰러지진 않았고, 권총을 떨어뜨리지도 않았다. 그는 다친 어깨를 어루만지며 서 있었다. 공포가 다시금 레인스포드의 심장을 움켜쥐었고, 장군의 비웃음 소리가 밀림에 울려 퍼졌다.

"레인스포드." 장군이 소리쳤다. "내 목소리가 들리는 거리에 있을 테니, 축하의 말을 전하겠소. 말레이 덫을 만들 줄 아는 사람은 그리 많지 않소. 다행히 나 역시 말라카에서 사냥한 적이 있소. 레인스포드, 당신이 얼마나 흥미로운 상대인지 스스로 입증해 주었소. 난 상처를 치료하러 가야겠소. 뭐, 가벼운 부상일 뿐이오. 하지만 다시 돌아오겠소. 반드시."

장군이 다친 어깨를 어루만지며 사라지자, 레인스포드는 다시 도주하기 시작했다. 필사적이고도 가망 없는 그의 탈주는 몇 시간 동안 계속되었다. 땅거미가 지고 어두워질 때까지도 그는 달리고 있었다. 모카신에 밟히는 땅이 점점 눅눅해졌고, 수풀은 더욱 울창하고 빽빽해졌다. 곤충들이 그를 매섭게 물어뜯었다.

그런데 그가 걸음을 내딛는 순간, 한쪽 발이 늪으로 빨려들어 갔다. 발을 비틀어 빼내려고 했지만, 진흙은 거대한 거머리처럼 그의 발을 표독스럽게 빨아들였다. 격렬한 몸부림 끝에 간신히 발을 빼냈다. 그제야 그곳이 어디인지 알게 되었다. 죽음의 늪과 모래수렁.

어둠 속에서 누군가가 그의 정신력을 물건인양 훔쳐가 버리기라도 하는 것처럼 그는 두 손을 꼭 그러잡고 있었다. 불현듯 흙의 눅눅함 때문에 갑자기 좋은 수가 떠올랐다. 그는 모래수렁에서 십여 걸음 물러선 다음, 선사시대의 거대한 비버처럼 땅을 파기 시작했다.

레인스포드는 프랑스에 있을 때 목숨이 경각을 다투는 상황에서 땅을 파고 숨은 적이 있었다. 지금 땅을 파는 것에 비하면 그때의 일은 편안한 오락거리였다. 구덩이가 점점 깊어졌다. 그의 어깨높

이보다 깊어지자, 그는 밖으로 나와 단단한 묘목을 잘라 말뚝을 만들고 그 끝을 뾰족하게 깎았다. 말뚝들을 뾰족한 끝이 위로 향하게 하여 구덩이 바닥에 꽂았다. 그리고 서둘러 풀과 나뭇가지로 투박한 깔개처럼 만든 뒤, 그것을 구덩이 입구에 덮었다. 땀과 탈진의 고통 속에서 마침내 그는 벼락을 맞아 시커멓게 그을린 나무 그루터기 뒤에 웅크렸다.

그는 추격자가 다가오는 것을 알고 있었다. 눅눅한 땅에 닿는 발소리, 밤바람에 실려 오는 장군의 담배 냄새. 레인스포드에겐 장군의 추격이 유난히 신속하게 느껴졌다. 그의 흔적을 찬찬히 더듬어 오는 것이 아니었다. 레인스포드는 웅크리고 있었기에 장군도 구덩이도 보이지 않았다. 일 분이 일 년 같았다.

얼마 후, 그는 기뻐서 환호성을 지르고 싶었다. 구덩이를 덮어 놓은 나뭇가지들이 부러지면서 날카로운 소리를 냈기 때문이었다. 뾰족한 말뚝에 걸려든 희생양이 고통스럽게 비명을 질렀다. 그는 숨어 있던 나무 뒤에서 벌떡 뛰어올랐다. 그러고는 다시 몸을 웅크렸다. 구덩이에서 1미터쯤 떨어진 곳에 한 남자가 손전등을 들고 서 있었다.

"훌륭하오, 레인스포드." 장군이 큰 소리로 말했다. "버마 호랑이를 잡는 함정으로 가장 좋은 사냥개 하나를 앗아갔으니까. 이번에도 선생이 점수를 땄소. 레인스포드 씨, 내가 사냥개 전부를 데려온다면 선생이 또 어떻게 나올지 두고 보겠소. 난 그만 돌아가서 쉬어야겠소. 선생 덕에 더없이 즐거운 밤을 보냈으니, 고맙소."

　새벽녘, 늪 근처에 누워 있던 레인스포드는 새로운 공포를 일깨우는 어떤 소리에 잠을 깼다. 먼 곳에서 들려오는 희미한 떨림, 그러나 그는 그 소리의 정체를 알아챘다. 사냥개 무리가 짖는 소리였다.

　레인스포드는 둘 중 하나를 선택해야 했다. 그 자리에 남아서 기다리는 것. 그건 자살행위였다. 다른 하나는 도망치는 것. 그건 피할 수 없는 운명을 잠시 미루는 것이었다. 그는 잠시 서서 생각했다. 그렇게 결정한 희박한 가능성 하나, 그는 허리띠를 졸라매고 늪에서 벗어났다.

　사냥개들의 울부짖음이 점점 더 가까이, 시시각각 다가오고 있었다. 레인스포드는 산등성이에 이르러 나무 한그루를 기어올랐다. 400미터 남짓한 저 아래 수로 쪽에서 덤불이 흔들리는 것이 보였다. 그는 눈을 부릅떴고, 자로프 장군의 호리호리한 모습을 보았다. 바로 앞에는 어깨가 딱 벌어진 또 다른 형체가 정글의 긴 잡초를 헤쳐오고 있었다. 거인 이반이었다. 그는 보이지 않는 힘에 이끌리듯 전진해왔다. 레인스포드는 이반의 손에 사냥개들을 묶은

끈이 쥐어 있을 거라고 생각했다.

그들이 언제 닥칠지 모르는 상황이었다. 그는 미친 듯이 생각을 쥐어짰다. 우간다에서 배운 원주민들의 속임수가 떠올랐다. 그는 나무에서 미끄러져 내려왔다. 탄력이 있는 어린나무 하나를 붙들고, 거기에 칼끝을 아래로 향하게 하여 사냥칼을 묶었다. 그리고 야생 덩굴로 어린나무를 칭칭 감았다. 그는 곧 죽을힘을 다해 달렸다. 새로운 냄새를 맡은 사냥개들이 더 시끄럽게 짖어댔다. 레인스포드는 궁지에 몰린 짐승의 기분을 알 수 있었다.

발길을 멈추고 호흡을 가다듬어야 했다. 사냥개들의 짖는 소리가 뚝 멈추었고, 레인스포드의 심장도 멎었다. 칼이 있는 지점에 다다른 것이 틀림없었다.

그는 흥분에 휩싸여 나무를 기어오른 뒤, 돌아다보았다. 추격자들이 정지해 있었다. 그러나 나무를 기어올랐을 때, 레인스포드의 머릿속에서 싹텄던 희망은 죽고 말았다. 얕은 계곡에 여전히 서 있는 사람, 자로프 장군이었다. 그러나 이반은 없었다. 나무에 묶여진 채 퉁겨진 칼이 아무 소득 없이 빗나가지는 않았나보다.

레인스포드가 땅으로 굴러 떨어지기 무섭게 사냥개들이 또 짖어댔다.

"힘내자, 힘!" 그는 헐레벌떡 달렸다. 앞에 있는 나무 사이로 파란빛이 스쳤다. 사냥개들은 전보다도 더 가까이 따라붙었다. 레인스포드는 힘겹게 그 파란빛을 향해갔다. 마침내 도착한 그곳, 해변이었다. 내포 건너편에 음울한 회색 석조물, 즉 성채가 보였다. 6미터 아래서 바다가 포효하고 쉭쉭거렸다. 레인스포드는 망설였다. 개 짖는 소리가 들려왔다. 마침내 그는 바다를 향해 뛰어들었다…….

장군은 사냥개와 함께 바닷가의 그곳에 멈춰 섰다. 그는 청록색의 바다를 몇 분간 유심히 살펴보았다. 어깨를 으쓱했다. 그러고는 자리를 잡고 앉아서 휴대용 은제 술병에 든 브랜디를 한 모금 마시고 담배에 불을 붙인 뒤, 「나비부인」의 한 소절을 흥얼거렸다.

그날 저녁, 자로프 장군은 판벽을 댄 자신의 웅장한 식당에서 아주 푸짐한 식사를 했다. 식사와 곁들여 폴 로저(샴페인의 일종) 한 병과 샹베르땡(포도주의 일종) 반병을 비웠다. 두 가지의 사소한 골칫거리가 완벽한 즐거움을 방해하고 있었다. 하나는 이반을 대체할만한 사람을 구하기 어렵다는 생각이고, 또 하나는 사냥감이 탈출했다는 점이었다.

'물론 그 미국인이 게임을 한 건 아니지', 장군은 식사를 끝내고 술을 음미하면서 그렇게 생각했다. 그리고 마음의 위안을 얻고자 서재에서 마르쿠스 아우렐리우스의 작품을 읽었다. 10시에 침실로 올라갔다. 그는 침실 문을 잠그며 "피로가 달콤한 걸."하고 혼잣말했다. 희미한 달빛을 보고 불을 켜기 전에 창가로 가서 뜰을 내려다보았다. 커다란 사냥개들이 보였다. "다음엔 운이 더 좋을 거야." 그는 사냥개들을 향해 소리쳤다. 그리고 불을 켰다.

한 남자가 침대의 커튼 뒤에 몸을 숨기고 서 있었다.

"레인스포드!" 장군이 비명을 질렀다. "대체 어떻게 여기까지 왔소?"

"헤엄쳐서." 레인스포드가 말했다. "밀림 속을 걷는 것보다 더 빠르더군요."

장군은 숨을 들이마시고 미소를 지었다. "축하하오." 그가 말했다. "선생이 게임에서 이겼소."

레인스포드는 웃지 않았다. "난 지금도 궁지에 몰린 짐승입니다." 그가 낮고 쉰 목소리로 말했다. "준비하시오, 자로프 장군."

장군은 어느 때보다도 깊이 허리를 숙였다. "알겠소." 그가 말했다. "멋지군! 우리 둘 중 하나는 사냥개들의 만찬이 될 거요. 나머지 하나는 이 훌륭한 침대에서 자겠지. 방심 마시오, 레인스포드……"

어차피 좋은 침대에서 자본 적은 없다고, 레인스포드는 결연해졌다.

연쇄살인마 **잭 더 리퍼 연대기**

사건 파일 + 단편집

발 행 | 2021년 4월 11일
저 자 | 토머스 버크 외
역 자 | 정진영
펴낸이 | 정진영
펴낸곳 | 아라한

출판사등록 | 2010년 7월 29일 제396-2010-000096호
바톤핑크

주 소 | 경기도 고양시 일산동구 중산동 25
전 화 | 070-7136-7477
팩 스 | 0504-007-7477
이메일 | barton-fink@naver.com
　　　　arahanbook@naver.com

ISBN | 979-11-90974-48-6　　03840